猫

中国现代经典美文书系

陈子善 蔡翔〇主编

单 闻〇编选

人民文学出版社

图书在版编目(CIP)数据

猫/单闻编选.—北京:人民文学出版社,2012
(中国现代经典美文书系/陈子善,蔡翔主编)
ISBN 978-7-02-009145-4

Ⅰ.①猫… Ⅱ.①单… Ⅲ.①散文集-中国-现代②散文集-中国-当代 Ⅳ.①I266

中国版本图书馆 CIP 数据核字(2012)第 071814 号

总 策 划:黄育海
责任编辑:徐广琴
选题策划:尚 飞
封面设计:陈 楠
版式设计:高静芳

出版发行 人民文学出版社
社 址 北京市朝内大街 166 号
邮政编码 100705
网 址 http://www.rw-cn.com
印 制 山东临沂新华印刷物流集团有限责任公司
经 销 全国新华书店等
字 数 210 千字
开 本 850×1168 毫米 1/32
印 张 9.75 插页 3
版 次 2012 年 6 月北京第 1 版
印 次 2012 年 6 月第 1 次印刷
书 号 978-7-02-009145-4
定 价 20.00 元

如有印装质量问题,请与本社图书销售中心调换 电话:010-65233595

编辑例言

中国素来是散文大国,古之文章,已传唱千世。而至现代,散文再度勃兴,名篇佳作,亦不胜枚举。散文一体,论者尽有不同解释,但涉及风格之丰富多样,语言之精湛凝练,名家又皆首肯之。因此,在时下"图像时代"或曰"速食文化"的阅读气氛中,重读散文经典,便又有了感觉母语魅力的意义。

本着这样的心愿,我们对中国现当代的散文名篇进行了重新的分类编选。比如,春、夏、秋、冬,比如风、花、雪、月……等等。这样的分类编选,可能会被时贤议为机械,但其好处却在于每册的内容相对集中,似乎也更方便一般读者的阅读。

这套丛书将分批编选出版,并冠之以不同名称。选文中一些现代作家的行文习惯和用词可能与当下的规范不一致,为尊重历史原貌,一律不予更动。考虑到丛书主要面向一般读者,选文不再注明出处。由于编选者识见有限,挂一漏万在所难免,遗珠之憾也将存在。这些都只能在日后逐步弥补,敬请读者诸君多多指教。

目录

一

二

三

猫乘

◎许地山

猫不入六畜之数，大概因为古人要所豢养的禽兽的肉可以供祭祀及燕享的用处，并且可以成群繁殖起来的才算家畜。在古人眼里，猫是一种神秘而有威力的动物。它的眼睛能因时变化，走路疾速而无声，升屋上树非常自在等等，都可以教人去想它是非凡的。事实上，猫在农业文化的社会的地位正如狗在游牧文化的社会里一样。古人先会养狗是当然的。汉以前人家居然知道养猫，可是没听过到市里去买猫。当时养的大都是半野的狸，猎人获到，取数十钱的代价，卖给人家。《韩非子》里，有"将狸攻鼠"，"令狸执鼠"的话。《说苑》"使麒骥捕鼠，不如百钱之狸"和《盐铁论》里"鼠穷啮狸"，都可以说明当时只有半野的狸，没有纯豢的猫。后世人虽有"家猫为猫，野猫为狸"的说法，其实上面所说的狸都是已经被养熟了的。字书说狸是里居的兽，所以狸字从里；名为猫是因"鼠善害苗，而猫能捕之，去苗之害，故字从苗"。这两说固然可以讲得过去，但对于猫字似乎还是象声为多，所以《本草纲目》说："猫有苗茅二音，其名自呼"。我们不要想猫字比狸字晚，《诗经·大雅·韩奕》有"有猫有虎"的一句，《郊特牲》也有"迎猫为其食鼠"的话。看来称猫，是有些尊重的意思，不然，不能用一个很恭敬的迎字。也许当时在一定的节期从田野间迎接到家里来供养的称为猫,平常养的才称为狸,后来猫的名称用开了,狸的名字也就渐渐给忘了。现在对于黑斑猫还叫做“铁狸”,也可以说猫狸两字在某一阶段也是同意义的。

农业文化的社会尊重猫,因为它能毁灭那残害禾稼的田鼠和仓廪里家室里的家鼠。以猫为神,最早的是埃及。古埃及人知道猫在第十一朝时代(2200 B. C.),据说是从纽比亚(Nubia)传进去的。自那时代以后,埃及才有猫首人身的神像。猫神名伊路鲁士(AElurus)。人当猫为神圣,甚至做成猫的木乃伊;杀猫者受死刑。他以为猫是月女神,因为它的眼睛可以像月一样有圆缺。中国古时迎猫的礼仪不可详知,从八蜡的祭礼看来,它与先啬、司啬等神同列,可见得它是相当地被尊重。祭猫的礼大概在周秦以后已经不行,所以人们不像往昔那么尊重它。黄汉《猫苑》(卷上)说:“丁雨生云,安南有猫将军庙,其神猫首人身,甚著灵异。中国人往者,必祈祷,决休咎。”这位猫神到底管什么事,不得而知,若依作者的附说,此猫字即毛字之讹,因为明朝毛尚书曾平安南,猫将军即毛尚书。这样看来,他与猫神就没什么关系了。铸画猫形来镇压老鼠的事却有些那个。《夷门广牍记》:“刻木为猫,用黄鼠狼尿,调五色画之,鼠见则避。”《猫苑》的作者引邓椿画猫云:“僧道宏每往人家画猫则无鼠。”作者又说:“山阴童树善画墨猫,凡画于端午午时者,皆可辟鼠,然不轻画也。余友张韵泉(凯)家,藏有一幅。尝谓悬此,鼠耗果靖。”(卷上形相章)又记:“吴小亭家藏王忘庵所画乌描图,自题十六字云,‘日危,宿危,炽尔杀机。乌圆炯炯,鼠辈何知?’余按家香铁待诏,重午画钟馗,诗云‘画猫日主金危危’,则知危日值危宿,画猫有灵。必兼金日者,金为白虎之神,忘庵句盖本乎此。”又记:“朱赤霞上舍(城)云，凡端午日取枫瘿刻为猫枕，可避鼠，兼可辟邪恶。”由辟鼠的功效进而可以辟盗贼。《猫苑》(卷上)有一个例。作者说:“刘月农巡尹(荫棠)云:番禺县属之沙湾茭塘界上有老鼠山。其地向为盗薮。前督李制府瑚患之，于山顶铸大铁猫以镇之。猫则张口撑爪，形制高巨。予曾缉捕至此，亲登以观。而游人往往以食物巾扇等投入猫口，谓果其腹，不知何故。”

养蚕人家也怕老鼠食蚕，故杭州人每于五月初一日看竞渡后，必向娘娘庙买泥猫回家，不专为给孩子玩，并且可以禳鼠。

以上所举的事例都含有巫术意味，并非当猫做神。清代天津船厂有铁猫将军，受敕封，每年例由天津道躬诣祭祀一次。金陵城北铁猫场有铁猫长四尺许，横卧水泊中，相传抚弄它，可以得子。每年中秋夜，士女都到那里去。这与猫没关系，乃是船碇，船碇又叫铁猫，是何取义，不敢强解，现在猫写作锚，也许离开本义更远了。

神怪的猫

猫与其它动物一样。活得日子长久了就会变精。袁枚《子不语》(卷二十四)记靖江张氏因为通水沟，黑气随竹竿上，化作绿眼人乘暗淫他的婢女。张求术士来作法，那黑气上坛舔道士，所舔处，皮肉如刀割。道士奔去，想渡江求救于张天师，刚到江心，看见天上黑气四起，就庆贺主人说:那妖已经被雷劈死了！张回家，看见屋角震死一只猫，有驴那么大。

猫变人的传说在欧洲也一样很多。在术语上，猫变人叫猫人；人变猫就叫人猫，欧洲的人猫，似乎是比猫人多些。韩美(F. Hamel)在《人兽》(Human Animals)第十二章里说了下面的一个故事：一七一九年三月八日，陀素(Thurso)的牧师威廉因士(William Junes)在开陀尼士(Caithness)审问一个女人马嘉列·连基伯(Margaret Nin-Gilbert)。那妇人承认，有一晚上，她在道上走，遇见一个魔鬼现出人形，要她与他同行同住。从那时起，她与那魔鬼就很相熟，有时它在她面前现出一匹大黑马的形状，有时骑在马上，有时像一朵黑云，有时像一只黑母鸡。这妇人显然是从一个巫师学来的巫术，所以会这样。有一个瓦匠名叫威廉·孟哥麻里(William Montgomery)，他的房子被许多猫侵入，以致他的妻与女仆不能再住在那里。有一晚上，威廉回家，看见五只猫在火炉边，仆人对他说：它们在那里谈话咧。在十一月二十八日，一只怪猫爬进一个贮箱的圆洞里。威廉就守在那里，若是看见有脑袋伸出来，便用刀斫下去。他果然把刀斫到那怪物的脖子上，可没逮着。一会，他打开那箱，他的仆人用斧子砍那怪猫的背后，连斧子砍在箱板上。至终那怪猫带着斧子逃脱掉。但是他连续地追，又斫了好些下，至终把它砍死。威廉亲把那死猫扔出去，可是第二天早晨，起来一看，那猫已不见了。隔了四五晚，仆人又嚷说那猫再来了。威廉用方格绒围住它，把斧子斫在它身上。到它被斧子钉在地上，又用斧背打击它的头，一直打到死，又把它扔掉。第二天早晨起来看，又不见了。很奇怪的是当斫那怪猫的时候，一滴血也没有。他一共斫了几只，都没有一只是邻人的。于是他断定那一定是巫师做的事。二月十二，住在威廉家半英里的妇人马嘉列·连基伯被告发了。她的邻人看见她掉了一条腿在她自己的门口。她那一只腿是黑的而且腐烂了。那人疑心她是女巫，就捡起来送到州官那里，州官立刻把那妇人逮捕下狱。那妇人承认她变猫走进威廉家里，被威廉砍断了一条腿，还有另外一个妇人名马嘉列·奥尔逊(Margaret Olsone)也是变了猫一同进去的。别的女巫，人看不见，因为魔鬼用黑雾遮掩着她们。

韩美又说，在法国基奥达(Ciotat)附近的西里斯特村(Ceyreste)住着一个女人，她的孩子们常常有病，这个好了，那个又病起来。她不晓得要怎办。有一天，她的邻人对她说，她的婆婆也许是个巫婆，孩子们的病当与那老太太有关系。于是她对丈夫说了。两个人仔细观察孩子们的病，看看有没有巫术的影响。有一晚上，他们看见一只黑猫走近那个小婴孩的摇篮边，轻寂地走动，丈夫立刻拿起一根棍子想去打死它。他没打着那猫的身体，只中了它的爪子。那猫拼命逃走了。孩子们的祖母是每天要来看他们，问孩儿们的康健的。自从打了黑猫以后，老太太好几天不上门来。

邻人对那丈夫说，她一定是有什么事，不肯给人知道的，可以去看看她。丈夫于是去看她的妈。一进门就看见她的一只手包起来，对着他发脾气。他假装做看不见她的伤处，只用平常很安静的话问她为什么好几天没到家去看孙子们。

那老太太回答说："我为什么要到你家去呢？看看我的手指头。假如我的手指头是给斧子砍着，不是给棍子打着，我的指头就被切断，所剩的只是残废的肢体罢了。"

中国的猫人故事比较多，因为我们没有像基督教国家的魔鬼信仰，只信物老成精的说法，所以猫也和狐狸、熊、老虎等，一样会变人。人每以猫善媚人，以致如江浙人中有信它是妓女所变成，这又是轮回信仰，与猫人无涉。但是，不必变人而能加害于人的猫，在中国也有。例如《猫苑》卷上《毛色》所记："孙赤文云，道光丙午(1846)夏、秋间，浙中杭、绍、宁、台一带传有鬼祟，称为三脚猫者，每傍晚，有腥风一阵，辄觉有物入人家室以魅人，举国皇然。于是各家悬锣钲于室，每伺风至，奋力鸣击。鬼物畏锣声，辄遁去，如是者数月始绝。是亦物妖也。"

又据清道光时代人慵讷居士著的《咫闻录》(卷一)记：

> 甘肃凉州界，民间崇祀猫鬼神，即北史所载高氏祀猫鬼之类也。其怪用猫缢死，斋醮七七，即能通灵。后易木牌，立于门后，猫主敬祀之。旁以布袋，约五寸长，备待猫用，每窃人物。至四更许，鸡未鸣时，袋忽不见，少顷，悬于屋角。用梯取下，释袋口，倾注柜中，或米或豆，可获二石。盖妖邪所致，少可容多，祀者往往富可立致。有郡守某生辰，同僚馈干面十余石，贮于大桶。数日后，守遣人分贮，见桶上面悬结如竹纸隔，下视则空空然！惊曰诸守，命役访治。时府廨后有祀此猫者，役搜得其像。当堂重责木牌四十，并笞其民，笑而遣之。后闻牌责之后，神不验矣。

又猫可以给人寄寓灵魂在它身体里头。富莱沙在《金枝集》里说了一段非洲的故事。

南非洲巴兰牙(Ba-Ranga)人中，从前有一族的人们寄他们的灵魂在一只猫身上。这猫族有一个少女低低散(Titis-han)当嫁时强要那只猫随行。她到夫家，就把那猫藏在密室，连丈夫也没见过它，也不知道她带了一只猫来。有一天，她到地里工作，猫逃出来，走入茅寮，把丈夫的战斗装饰品着起来，歌唱舞蹈。孩子们听见,进去看见一只猫在那里装着怪样子。他们很骇异猫在戏弄他们,就去告诉丈夫说,有一只猫在他屋里舞蹈,还侮辱了他们。主人说,别说,我不要你们撒谎。他们于是回家,看见那猫还在那里,就把他打死。那时,他妻子立刻倒在地上,临死时,说:"我在家被人杀死了!"她丈夫回来,她还可以说话,就教他快去告诉她家人。她的家族众人一听见这事,个个都立刻死了。从此这猫族绝了种。

这寄生命在别的物体上的故事,在民间传说里很多,大概与图腾有多少关系罢。

人事的猫

所谓人事的猫,是人们对于猫的行为与态度。古代罗马人以猫为自由的象征。罗马自由女神的形象是一手持杯,一手持折断的王节,脚下睡着一只猫。除去古埃及以外,以猫为神圣的恐怕要数到古罗马了。欧洲许多地方以猫为土谷神,富莱沙的名著《金枝集》里举出许多有趣的风俗,试在这里引录出来:

(一) 在法国窦菲涅(Dauphine)的白里安逊(Briancen)地方,当麦熟时,农人用花带和麦穗饰猫,教它做球皮猫(Le Chat de Peau de Salle),假如刈麦者受伤,就用那球皮猫来舔伤口。收获完了,更把它装饰起来,大家围着它舞蹈。舞完,诸女子才慎重地把它的装饰卸除掉。

(二) 在波兰西勒西亚(Silesia)的格鲁尼堡(Grüneberg)地方,农人不用真猫,叫那收割田的最后一穗的农夫做多马猫(Tom Cat)。别人把墨麦秆与绿枝条围绕着他;又打一条很长的辫子系在他身上，当做他的尾巴。有时把另一个人打扮得和他一样，叫做猫，是当做女性的。多马猫与猫的工作是用一根长棍子追人来打。

（三）南洋诸岛人，有些也信猫与田禾有关，求雨时常用得着它。在南西里伯岛（Celebes），农人求雨，把猫缚在肩舆上，扛着绕行干燥的田边，同时用竹管引水。猫叫时，他们就说，主呀求你把雨降给我们。爪哇农人求雨最常用的方法是洗猫。洗猫有时是一只，有时是一对，用鼓乐在前引导。巴达维亚城，孩子们常为求雨洗猫，方法是把猫扔在水里，由它自己爬到边岸。苏门答剌有些村子在求雨时，村妇着衣服涉入水中，戽水相溅，然后扔一只黑猫进水，容它在水里泅些时候，才由它泅上岸去。妇女们戽着水随在它后头。

自从猫与魔鬼合在一起，做土谷神的猫在好些地方是要被杀的。法国有些地方，杀猫或捉猫便是到田里收获的别名。有些地方，打谷打到最后一把，农人就将一只猫放在一起，用连耞来打死它。到最近的星期日，把它烧熟了当圣物吃。法国亚美安（Amiens）农人若说他们去杀猫便是收获完工的意思。收获的工作完毕，他们就在田里杀死一只猫。波希米亚人把猫杀死埋在田中，为的是教禾稼不受损害。这都是土谷神的悲惨命运。

欧洲许多地方虽然还以杀猫为不吉利，但在节期当它做魔鬼或巫师的变形来处治的事也不少。

法国古时在仲夏月、复活节、忏悔日，和纪念耶稣在旷野四旬的春斋期，每在巴黎格里弗拂（Place de Gréve）举喜火。通常是把活猫放在一个篮子里，或琵琶桶里，或口袋里，悬在火中一根竿子上头。有时他们也烧狐狸。烧完，人民收拾火灰与烬余物回家，相信可以得到好运气。法国王常亲来举火。最末一次是一六四八年，路易十四举的。他戴着玫瑰花冠，手里也捧着一束玫瑰，举火以后，还围着火堆与大众舞蹈，舞完到市公所举行大宴会。

法国亚尔丹尼士省（Ardennes）人当春斋的第一个星期日烧猫。在火熄后，牧人把牛羊赶来，教它们越过灰烬，以为可以免除灾害。举火者必是年中最后结婚的新人，有时用男，有时用女，新人举火后，大众围着火堆舞蹈，求来丰年。

在婚礼上，有些地方也杀猫。德国爱菲尔（Eifel）地方，结婚人家在婚后几个星期举行猫击礼（Katzenschlag），法国克鲁士（Greuse）人于结婚日带一只猫到礼拜堂去，用它来打贺喜的亲友。一直把它打到死，才把它煮熟了给新郎新娘吃。波兰风俗，假如新郎是个鳏夫，在家里须要打破玻璃门，把猫扔进去。新娘才随着扔猫的地方进入洞房。

猫肉本来不是常时的食品，但有许多地方的人很喜欢吃它。富莱沙告诉我们，在纽几内亚北边的俾斯麦群岛，土人爱吃猫，常常到邻村去偷别人的猫来吃。但那里的人信猫身体的一部分如未被吃，就可以作法教那吃的人生病。他们的方法是把猫尾巴剁掉收藏起来。若是猫不见了，一定是贼人偷去吃。猫主可以把所失的猫被剁下来的尾巴取出，同符咒一齐埋在隐秘地方。那贼就会生病。在那里的猫都是没尾巴的，因为必要如此，才没人敢偷。

中国人除去药用以外，吃猫也是由于特别的嗜好，如广州人春天所嗜的龙虎羹，便是蛇与猫的时食。从一般的习惯说，猫不是正常的食品。有些地方还以为猫是杀不得的，因为一只猫管七条命，如人杀死一只猫，他得偿还七世的生命。

因为猫的形态颜色有种种不同,所以讲究养猫的都加意选择。选择的指导书是世传的《相猫经》。现在把主要的相法列举几条在底下:

(一) 头面要圆。面长会食鸡,所以说“面长鸡种绝”。

(二) 耳要小而薄。这样就不怕冷,所以说,“耳薄毛毡不畏寒”。头与耳都不怕长。所谓猫贵五长,是说头、尾、身、足、耳都要长,不然,便是五秃。但《发微历正通书大全》又说:“猫儿身短最为良。眼用金钱尾用长,面似虎威声振喊,老鼠闻之立便亡。”又说,“腰长会走家”。看来身长是不好的相。二说,不知谁是。

(三) 眼要具金钱的颜色。最忌带泪和眼中有黑痕,所以说,“金眼夜明灯”。眼有黑痕的是懒相。

(四) 鼻要平直。鼻钩及高耸是野性未除的相。这样的猫爱吃鸡鸭,所以说,“面长鼻梁钩,鸡鸭一网收”。

(五) 须要硬而色纯。经说:“须劲虎威多。”又说:“猫儿黑白须,屙屎满神炉。”无须的会食鸡鸭。

(六) 腰要短。腰长就会过家。

(七) 后脚要高。后脚低就无威。

(八) 爪要深藏而有油泽。露爪就会翻瓦。

(九) 尾要长细而尖,尾节要短,且要常摆动。尾大主猫懒,常摆便有威,所以说,“尾长节短多伶俐”,“坐立尾常摆,虽睡鼠亦亡”。

(十) 声要响亮。声音响亮是威猛的征象。

(十一) 口要有坎。经说:“上颚生九坎,周年断鼠声。七坎捉三季。坎少养不成。”

(十二) 顶要有拦截纹。拦截纹是顶下横纹。《相畜余编》记,猫有拦截纹,主威猛。有寿纹,则如八字,或如八卦,或如重弓、重山,都好。没这些纹,就懒阘无寿。

(十三)身上要无旋毛。胸口如有旋毛,主猫不寿。左旋犯狗;右旋水伤。通身有旋,凶折多殃。所以说,“耳小头圆尾又尖,胸膛无旋值千钱”。

(十四)肛要无毛。经说:“毛生屎屈,疴屎满屋。”

(十五)睡要蟠而圆,要藏头掉尾。

至于毛色,以纯黄为上,所谓“金丝猫”的就是。其次纯白的,名“雪猫”,但广东人不喜欢,叫它做“孝猫”,主不祥。再次是纯黑的,叫“铁猫”。纯色的猫通名为“四时好”。褐黄黑相兼,名为“金丝褐”。黄白黑相兼,名“玳瑁斑”。黑背白肢,白腹,名为“乌云盖雪”。四爪白,名“踏雪寻梅”。白身黑尾,最吉,名为“雪里拖枪”。通身黑而尾尖一点白,名为“垂珠”。白身黑尾,额上一团黑色的,名为“挂印拖枪”,又名“印星”,主贵,而白身黑尾,背上一团黑色的,名为“负印拖枪”。黑身白尾,名为“银枪拖铁瓶”,又名“昆仑妲已”。白身而嘴边有衔花纹,名为“衔蚁奴”。通身白而有黄点,名为“绣虎”。身黑而有白点,名为“梅花豹”,又名“金钱梅花”。黄身白腹,名为“金聚银床”。白身黄尾,名为“金簪插银瓶”,又名“金索挂银瓶”。白身或黑身,而背上有一点黄的,名为“将军挂印”。身尾及四足俱有花斑,名为“缠得过”。这些都是人格的猫,至于黄斑、黑斑,都是狸的常形,不算希奇。此外如“狸奴”、“虎舅”、“天子妃”、“白老”、“女奴”等,是猫的别名。爱猫的也常给猫许多好名字。最雅的如唐贯休有猫名“焚虎”,宋林灵素字“金吼鲸”,明嘉靖大内的“霜眉”,清吴世璠的“锦衣娘”、“银睡姑”、“啸碧烟”,都好。其它名字可参看《猫苑》(卷下)名物,此地不能尽录出来。

自然的猫

人与猫相处,觉得猫有许多生理上及心理上的特性。如独生猫,每为人所喜爱。中国各处有相同的口诀,说,“一龙,二虎,三太保,四老鼠。”意思是独生的猫如龙,孪生的猫似虎。一胎三只以上就不大好了。闽南人的口诀是,“一龙,二虎,三偷食,四背祖。”所以生三只,四只,不是懒怯,就是不认主人。但这都是人们对于猫的见解,究竟如何,也不能断定。在《贤奕》里引出一段龙猫、虎猫的笑话。

> 齐奄家畜一猫,自奇之,号于人曰虎猫。客说之曰,虎诚猛,不如龙之神也。请更名曰,龙猫。又客说之曰,龙固神于虎也。龙升天,须浮云。云其尚于龙乎?不如名曰云。又客说之曰,云霭蔽天,风倏散之。云固不敌风也。请名曰风。又客说之曰,大风飚起,维屏与墙,斯足蔽矣。风其如墙何?名之曰墙猫。又客说之曰,维墙虽固,维鼠穴之,墙斯圮矣,墙之如鼠何?即名曰鼠猫。东里丈人嗤之曰,猫即猫耳,胡为自失其本真哉?

这可以见得名龙,名虎,乃属主观的,不必限于独生或孪生的关系。又人对猫的观察常有错误。如说,猫捕食老鼠以后,它的耳朵必定有缺。像老虎的耳朵在吃人以后的锯缺一样。大概缺的原因是由于偶然的损伤,决非因吃了一个人或一只鼠就缺一次。

有一件事最显然的是猫常有吃掉自己的小猫的情形。这情形,在狗和别的动物中间也常见,不过人没注意到罢了。中国人的解释是猫当乳哺时期,属虎的人不能去看它,若是看见了,母猫必要徙窠,甚至把小猫都吃掉。空同子说:“猫见寅人,则衔其儿走徙其窠。”《黄氏日抄》说:“猫初生,见寅肖人,而自食其子。”但有些地方以为给属鼠的人见到,母猫就会把小猫吃掉。又李元《蠕范》说:“猫食鼠,上旬食头,中旬食腹,下旬食足。”这也未见得是正确的观察,其实要看鼠的大小,及猫的性格而定。有些猫只会捕鼠,把鼠咬死就算,一口也不吃,有些只会捕鸟,看见老鼠都懒得去追。

欧洲人以为一只猫有九条命,因为它很难致死。这话在文学上用得很多。德国的谚语甚至有“一只猫有九条命;一个女人有九只猫的命”。表示女人的命比猫还要多几倍。从动物学的观点说,猫的命是有许多生理上的特长来保护着它。最惹人注意的是,凡猫从高处摔下,无论如何,四条腿总是先落在地上,不会摔伤。这现象固然是由于猫的祖先升树的习性所形成,但主要的还是它能利用身体的均衡运动。脊椎动物的耳里有半圆管司身体的均衡作用。这半圆管的功用在耳司听觉以前便有了。听觉是动物进化后才显出的作用,在此以前,身体的均衡比较重要。猫还保持着它灵敏的均衡作用,所以无论人怎样扔它,它很容易地翻过身来,使四只脚先到地。而且它的脚像安着弹簧一样,受全身的重力,一点也没伤害。如果一只猫不会这样,那就是因为它太被豢养惯了。

猫的触须很长,这也是哺乳动物所常有的,即如鲸的上唇也有。不过在猫族中,触须特别发达,因为它们要走在黑暗地方,这须于感觉的帮助很大。猫还有特灵的嗅觉和听觉。家猫与野猫都可以辨别极细微的声音。从这些声音,它们可以认识是从什么地方，什么东西发出来的。但是它们所认的不是音的高低，乃是声的大小。它们能听人的说话，并不像狗那样真能懂得，只是由声的大小供给它们的联想而已。

猫可以在夜间看见东西。这是因为猫类多半是夜猎的兽，非到昏暗不出来，它们能利用微暗的光来看东西。它们的瞳子，因为须要光度的大小，而形成伸缩作用。所谓猫眼知时，乃是受光的强弱所生现象。关于依猫眼测时间的歌诀很多，最常见的是："子午线，卯酉圆，寅申巳亥银杏样，辰戌丑未侧如钱。"这在平常的时候，固然可以，如果在天阴、暗室里，就不一定准了。在越黑暗的地方，猫的瞳子放得越大。眼的网膜有一层光滑如镜的薄面，这也是帮助它能在暗处见物的一件法宝。因为它有这样的网膜，所以人每见它在暗处两眼发光。但在无光的地方如物理实验的暗房里，猫眼也不能被看见，因为所有的眼都不能自发光辉。所有的猫都是色盲的。它们住在一个灰色的世界里。它们虽然能够分辨红白，但也不是从色素，只是由光的刺激的大小分别出来。我们可以说猫不只是音聋和色盲，并且于听视二觉都有缺陷。它本是夜猎的兽类，所以对于声音与颜色只须能够辨别大小远近就够了。

俗语说："猫认屋，狗认人。"猫有本领认识它所住的地方，虽然把它送到很远，若不隔着水和高墙，它总会寻道回来。这个本领在林栖的动物中常有，尤其是在乳哺期间，母兽必有寻道还窠的能力，不然，小兽就会有危险。

中国书上常说，猫的鼻端常冷，惟夏至一日暖。这是因为它的鼻常湿，为要增加嗅觉作用，与阴阳气无关。

猫的感情作用，最显然的是见到狗或恐怖时，全身的毛竖立起来。不过这不必每只猫都是一样,有的与狗做朋友,见了一点也不害怕。毛竖的现象,在人类与其它哺乳动物都有,在肾脏的前头有一个小小的器官,名叫"肾上腺",它是对付一切非常境遇的器官。从这腺分泌肾上腺硷(Adrenalin)游离于血液中间,分布在全身。这种分泌物,现在叫做"兴奋体"(Hormones)。它们是"化学的传信者",常为保持身体的利益而分泌到身上各部分。肾上腺硷,一分泌出来,就可以增加血液的压力,紧张肌肉,增加心动等;还可以激动毛发下的小肌肉使毛发竖立起来。身体有强烈的情绪就是神经受了大刺激,如系属于恐怖的,肾上腺硷立时要分泌出来,使血液里的糖分增加散布到各部分,它的主要功用,是可以振奋精神,如受伤出血时,可以使血在伤口凝结得快些。所以猫和人一样,在预备争斗或恐怖的时候,血里都满布着肾上腺硷。这兴奋体是近代的发现,医药家每取肾上腺硷来做止血药及提神药,大概所有的药房都可以买得到。

猫一竖毛,同时便发出吼声,身体四肢作备斗的姿势,它的生理上的变化也和人类一样。第一步是愤怒,由愤怒刺激肾上腺,肾上腺急剧地制造肾上腺硷,分泌出来随着血液传达到全身。身体于是完成争斗的预备而示现争斗的姿势。若是争斗起来,此肾上腺硷一方面激起兴奋作用;受伤时,就显止血作用,若是斗不起来,情绪便渐渐松弛,身体姿势也就渐次复元了。

猫是最美丽最优雅的小动物,从来养它的人们不一定是为捕鼠,多是当它做家里的小伴侣。普通的家猫可以分二类,一是长毛种,二是短毛种,前者比较贵重,后者比较常见。长毛猫不是中国种,最有名的是"金奇罗"(Chinchilla),它的眼睛,绿得很可爱。其次是"师莫克"(Smoke),它有琥珀样的眼睛。这两种长毛猫在欧洲的名品很多,毛色多带灰蓝,但其它色泽也有。还有一种名"达比士"(Tabbies),也很可贵。所有长毛猫都是一个原种变化出来的。中国的长毛猫古时多从波斯输入,所以也称为波斯猫或狮猫。短毛猫各国都有。讲究养猫的,都知道此中的优种是亚比亚尼亚种、俄罗斯种、暹罗种。亚比亚尼亚猫很像埃及种,大概是古埃及的遗种。这种猫身尾脚耳都很长,颜色多为黑、褐,很少白的。俄罗斯猫眼带绿色,毛细而密,为北方优种。暹罗猫多乳白色,头脚尾褐色,宝蓝眼,从前只饲于宫中,近来才流出各处。此外,如英国的人岛猫,属于短毛类,它的奇特处是没有尾巴,像兔子一样。中国的特种猫,据《猫苑》说,有闽粤交界的南澳岛所产的歧尾猫,这种猫的尾巴是卷曲的,名叫麒麟尾,或如意尾,很会捕鼠。又四川简州有一种四耳猫,耳中另有小耳,擅于捕鼠,州官每用来充作方物贡送寅僚,《四川通志》和袁枚《续子不语》(卷四)都记载这话,但不知道所谓四耳,究竟是怎样的。

以上关于猫的话,不过是略述猫的神话、人事与自然三方面。因为它对于人的关系那么久远,养它的人不一定是为治鼠,才把它留在家里。它也是家庭的好伴侣,若将它与狗来比,它是静的和女性的,狗正与它相反。作者一向爱猫,故此不惮烦地写了这一大篇给同爱的读者。

人·猫·鼠

◎金性尧

偶然间，翻开了一本过期的旧杂志，看到里面有一篇朋友P先生的《乱世的猫》，笔调感伤而沉挚，读了令人愀然若有所思，若有所悟。恰巧，这时的我，又寄寓在一位故旧的家里——那是三楼的一间狭促的斗室，除了一张床铺，和一桌一椅之外，其余就是一角凌杂的箱笼。而我又是惯于长夜的生活的，每当着天地寂寥，一灯如豆的午夜高楼，我就习惯地从静穆中剪理着如丝的记忆，一任旧日的哀乐在脑海中游曳与反复。初春的夜风还挟着残冬的余威，吹在孤独者的身上，真有彻骨的料峭之感。唐人诗云，“二月春风似剪刀”，面迎着一街苍茫的星月，这才觉得诗人设想的切贴，超绝。

然而人们却各已觅他们的好梦去了。这剩下来的游魂一般的我，于辗转反侧之余，更觉得此身之多余与累赘了。特别是壁上的时钟，永挥着滴答滴答的摆，从来也没有片刻的休止，而且接着复当当当的敲了起来，恰如在告我以流光之倏忽，和生命之无常。

我为这沉闷的空气所压迫，始而疲乏，终于恐惧，像挑着艰重的担喘息于悄无人知的长途。

“我难道没有自己的梦吗？”

我渴望着憩息和温情。于是我就揭开被褥，纳头躺下。

不料当我的脚伸到了床上，忽然，一串呜呜咽咽的猫的啼叫，轻轻的起自邻家的屋角了。在这样的如磐夜气的小楼中，而听到那凄切的，却又久别的啼声，正同一斛水似的悲凉浸透孤独者的周身。

这样，我印象中的这篇《乱世的猫》，突然又鲜明起来。

活在这个动乱的时代里，人和人之间的关系，照理说，应该要保持分外的亲切，分外的友爱。以此而推及到其他的生物，自然也易于引起关心眷恋。俗语说，“宁为太平犬，莫作乱离民”，正是小民们质朴的心声：在尝遍了流离颠沛的滋味之余，真觉得太平时代的畜生，也有可以羡慕的地方。这是人的最卑微，最廉价的愿望，然在此刻，却倍觉其沉痛，切实。以畜生的愿望易而为人的愿望，这诚然是人的堕落，但也正是人的大苦痛吧？

人还有什么值得骄傲的地方呢？在这样的世界中。换言之，人和猫狗的距离，也逐渐的缩短了。据生物学者说，动物其实也跟人一样的能作表情，不过不容易为常人发现罢了。但眼前的我们，即使是简单的一喜一怒，也何尝能够自由的发泄？阮步兵在日暮途穷之际，会得付诸一哭，而我们虽天天处于牢愁郁结之中，可是我们的眼睑却已无形中胶塞了，我们又怎样的来挥弹这穷途之泪？同时，如果偶有可笑的地方，但临到结局，这作为“笑”的对象也许就是我们自己。我想起了一句很古的话：人之所以异于禽兽者几希！

自生民以来，我们原是带着几分的兽性，我们虽然想努力的摆脱它，但事实上，我们恐怕反被猫狗们所窃笑了……

我不敢再想下去。我还是躲进了漆黑的梦境中：忘掉一切！可是那匹徬徨屋角的猫，像是不肯放过我似的，又呜呜咽咽的叫起来了。它以凄厉的,幽怨的以及破裂似的声调刺着我的耳膜,在那无际的黑夜里。间或辅以长而悠回的砉然一声,把我的心带到了无底的空虚之境——惭愧的是我艺术手腕之贫弱,不能将这时难堪的情绪,心理都具象的地传达出来。

但我也立刻的想到:眼前正是春天,那末,应该是它们叫春的时节了。“叫春”云者,便是猫向异性求爱的专称。古诗说,“窈窕淑女,君子好逑”,“君子”而可“逑”,猫又为什么不可“叫”呢?何况,以自己的直率的叫声,作为“猎艳”的手段,说不定还是猫之优于君子的所在:足见它的爽直,天真。我又何必将它的愉快和幸运,当作我笔下的憎厌的资料。书云,“饮食男女人之大欲存焉”,又云,“知好色则慕少艾”,猫自然也不会例外的。

然而人的向异性追求,往往用肉麻的情书,或离奇的行动,猫却只凭几声夜啼就够了。人和禽兽的对照之下,实在远不如它们的自由干脆。《水浒传》记白秀英在勾栏内说笑乐院本云:

新鸟啾啾旧鸟归,老羊羸瘦小羊肥。

人生衣食真难事,不及鸳鸯处处飞。

世上无如吃饭难,两两相比,我们又哪里及得禽兽的活泼而简捷?它们只消有锋利的牙爪,和矫捷的羽翅,就能维持其纵骋翱翔的生活,但人的生存却没有那样便当。

这使我想起了记忆中的一幕。

在一湾清澈的池塘中间,远远的游来这翠绿的一对,互相的比着肩,划着趾,亲昵而又平和。那上面,也是同样的清澈的云天。让我形容得夸张一点:这也可谓集爱与美的综合,不失为人间的陶然的一境，使我立在池上的小桥踟蹰良久，也沉吟良久！“愿作鸳鸯不羡仙”，无怪诗人为它们而发痴，就是婊子也要为它们而兴身世之悲了。

接着我又想起了猫。

动物和人之间的分别固然原因很多，但会说话跟不会说话却是最显著的特征——这大约便是人之所以异于禽兽者之故。然而我想，世上最深刻动人的表现，恐怕还在于无言或者无词。即以猫而论，当它一旦获到了异性的慰藉之后，虽既不会呼之以“大令”，和报之以“卿卿”，然其内心的热烈兴奋，也断非人所能体验。例如在我的印象中，又有那样的一幕——

是一钩上弦月之夜，碧琅琅的天幕中镶着几朵星斗，云的纹彩正如水的波澜，汩汩的流了过去。西面带来一点温馨的风，拍着了道旁的梧桐，就索索索的摇曳起来。东边是一道红砖砌的矮墙，绕着墙脚的是一抹翠绿的花草，在二月的暖空下呈着葱茏的朝气，不过在夜的昏暗中，只见其蒙茸一簇而已。这也确不愧为良辰美景了，正宜于大家的谈情说爱。于是，一对爱河中的情侣出来夜游了。前面的一位穿着自织的柔暖的玄裳，仿佛是阳性，那后面的则是一身迷离的花白，不待说是Female了。它们先看着四厢无人，这才拣了一个宽净的位置。那女的便把身躯斜躺下来，作出一种倾侧的姿势，倒颇合乎美学的角度。然后又现着懒洋洋的情绪，不时的挥着尾巴——套用一句我们的才子善于描摹佳人的话，那末，便是所谓“慵倦”吧？不错，眼前恰是春到江南了。而那位穿着玄裳的男性呢，更不住的用嘴来嗅她，吻她，亲她，或者以右爪来轻脚细手的为她扒搔，显出了异样的温柔与和爱，仿佛集缠绵抚慰之能事，足以与我们的情场圣手相匹敌了。有时，那女的还掉转头向他睐了一眼，我不知道这里面是否含着“扑嗤一笑”的表情？想起来，倘不是在卖弄风情，大约也难免于“托微波而通辞”吧。但总之，确是最崇厚的无声之爱！这样的看了一周，我不禁酸溜溜的起了“谁能遣此，我见犹怜”之感了。

但跟着这“感”而来的，却又是“想”：动物较之于人，或者不及人的优越多能，但较之于化石，则毕竟因为多了一颗灵魂，其一切的生活现象，皆值得人深深的思索与鉴赏。这就是说，凡有生命者的行动，于我们都是可亲，都是可爱。面临着这热恋的一对，我不禁又有了如纸半张的秀才人情，我为世上的任何有生命者祝福：在上帝的庇护之下，愿一切都有所爱，都有所归，使大地生生不绝，欣欣向荣。

可是当我记起了P先生笔下的“乱世的猫”，我还想更进一步的迎空默祷“民吾同胞，物吾同与”，欲使众生永无飘泊流离之苦，形单影只之悲，我们还得为万世开太平。

然而，超乎热烈的性爱之上的，猫还有它的分明的母爱。

想到了我家那匹牝猫的保育幼小者之认真，那情景真使人觉得酒似的沉醉，从慈祥的毛彩里面，也一样流露着酽酽的人情味：把自己的身体紧紧地扣护着刚坠地的一群，不断的以舌尖舐着还未睁开的小眼睛，用嗅觉来表示她细腻的关切，亲昵，猫诚为无愧于一位仁厚而悲悯的母亲！待到要哺乳了，它就敞露着胸脯让孩子们互相推挤，蠕动，吱吱地吸着她的奶子，享受着母性的快慰和庄严。它善良，安详，俨然的变为三个孩子的母亲了。

听养过孩子的母亲说，当她们为婴儿哺乳时，即有一种不可言说的快感：那瓣小而柔嫩的舌叶一密贴着她们的乳房，仿佛每一根的毛孔中都有一缕温暖在摩擦，在溶解。这时间，处女时代的羞涩或忸怩是没有了，只要孩子大声的一叫，便连忙解开亵衣去喂他或她，幸福是会令人什么也忘却的——然而，有谁看见过真正的能够报答母亲的儿女吗？所以这所谓幸福，其实就是朦胧似的一线光明，它虽然照亮了普天下的母亲的心，但却永远的不着于边际。

但普天下的母亲却还是为爱所纠缠，劬劳，以及从牺牲到灭亡。幸而犹有留存的，她们大约很寂寞，甚至于很凄惨。

鲁迅先生曾经惊叹于母爱的伟大：梦里依稀慈母泪，看着夜色骎骎的逝去之刹那中，我又浮起了他所作的诗句来。然而那下面，却又有这样的苦痛的七个字：忍看朋辈成新鬼！而这些新成的鬼魂里面，也全是我们无数母亲的手所养大的孩子。听说这几位的母亲中间，还一直以为她们的孩子尚存于人间。说不定，还真的觉得自己的儿子，都在上海的银行里做练习生，或者已经在南货店里升上"跑街"了。

"他为什么一直没有信来呀？"

她们把眼睛瞪得大而麻然的，在期待与疑惑里日见其憔悴。但总之如前面所说，她们是生活得很寂寞，很凄惨。

"老吾老，以及人之老"，什么时候我们才能够击退自私与冷酷，呼吸于这样的天地中呢？

但从我孩子的稚气的言动上，我却依稀的接到了"幼吾幼，以及人之幼"的善良的一面——这就是她对于这些初生的雏猫，显示了人禽一例的开心和挚爱。她几次三番的吵着要我陪去访问它们，接着，又语无伦次的盘诘着我：

"它们大起来了，也像姑姑那样的上学堂去吗？"

"爸，我要它们一同跟我睡觉，在冬天的热被窝里。"

"爸，你为什么老是叱着它们的娘？"

因为受不了这些唠叨的缠夹，我不惜以我的冷，来喝退她的热，我们往往在索然中了结，走开。但在小小的眉宇之间，却也分明着不可逼视的怫然之色。

孩子的心理活动，本来跟动物们相差不远。同时，又因了自己也是一个幼小者之故，对于其他的“具体而微”者，自然更加的另眼相待了。在她们的世界里，方是毫无遮隔，毫无权谋的上帝的伊甸园。然而这却又难经岁月的变幻：一着上时间的尘沙，也同成人们一样的，反而要向再下一代夸耀自己的老练，成熟了。

但作为我的孩子的悲哀的，却是她纵然向小猫，母猫表示关切，可是母猫一看见了她——不，一看见任何人的踪迹，反非常的厌恶畏惧，一到了第二天，就要乔迁于别的场所了。这使她惶惑，伤心，而且还要遭我的奚落：“人家为什么偏不欢迎你呢？”

站在猫的一方面论，她恐怕别人探到了地址，也许要有什么的不利施给她的孩子，那末，为避免招摇计，只得迁地为良，也还是猫的母爱之发扬。但她究竟是它！对于曲直和爱憎就无法加以鉴别。——自然，对畜生而建立是非的壁垒，这苟非人的昏瞀，也真是一个很大的滑稽。

但孩子的心境，却落到更大的空虚中了：以自己的热心，换来的是误解，忌惮，甚至仇视。我虽然不欲想猫们评论是非，但也以它的仇视，“还治其人之身”，我就有了原始式的反感——对于猫。

这出发点，实在还是由于彼此的自私，而自私正是一切悲剧之源。这里还可举出一个更凄惨的例来。

约摸在两个月之后，这几匹小猫，居然长得跟它们的母亲一般了。至于动作，智慧和贪馋，尤其惟妙而惟肖。动物的生长茁壮之速，诚有令人觉得惊愕的。无怪初生的孩子，一定要取成猫犬之类的名字了。于是，进一步的，它还利用着牙爪，来猎取它的对头。

有一天的早晨，朝阳还方才晒进了屋子，我家的灶间内，忽然发现一匹仆着的小生物。一看，原来是头幼鼠，再一看，原来还是直僵僵的死定了。看模样而加以推想，大约是被猫当胸一口，气绝而亡，两粒眼珠像榴实似的凸出着，但却也经过了竭力的挣扎。那旁边，还放着一缸白米，这对于死去的幼鼠，也真是一个尖刻的讽刺，而且还是悲凉的凭吊。语云，“鸟为食死，人为财亡”，耗子之为白米而慷慨捐躯，似乎正是命定的收场。可是人们又啧啧的称赞猫之忠于职守，富于胆量：

“你看这样的小，就会捉老鼠了。”

从死去了的同类的骸骨上，猫于是得到了许多人的誉扬，爱惜和优遇。猫诚无愧于其职守，然人却有负于其措置：明知鼠是贪婪食物的；——明知灶间是鼠的出没之所，却并不盖上米缸的盖，反而诱惑似的让它揭露着，待到鼠一旦殉了生命，倒又自夸起豢养术之高明。“钓者负鱼，鱼何负于钓？猎者负兽，兽何负于猎？”使鼠而有知，鼠是一定要抗议的——我想。

但更其使人不平的是，猫其实也跟鼠一般的会偷食物，有时候，还要撕破我的书籍。可是善于自解的人，却以为它终究有捕鼠的本领：“倘使没有它，鼠就不晓得要怎样的猖獗！”两害相权，则稍有优胜者便有可以保护之理由。然而，猫以同类的不幸，来作自己的洗刷缺点的唾沫，进而以维持其跳踉，生存，则这样的一点超过鼠的“优胜”，在“书生之见”看来，该也大悖于人情之道吧？它难道忘记了对于自己的幼小者，又是何等的疾恨人的损害，迫虐呢？为什么对于一头稚弱的幼鼠，却半分不肯饶恕？

在一个竭力的谈宽容，主忠恕，讲情面的社会里，却连一匹畜生也这样的自私，残忍和倾轧，想到这里，我不禁感到这夜的更寒冷，更寂灭了。

尤使我奇怪的是，出世不过几月的小猫，它又怎会知道鼠可捕捉？而这一种无名的仇恨又怎样造成的呢？问了一问人，说：这是出于老猫所训练。不错，动物之间的仇怨，对敌，也还是起源于后天的影响。这里，我还可以举出一个事实来：在几年之前，本市的一个游艺场里，刊出了一个广告，大意说猫鼠向被视为怨家，但本会却觅得了一种奇迹，使猫和鼠关在一个地方而相安无事。观众如要看这奇迹，则只需花代价几毛，云。“便宜得很！”当下我就化为游客，看过明白。一看，倒确乎名不虚传：计鼠一只，猫一只，很亲和很驯良的伏在铁笼里，赚着观众的惊奇与一笑。但要注意的是，这鼠是幼鼠，而猫是小猫，它们一钻出地面，聪明的展览者就利用它们的“天真纯洁”，当作敛钱的工具。这样的一想，也真是归绚烂于平淡，虽是猫鼠相亲，也复何足道哉了。

从这而可以见得，猫鼠之所以终成为不可排解的仇雠，也还如前面所说的，由于后天的训练。这正如阔人“教育”儿女时之说：穷人一定没有好心肠，而他们的穷也还是自己寻出来的。等于说，他们的所以穷，其实就是没有好心肠的报应，“你看，像我们这样的存心，才能慢慢的阔起来！”这样的训练或教育一成立，世上就多出了一切无端的白眼，无端的轻蔑。终至仗着阔人的有力的手，筑成一层远远的隔膜。

不过我又想了一想，我们对于有许多的弱者的仇视，隔膜,实在还需要减消一点,因为弱者在感受难堪之余,也会对你超仇视与隔膜。是人的世界,就得发展人的性格,而人的最健全的性格虽然时有所憎,却更多的是各有所爱,而爱又必须在互相生存之下,才能附丽与寄托。

但我也颇有自知之明,对于这样的思想似乎过于中庸,架空了。大约连猫鼠都要觉得嗤鼻的。

乌乎!谈风月而愧乏长才,说猫鼠而不胜惶恐,我正想投笔而起,但那只蹲在屋角的猫,却又呜呜咽咽的叫了起来。待到我推开窗户去看它时,在星月皎然之下,却真的给我以冷然的一瞥,仿佛在向我说:“你这畸零的人!”

三十二年仲春夜,灯下。

猫的故事

◎许君远

我平生爱猫，到四川三年却不曾有机会养猫，原因之一是此地猫种不够繁衍，必须花好多钱去买，买了又必须用绳索系牢，如果让它自由行动，随时都有被人偷去的危险，伤财怄气，最犯不上。原因之二是妻不喜欢（大女儿抱来一条小狗，大遭妈妈呵斥，成天加以米贵为理由，不肯让它吃饱），倘使把它“请”到家来，只得由我一个人照顾，鱼肉最不易买，而这种消费也不在妻的正常开支以内。

童年在故乡，总是饲养着这种依在身边的小动物，夏天看着它生儿女，在葡萄架底下歪着身子喂奶，心里异常舒服。冬天把它偎在被窝里睡觉，看着它四脚朝天，听着它唔唔地念佛，真是绝好的催眠曲。尤其在北国乡间的雪夜（除了新年，卧室内不生煤火），伴着祖母坐在炕头上听祖父讲故事，抚着猫的脊背，沙沙地闪出火星，宛然置身天堂福地，那种安慰唯有哥伦布到了新大陆可与之比伦。

寿命最长的是一头全身乌黑金黄眼睛的母猫，她留下了四五代子孙，颜色却由黄“虎狸”蜕化成黑“虎狸”，由母亲的短脸变成它们所有的那一条长白的鼻子。短脸猫的确比长鼻子猫好看，乌黑油亮也的确比驳色媚人。那只老猫大概活到我七八岁时，在一个麦秋时节失踪，很可能是被三叔家的恶狗咬死,祖母却说老猫都要回到山里成仙,我对那个神话很发生过一个长时期的幻想。

虽然她的子孙不肖,一只黑“虎狸”猫(大概是她的外孙女吧?)却给我留下不可磨灭的印象。它比祖母个子小,比她驯顺,最特别的便是我下学归来总是躲在大门背后迎接,每天上学要送我出了巷(其实这种送,给了我很大的麻烦,因为怕它遭了毒手,我必须抱它回家,关好大门,重新跑路),完全像一只哈巴狗,在心理上却觉得比狗好玩。

离开乡下去北平读书,满眼含着泪水,一面是因为舍不开终年抚爱我的祖母,另一面却在担心小猫失去照拂。冬天,父亲由家乡返回北平,我首先问到我的恩物,他告诉我被狗咬死,我止不住眼泪簌簌,父亲嗔我不问祖母健康,反而先问动物的安全。后来过年回家,他笑着传播这个故事,惹得老人一起解颐,说“这个孩子长大了一定多情”(这句话注定了我半生的命运)。

北平是一个养猫的好环境,然而也许因为年龄大了,不能专心于“业余消遣”,十数年间不曾养过一只可人意的小猫。女主人不能加意维护,女佣人们自然不肯多费心思。不到半年跑了,另换新的,换来换去也就换厌了,对猫的兴趣大为减少。这一个时期我颇信西谚 Dog attaches to person, cat attaches to places(狗随人猫随地方)的真理,于是我就试着养狗。在养狗的阶段曾经从朋友地方索到一只毛色美丽的大花猫,关在卧室里喂了两天。那时我还不知道用绳索捆起的办法,它颇有“终老是乡”的意思,突然 Romy(我那只大狼狗)闯了进去,花猫愤怒地穿窗而出,一去而不返。

在上海养过一只最有灵性的猫。一天它突然跑到我的楼上书房，等到发现走错了地方，已经为时太迟，孩子们早把房门关上。它非常惊慌局促：眼睛睁得很大，前脚弯着，后脚蹲着，尾巴在地上扑打摇摆，嘴里还有怒狠狠的声音。一个有养猫经验的人对它的表情并不感到稀奇，装作不注意那一回事，一面安抚住孩子们，不许她们走近，一面放一块肉让它尝尝，肉是吃了，不过还是不能宁静，一会逃到书桌里，任你引诱呼唤也不肯出头。于是我便把食物送到抽屉口上，不再打扰它的自由。这样两天过去，它居然成为我们家庭的附属，除了去厨房排泄（那事引起女佣人千百次的怨言），不轻易下楼一步。而且我在哪里，它要追到哪里，我在沙发上睡，它便伏在沙发背上，我在书桌上读书，它便卧在字典旁边，夜里睡在我的脚头，需要下楼便喵喵两声，由我替它开门。这还不算，它最能知道我晚上下班的时间，汽车喇叭一响，它便跳到地上叫喊，有时女佣人听不到声音，还是它的喊叫把她唤醒。妻不爱猫狗，但对于"大咪"（那只猫的专名）的美德也愿意广为宣扬，到过我家的客人，谁都知道这一段催女佣人开门的故事。

我单身离沪赴港，没有把"大咪"带到南国的理由，然而我总是写信问，总是托妻照顾它的生活。家人过港，我吩咐把它带走，下船却只有三个孩子，没看到那个黑"虎狸"白肚皮的动物。事后问起她们，才知道我离沪不久，"大咪"也就失踪，据说又回到它的旧主人那里，妻怕我伤心，写信不肯提起，不过在她叙述经过的时候，我却不能掩抑我的悲怀，宛然是丧失一个好朋友的滋味。而这次颇给了我养猫的新经验，cat attaches to places 并不见得完全正确的。

香港也够上耗子为灾（其情形也许仅次于重庆），猫却不是什么珍品，养猫的风气也不兴盛。一次大女儿从街上抱到家里一只又脏又丑不足满月的乳猫，居然养它长大，但是从罗便臣道迁往跑马地不久，它便另外找到比我家更为安适的地方了。这件事对我没有什么感觉，孩子却痛哭一场。妻说大孩子肖父不肖母，爱猫狗的特性也跟我。每次这样说，我总是得意地笑，因为如果像二女儿那样对猫狗毫无爱惜，我家以后将永无家畜的踪影了，那是多么单调可怕的景象！

爱猫狗是同情心丰富的表现，像我这样一个平凡的人，不会有什么优良的品德传于儿女，因而对于大女儿的肖父特性，觉得非常值得安慰了。

（1944 年 7 月）

作家与猫

◎黎烈文

猫是最通人性的动物之一，无论是雌的或雄的，都喜依偎在你身边，讨人怜爱。文人爱猫的指不胜屈，而法国文学家对猫似乎特别有感情：去年才以八十一岁高龄逝世的名小说家哥勒特(Colette, 1873—1954)，就是一位有名的爱猫家。不过她是一位女性作家，爱怜小动物原是女子的天性，也许不足为例；但近代男性作家中爱猫而形诸笔墨者也俯拾即是：譬如写过一篇寓言小说《猫的天国》的左拉，若不是平日对猫有着深深的喜爱和细微的观察，决不会对于一匹追求自由而终于失败了的猫有着那么多的同情，并给它写出那样好的一篇自白。比左拉成名稍后的另一位小说家和社会批评家佛朗士，对猫也有着高度的温情和友谊。随手从他的全集里抽出一本题名《波纳尔之罪》(Le Crime de Sylvestre Bonnard)的小说集来说吧：在《木柴》(La Bucbe)一篇中，佛朗士一开头便写出一匹名叫亚米迦的公猫，睡在书房的火炉旁和主人作伴，而孤寂的主人——一位年老的书呆子，简直把它当作朋友一般地和它说着话。这位书呆子不是别人，乃是佛朗士自己。而在另一篇《贞妮·亚历山大》(Jeanne Alexandre)里面，佛朗士描写养女贞妮由街上捡回一只被人虐待的小猫的情形，如果作者本身不是一个爱猫的人，也决写不出一个那样爱猫并因而使她自己显得更加可爱的少女。

但是爱猫的作家虽多，大都不过像上面所举的两位一样，间或在作品里面流露出对猫的情谊，至于肯拿几万字来替自己的爱猫作传并居然成为最出色的散文的，除毕尔·罗逖(Pierré Loti)以外，恐怕再难找出第二人。

罗逖是大家知道的小说《冰岛渔夫》的作者。他有一种特别锐敏的感受性，最擅于描写那些虚无飘渺不可捉摸的事物，天末云霞，海上风雨，热带的黄昏，北极的长昼，一到他的笔下，无不有声有色，气象万千。本来没有生命的物象，他都给它吹嘘上生命，像猫那样聪明有情的动物，自然更易触动他的灵感，使他体察入微，窥见一般人所窥见不到的奥秘——动物的内心活动。他在《双猫传》(Vies de deux chattes)里，不仅使我们看到几个爱猫者的可爱的心，同时也使我们看到两只受人爱怜的猫的神秘的灵魂。

收在散文集《死与悲悯之书》(Lelivre de la Pitié et de la Mort)中的《双猫传》，约占八十余面，译成中文大概有四万字。罗逖在这里谈着他家里蓄养的两只猫，其中一只是当罗逖离家后，住在他家里和他母亲作伴的姨母克莱所收养的；这是一只雪白、滚圆、逗人喜爱的法国母猫。另一只是当罗逖服务海军，他的军舰泊在渤海湾内中国的某一海港时，不知何时从中国小船逃往军舰，窜到他房内藏着，因而被他收养并带回法国老家的；这是一只瘦瘪而又丑陋的中国猫。因为曾在军舰的斗室内伴着罗逖度过许多海上的寒夜，安慰了他的寂寞与孤独，罗逖对他似乎更多几分偏爱，所以他在《双猫传》中把这中国猫写得格外动人。例如罗逖初在他的房内发现那只中国猫，叫人喂它食物时，猫的疑惧和感激；第二天，罗逖想要把它逐走时，猫的乞怜和留恋；以及在有着冷雾的凄凉的海上，猫和人渐渐发生感情，初次跃到罗逊膝上以前的一番踌躇和试探等等，使人读了简直要怀疑那小小的头脑内是不是也有着和人一样的思考。此外他写中国猫刚被带到他的老家时，见嫉于原有的法国猫，在厨房内发生了一次恶战，但一经罗逊亲自干预，在法国猫面前表露了对中国猫的宠爱，那通人性的法国猫便知道这中国猫已是他们家庭的一分子，是一位永远无法逐走的“外宾”，从此容忍相处，不再争斗，而隔不多久，彼此竟成了亲密的伴侣。罗逊在这里简直写出了那两只小动物的心理转变过程，而这是需要最精密的观察和最熟练的艺术手腕的。又当罗逊度假家居，和他的母亲与姨母寒夜围炉，享受天伦之乐时，那两只温驯而又淘气的猫，常常扮演着小小的喜剧角色，使那寂寞的家庭平添许多生趣。在这种场面，罗逊不单写出了人对猫的爱怜，猫对人的了解，也附带写出了他的母亲姨母之间的更加深挚感人的骨肉之爱。古老的起居室中，一片慈和，一片温暖，真使读者悠然神往！

后来这两只猫几乎同时感染到一种怪疾：起初是那中国猫仿佛患了怀乡病似的显得郁郁不乐，老是躲在墙上不肯下来饮食，任怎么呼喊也只回答人们以凄惶的眼色和衰弱的鸣声；不久那法国猫也跟着消瘦萎靡起来。虽然请了兽医来给它们诊治，但既说不出什么道理，也没有什么良方，而两只猫却渐渐地陷入昏迷之境。这种依附于人的小动物也许有一种自爱的本能吧，它们不是惯于爬掘泥土掩盖自己的秽物吗？这时它们大概感到自己不行了，却不愿让那些爱它们的人看到它们弥留时的挣扎，中国猫首先突然失踪了，也许是躲到一个不易被人发现的角落去悄悄地咽了它最后一口呼吸吧，总之，它是一去不返了；另一只法国猫也是多少天不进饮食，奄奄一息之余，忽然不见了。大家以为它也和那中国猫一样从此不再转来了，可是过了三天，罗逊的姨母克莱正在那初夏的充满着花香鸟语的庭院里面散步时，却意外发现那只白色母猫像幽灵般的回来了，它瘦弱、肮脏，已经去死不远。是什么动机和力量驱使它回来的呢？也许是被这家人养得太久，在最后一刻钟失去了独自悄悄死去的勇气，还想回来看看它的旧居，看看那些亲爱的人们吧。于是这只猫便死在家中，死后并被埋在庭院的一株树下。罗逊因为自己每次远游时，这只猫是他母亲和姨母的惟一伴侣，惟一安慰，猫的命运仿佛已和两老的命运连结在一块，因此这猫的死也仿佛是两老的终期的开始。他对于猫的小小的难以理解的灵魂的消逝，固然觉得惋惜，而更加使他怅憾无已的，是随着猫的遗骸一同埋入土中的养猫人们自己的十年生命！

罗逊凭着回忆来写这篇《双猫传》时，已经结婚生子，他曾在标题下面，加注一行说：这篇文章是预备他儿子萨姆尔能够阅读时，为他而写的。罗逊的意思想必是要从小教他的儿子以爱人爱猫之道。其实有着赤子之心的小孩对于这种文章似还不甚需要，而且像罗逊那样高雅的散文也决非小儿所能欣赏理解；倒是一班爱心淡薄的成人们，读读这种文章也许多少会有一点好处呢。

（1955 年）

猫

◎老舍

猫的性格实在有些古怪。说它老实吧,它的确有时候很乖。它会找个暖和地方,成天睡大觉,无忧无虑。什么事也不过问。可是,赶到它决定要出去玩玩,就会走出一天一夜,任凭谁怎么呼唤,它也不肯回来。说它贪玩吧,的确是呀,要不怎么会一天一夜不回家呢?可是,及至它听到点老鼠的响动啊,它又多么尽职,闭息凝视,一连就是几个钟头,非把老鼠等出来不拉倒!

它要是高兴,能比谁都温柔可亲:用身子蹭你的腿,把脖儿伸出来要求给抓痒,或是在你写稿子的时候,跳上桌来,在纸上踩印几朵小梅花。它还会丰富多腔地叫唤,长短不同,粗细各异,变化多端,力避单调。在不叫的时候,它还会咕噜咕噜地给自己解闷。这可都凭它的高兴。它若是不高兴啊,无论谁说多少好话,它一声也不出,连半个小梅花也不肯印在稿纸上!它倔强得很!

是,猫的确是倔强。看吧,大马戏团里什么狮子、老虎、大象、狗熊,甚至于笨驴,都能表演一些玩艺儿,可是谁见过耍猫呢?(昨天才听说:苏联的某马戏团里确有耍猫的,我当然还没亲眼见过)

这种小动物确是古怪。不管你多么善待它,它也不肯跟着你上街去逛逛。它什么都怕，总想藏起来。可是它又那么勇猛，不要说见着小虫和老鼠，就是遇上蛇也敢斗一斗。它的嘴往往被蜂儿或蝎子螫的肿起来。

赶到猫儿们一讲起恋爱来，那就闹得一条街的人们都不能安睡。它们的叫声是那么尖锐刺耳，使人觉得世界上若是没有猫啊，一定会更平静一些。

可是，及至女猫生下两三个棉花团似的小猫啊，你又不恨它了。它是那么尽责地看护儿女，连上房兜兜风也不肯去了。

郎猫可不那么负责，它丝毫不关心儿女。它或睡大觉，或上屋去乱叫，有机会就和邻居们打一架，身上的毛儿滚成了毡，满脸横七竖八都是伤痕，看起来实在不大体面。好在它没有照镜子的习惯，依然昂首阔步，大喊大叫，它匆忙地吃两口东西，就又去挑战开打。有时候，它两天两夜不回家，可是当你以为它可能已经远走高飞了，它却瘸着腿大败而归，直入厨房要东西吃。

过了满月的小猫们真是可爱，腿脚还不甚稳，可是已经学会淘气。妈妈的尾巴，一根鸡毛，都是它们的好玩具，耍上没结没完。一玩起来，它们不知要摔多少跟头，但是跌倒即马上起来，再跑再跌。它们的头撞在门上，桌腿上，和彼此的头上。撞疼了也不哭。

它们的胆子越来越大，逐渐开辟新的游戏场所。它们到院子里来了。院中的花草可遭了殃。它们在花盆里摔跤，抱着花枝打秋千，所过之处，枝折花落。你不肯责打它们，它们是那么生气勃勃，天真可爱呀。可是，你也爱花。这个矛盾就不易处理。

现在，还有新的问题呢：老鼠已差不多都被消灭了，猫还有什么用处呢？而且，猫既吃不着老鼠，就会想办法去偷捉鸡雏或小鸭什么的开开斋。这难道不是问题么？

在我的朋友里颇有些位爱猫的。不知他们注意到这些问题没有？记得二十年前在重庆住着的时候，那里的猫很珍贵，须花钱去买。在当时，那里的老鼠是那么猖狂，小猫反倒须放在笼子里养着，以免被老鼠吃掉。据说，目前在重庆已很不容易见到老鼠。那么，那里的猫呢？是不是已经不放在笼子里，还是根本不养猫了呢？这须打听一下，以备参考。

也记得三十年前，在一艘法国轮船上，我吃过一次猫肉。事前，我并不知道那是什么肉，因为不识法文，看不懂菜单。猫肉并不难吃，虽不甚香美，可也没什么怪味道。是不是该把猫都送往法国轮船上去呢？我很难作出决定。

猫的地位的确降低了，而且发生了些小问题。可是，我并不为猫的命运多耽什么心思。想想看吧，要不是灭鼠运动得到了很大的成功，消除了巨害，猫的威风怎会减少了呢？两相比较，灭鼠比爱猫更重要的多，不是吗？我想，世界上总会有那么一天，一切都机械化了，不是连驴马也会有点问题吗？可是，谁能因担忧驴马没有事做而放弃了机械化呢？

（1959 年 8 月）

猫打架

◎周作人

现在时值阴历三月，是春气发动的时候，夜间常常听见猫的嗥叫声甚凄厉，和平时迥不相同，这正是"猫打架"的时节，所以不足为怪的。但是实在吵闹得很，而且往往是在深夜，忽然庭树间嗥的一声，虽然不是什么好梦，总之给它惊醒了，不是愉快的事情。这便令我想起五四前后初到北京的事情来，时光过的真快，这已是四十多年前的事了。我写过《补树书屋旧事》，第七篇叫做《猫》，这里让我把它抄一节吧：

> 说也奇怪，补树书屋里的确也不大热，这大概与那大槐树有关系，它好像是一顶绿的大日照伞，把可畏的夏日都给挡住了。这房屋相当阴暗，但是不大有蚊子，因为不记得用过什么蚊子香；也不曾买有蝇拍子，可是没有苍蝇进来，虽然门外面的青虫很有点讨厌。那么旧的屋里该有老鼠，却也并不是，倒是不知道哪里的猫常在屋上骚扰，往往叫人整半夜睡不着觉，在一九一八年旧日记里边便有三四处记着"夜为猫所扰，不能安睡"。不知道在鲁迅日记上有无记载，事实上在那时候大抵是大怒而起，拿着一枝竹竿，搬了小茶几，到后檐下放好，他便上去用竹竿痛打，把它们打散，但也不长治久安，往往过一会又回来了。《朝花夕拾》中有一篇讲到猫的文章，其中有些是

与这有关的。

说到《朝花夕拾》，虽然这是有许多人看过的书，现在我也找有关摘抄一点在这里：

要说得可靠一点，或者倒不如说不过因为它们配合时候的嗥叫，手续竟有这么繁重，闹得别人心烦，尤其是夜间要看书睡觉的时候。当这些时候，我便要用长竹竿去攻击它们。狗们在大道上配合时，常有闲汉拿了木棍痛打，我曾见大勃吕该尔的一张铜板画上也画着这样事，可见这样的举动，是古今中外一致的。打狗的事我不管，至于我的打猫，却只因为它们嚷嚷，此外并无恶意。

可是奇怪得很，日本诗人们却对它很是宽大，特别是以松尾芭蕉为祖师一派俳人（做俳句的人），不但不嫌恶它还收它到诗里去，我们仿大观园的傻大姐称之曰猫打架的，他们却加以正面的美称曰猫的恋爱，在《俳谐岁时记》中春季项下堂堂的登载着。俳句中必须有季题，这岁时记便是那些季题的集录，在《岁时记》春季的动物项下便有猫的恋爱这一种，解说道：

猫的交尾虽是一年有四回，但以春天为显著。时届早春，凡入交尾期的猫也不怕人，不避风雨，昼夜找寻雌猫，到处奔走，连饭也不好好的吃。常有数匹发疯似的争斗，用了极其迫切的叫声诉其热情。数日之后，憔悴受伤，遍身乌黑的回来，情形很是可怜。

这里诗人对于它们似乎颇有同情，芭蕉有诗云：

吃了麦饭，为了恋爱而憔悴了么，女猫。

比他稍后的召波则云：

爬过了树，走近前来调情的男猫啊。

但是高井几厘的句云：

滚了下去的声响，就停止了的猫的恋爱。

又似乎说滚得好，有点拿长竹竿的意思了。小林一茶说：

睡了起来，打一个大呵欠的猫的恋爱。

这与近代女流俳人杉田久女所说的：

恋爱的猫，一步也不走进夜里的屋门。

大概只是形容它们的忙碌罢了。

《俳谐岁时记》是从前传下来的东西，虽然新的季题不断的增入，可是旧的却还是留着，这里"猫的恋爱"与鸟雀交尾总还是事实，有些空虚的传说却也罗列着，例如"田鼠化为鴽"以及"獭祭鱼"之类。大概这很受中国的《月令》里七十二候的影响，不过大雪节的三候中有"虎始交"，《岁时记》里却并不收，我想或者是因为难得看见老虎的缘故吧。虎猫本是同类，恐怕也是那么的嚷嚷的，但是不听见有人说起过，现代讲动物园的书有些描写它们的生活，也不曾见有记录。《七十二候图赞》里画了两只老虎相对，一只张着大嘴，似乎是吼叫的样子，这或者是仿那猫的作风而画的吧。赞曰：

虎至季冬，感气生育，虎客不复，后妃乱政。

意思不很明白，第三句里似乎可能有刻错的字，但是也不知道正文是什么字了。

（1964年5月5日）

猫鼠的故事

◎孙犁

目前,我屋里的耗子多极了。白天,我在桌前坐着看书或写字,它们就在桌下来回游动,好像并不怕人。有时,看样子我一跺脚就可以把它踩死,它却飞快跑走了。夜晚,我躺在床上,偶一开灯,就看见三五成群的耗子,在地板、墙根串游,有的甚至钻到我的火炉下面去取暖,我也无可奈何。

有朋友劝我养一只猫。我说,不顶事。

这个都市的猫是不拿耗子的。这里的人们养猫,是为了玩,并不是为了叫它捉耗子,所以耗子方得如此猖獗。这里养猫,就像养花种草、玩字画古董一样,把猫的本能给玩得无影无踪了。

我有一位邻居,也是老干部,他养着一只黄猫,据说品种花色都很讲究。每日三餐,非鱼即肉,有时还喂牛奶。三日一梳毛,五日一沐浴。每天抱在怀里抚摩着,亲吻着。夜晚,猫的窝里,有铺的,有盖的,都是特制的小被褥。

这样养了十几年,猫也老了,偶尔下地走走,有些蹒跚迟钝。它从来不知耗子为何物,更不用说有捕捉之志了。

我还是选用了我们原始祖先发明的捕鼠工具:夹子。支得得法,每天可以打住一只或两只。

我把死鼠埋到花盆里去。朋友问我为什么不送给院里养猫的人家。我说:这里的猫,不只不捉耗子,而且不吃耗子。

这是不久以前的经验教训。我打住了一只耗子,好心好意送给邻居,说:

“叫你家的猫吃了吧。”

主人冷冷地说:

“那上面有跳蚤,我们的猫怕传染。如果是吃了耗子药,那就更麻烦。”

我只好提了回来,埋在地里。

又过了不久,终于出现了以下如果不是我亲眼所见,一定有人会认为是造谣的场面。

有一家,在阳台上盛杂物的筐里,发见了一窝耗子,一群孩子呼叫着:“快去抱一只猫来,快去抱一只猫来!”

正赶上老干部抱着猫在阳台上散步,他忽然动了试一试的兴致,自告奋勇,把猫抱到了筐前,孩子们一齐呐喊:

“猫来了,猫来捉耗子了!”

老人把猫往筐里一放,猫跳出来。再放再跳,三放三跳,终于逃回家去了。

孩子们大失所望,一齐喊:“废物猫,猫废物!”

老人的脸红了。他跑到家里,又把猫抱回来,硬把它按进筐里,不松手。谁知道,猫没有去咬耗子,耗子却不客气,把老干部的手指咬伤,鲜血淋淋,只好先到卫生所,去进行包扎。

群儿大笑不止。其实这无足奇怪,因为这只老猫,从来不认识耗子,它见了耗子实在有些害怕。

十年动乱期间,我曾回到老家,住在侄子家里。那一年收成不好,耗子却很多,侄子从别人家要来一只尚未断奶的小猫,又舍不得喂它,小猫枯瘦如柴,走路都不稳当。有一天,我看见它从立柜下面,连续拖出两只比它的身体还长一段的大耗子,找了个背静地方全吃了。这就叫充分发挥了猫的本能。

其实,这个大都市,猫是很多的。我住的是个大杂院,每天夜里,猫叫为灾。乡下的猫,是二八月到房顶上交尾,这里的猫,不分季节,冬夏常青。也不分场合,每天夜里,房上房下,窗前门后,互相追逐,互相呼叫,那声音悲惨凄厉,难听极了:有时像狼,有时像枭,有时像泼妇刁婆,有时像流氓混混儿。直至天明,还不停息。早起散步,还看见一院子是猫,发情求配不已。

这样多的猫在院里,那样多的耗子在屋里,这也算是一种矛盾现象吧?

城狐社鼠,自古并称。其实,狐之为害,远不及鼠。鼠形体小,而繁殖众,又密迩人事,投之则忌器,药之恐误伤,遂使此蕞尔细物,子孙繁衍,为害无止境。幼年在农村,闻父老言,捕田鼠缝闭其肛门,纵人家鼠洞内,可尽除家鼠。但做此种手术,易被咬伤手指,终于未曾实验。

一九八三年四月五日

猫

◎汪曾祺

我不喜欢猫。

我的祖父有一只大黑猫。这只猫很老了,老得懒得动,整天在屋里趴着。

从这只老猫我知道猫的一些习性:

猫念经。猫不知道为什么整天“念经”,整天呜噜呜噜不停。这呜噜呜噜的声音不知是从哪里发出来的,怎么发出来的。不是从喉咙里,像是从肚子里发出的。呜噜呜噜……真是奇怪。别的动物没有这样不停地念经的。

猫洗脸。我小时洗脸很马虎,我的继母说我是猫洗脸。猫为什么要“洗脸”呢?

猫盖屎。北京人把做了见不得人的事想遮掩而又遮不住,叫“猫盖屎”。猫怎么知道拉了屎要盖起来的。谁教给它的?——母猫,猫的妈?

我的大伯父养了十几只猫。比较名贵的是玳瑁猫——有白、黄、黑色的斑块。如是狮子猫,即更名贵。其他的猫也都有品,如“铁棒打三桃”,——白猫黑尾,身有三块桃形的黑斑;“雪里拖枪”;黑猫、白猫、黄猫、狸猫……。

我觉得不论叫什么名堂的猫,都不好看。

只有一次,在昆明,我看见过一只非常好看的小猫。

这家姓陈,是广东人。我有个同乡,姓朱,在轮船上结识了她们,母亲和女儿,攀谈起来。我这同乡爱和漂亮女人来往。她的女儿上小学了。女儿很喜欢我,爱跟我玩。母亲有一次在金碧路遇见我们,邀我们上她家喝咖啡。我们去了。这位母亲已经过了三十岁了,人很漂亮,身材高高的,腿很长。她看人眼睛眯眯的,有一种恍恍惚惚的成熟的美。她斜靠在长沙发的靠枕上,神态有点慵懒。在她脚边不远的地方,有一个绣墩,绣墩上一个墨绿色软缎圆垫上卧着一只小白猫。这猫真小,连头带尾只有五六寸,雪白的,白得像一团新雪。这猫也是懒懒的,不时睁开蓝眼睛顾盼一下,就又闭上了。屋里有一盆很大的素心兰,开得正好。好看的女人、小白猫、兰花的香味,这一切是一个梦境。

猫的最大的劣迹是交配时大张旗鼓地嚎叫。有的地方叫做“猫叫春”,北京谓之“闹猫”。不知道是由于快感或痛感,郎猫女猫(这是北京人的说法,一般地方都叫公猫、母猫)一递一声,叫起来没完,其声凄厉,实在讨厌。鲁迅“仇猫”,良有以也。有一老和尚为其叫声所扰,以致不能入定,乃作诗一首。诗曰:

春叫猫儿猫叫春,
看他越叫越来神。
老僧亦有猫儿意,
不敢人前叫一声。

懒猫百态

◎颜元叔

乱世之人不如狗；治世之人，却也不如猫。此话怎讲，有猫为证。大概两三年前，我推开侧门，踏入后院——所谓后院，不过是厨房与厕所挤剩的小过道而已——骇然发现垃圾桶里，死了一头大猫；后半身挂在桶外，头及前躯完全栽入垃圾里。是谁胆敢把死猫抛入我家后院，而且武功如此，竟准确投入一尺见方的垃圾桶里！我正在诧异，却见死猫的后脚爪在桶壁上抓爬了几下。还没有死？赶快营救，否则要给垃圾闷死！我拾起脚边半截晒衣竹竿，往猫儿的胯下一拨，想把它从垃圾桶里拨出来；说时迟，那时快，霎时死猫变活猫，活猫变凶猫；但见虎头蛇腰，连带各式垃圾，从桶内一喷而出，转眼便上了墙头，上了屋顶，上了屋脊；回过头来，它凶狠俯瞰着我，而后，"猫武"一声，以鄙夷的虎步没入千檐万瓦的苍茫世界。

原来它不是死猫，是活猫，不但是活猫，更是野猫，趁人不备，溜进我家后院，单凭自己的本事，单凭自己的机智，"荒野求生"，果腹充饥。我有些歉意，难道垃圾也不分它一杯羹？台湾富庶，有的是垃圾；我家虽不富庶，养活一头猫的垃圾还不缺。欢迎你随时光临——我向消失在苍茫世界的"瓦上飞"，无声地喃喃着；却也无法忘记它临去时那一眼凶光，那挑战性的一声"猫武"。后来，太太也到了后院，大概发现我仰望云天，一副戆态，问我是怎么搞的。我说，“我刚才赶走了一头野猫，它好凶啊！”我是憎恶还是赞美呢？连自己也莫名其妙。想像那千檐万瓦的苍茫世界，想像那矫健的活力，想像那无声的跳跃，想像那坚强的求生意志，想像那独来独往的嶙厉骨气。……怎么啦，我大概是武侠片看得太多了吧。

倒不是标准丈夫，不过假日我喜欢陪太太上菜市场。我们上的菜市场，不是什么“顶呱呱”之类的不太超级的超级市场——上超级市场，必须先住进超级公寓。我们住的公教宿舍，二十平有余，三十平不足，充其量只能上南门市场，大多数时节，只在附近的小摊贩上，买点什么变色的排骨，眼睛泛白的鱼，阴沟水泡过的青菜，皮厚肉少包开不包退的西瓜等等。我喜欢浏览菜市场的风光，熙熙攘攘的人，层层叠叠的菜，剥虾壳的敏捷手指，手起刀落的砍肉技术……此外，在菜篮逐渐加重之际，也替太太分担一点。（假使菜篮不重，我是宁可把两手交在背后，作“士大夫”状，笑看太太的粗手指捏遍每根豆角，秃指甲敲响成排的西瓜。）上菜场是件愉快的事：目击台湾的富庶，甚至流冲到三四流的市场，心中也觉得结实。然而，唯一不太愉快的事，便是每到人吃的菜买齐，太太总不忘记踅至鱼摊，为猫儿买一条臭黄鱼，或者讨一小袋免费的鱼内脏。因为，那头当年的野猫，已经登堂入室变成家猫，家猫变成驯猫，驯猫变成懒猫，懒猫变成贪猫：它已经到了非鱼不食的境界：若无鱼，你可在它的“喵，喵，喵”抗议声中，依稀听出：“长铗归来乎，食无鱼。”

究竟那头野猫，经由何种进化过程，终至演变成舍下的座上宾，我也不甚了了。反正，如今每当饭菜上桌，它若在室外，必定双爪抓住纱门，拍得门框砰砰作响；它若已在室内，礼貌的时候，它在桌下左盘右旋，不耐烦的时候，孟尝君尚未上桌，它已高踞一椅，前爪往桌沿一搭，睁开那难得睁开的眼睛，向菜碗视察一通，若是发现鱼虾缺货，则颓然落席而去。当然，好心的主妇(其实，我太太绝非猫迷)，必定另为懒猫准备一碗“鱼腥饭”——此饭似乎尚未列入粤菜馆的“群饭”之中，可惜——让它闲逸、完全、尽情地吃了；然后，它就去躺在榕树的浓荫之中，整条背摊平在凉爽的水门汀上，整个肚皮摊开在微微的风里；你走过去，用鞋底或脚底轻轻蹂踏它的腹部，它连眼皮也懒得一提，只是轻哼着：“妙呀，妙呀，妙呀。”

台湾的冬天虽不成其为冬天，要冷的时候也令你渴求冬天里的太阳。冬天一家之内，何处最暖？最暖之处，当数电视机上。为何电视机上最暖？电视机若不最暖，为何懒猫老是踡睡其上?！只要我们一开电视机，它就往电视机上一跳，我们看电视，它蜷成一团，睡得甜，睡得久，睡得超然。任你中东大战，任你水门事件，任你审判贪污，如乌来瀑布从电视泻出，它合眼长眠，不抖动一根睫毛——有时，你自己也想到电视机之上，超然睡他一睡。一头猫的睡劲，真如长江大河，气势磅礴。猫儿白天睡觉，理所当然；可是，这匹懒猫之贪睡，白日与黑夜不分。人未上床，它已就寝；人已起床，它尚昏睡未醒；人们忙于谋生，它在睡眠中消化食物。除非肚里唱空城计，被诸葛亮的男高音唤醒，否则它是一径滞留梦乡，了无归意。人在饱餐之后，得散散步，消化消化，可是它是兽，哪懂得人间道理：“饭后百步走，活到九十九。”它的卧榻随季节而更换地点——正如王公将相之有春宫、夏宫、秋宫、冬宫。冬天，懒猫的寝宫是在电视机上，固不待言；春天，它便移榻藤椅；秋天，沙发是它的龙床；如今盛夏当头，它的寝宫移到磨石地上。人之睡眠,春夏秋冬,只是一张床,就算冬天加毛毯,夏天铺草席,比较懒猫之擅于调摄,相去千里。

至若猫的睡姿,更是多样,稀奇古怪,无所不有。我曾经仔细观察过这头懒猫的睡眠方式,不下百余种。兹举几种最特殊者,以为例证。春夏之交,懒猫睡在沙发上,正好我的西服上装也放在沙发,那懒猫既以沙发为床,复以我的上装为褥,最荒唐的是它把整个头部,塞入上装的口袋里!究竟它是嫌我家空气不好,以口袋为防毒面具?还是以口袋为眼罩,以免强光刺眼,骚扰它的瞌睡?我没有来得及问清楚,但觉一时气笑不得,一声吆喝,它四腿爬起就奔,结果头部更插进口袋,几乎被口袋闷死。月前初夏小施威力,太阳晒得头皮细胞跳舞;中午我自校返家午餐,发现懒猫躺在墙脚下,那地方晒不到太阳,由于浇花之故,地上经常阴湿,当然是避暑的好地方。但是最令人赞叹的是,那懒猫把背脊全部嵌入墙与地的直角中,于是,左边两只腿贴在墙上,右边两只腿贴在地上,头部上仰,颈毛全露,连尾巴也平镶在墙地之间。这种因地制宜,把自然条件利用到了化境。我看得发了呆,一时忘了自己的全身大汗,移情作用令我也分享了猫儿的凉爽。

猫儿原是捉老鼠的,猫鼠之间,本有天生敌意。然而,江山易改,本性亦不难移。曾几何时,豢养之下,懒猫已经懒得与鼠类为敌。它不仅不捉老鼠,甚至见了老鼠就逃,颇似当年的军阀碰上日本兵。一天晚上,厨房里出现一只老鼠,中等大小,并不可怕。我把厨房门窗先关上,请太太把懒猫从电视机上抱下来,往厨房一丢,立即关上门,站在外面静静等着。等了半天,里面毫无动静,我开门一看,懒猫已经睡在瓷砖的灶台,头搁在煤气炉上。一气之下,我冲了进去,拿起棒子先将猫打起，又向柜下罐后乱戳一阵，终于把老鼠赶了出来，乱跳乱闯；这时，那懒猫若还有一点猫性，应该趁机跳扑过去，替我把老鼠捉住。谁知它竟然狗急跳墙，跳上碗柜，然后在那上面，虎虎喷气，作防卫态势；待我把老鼠赶上柜顶，懒猫从柜顶一跃而下，钻入柜底，依旧虎虎喷气，作防卫态势。我一气之下，不打老鼠，反过头来打猫；太太在门外大概听到猫儿悲鸣，推门进来劝架；于是，猫鼠联袂趁隙闯出，落荒而逃。所谓养猫千日，用猫一时；养得太久，居然不堪一用。

然而，在太太的仁慈之下，懒猫又回到我们的家。它的体重继续增加，皮毛油光闪闪，我怕有一天会长得大如猛虎——只怕是没有猛虎的牙齿，咬不碎一根骨头，只能吃太太手中的“鱼腥饭”而已。无论我多愤怒回家或欢欣回家，无论我是仰天长啸或埋头沉思，那懒猫总是一径睡在树荫下，睡得那么超然，睡得那么宁谧！也许，它已成佛作祖；置身攘攘红尘之外；也许它已获得浮生要诀：那便是“多吃多睡”，因此“无忧无虑”。

不能面对的小小

◎南方朔

小时候,家里养鸡,从清晨放鸡、喂食到黄昏收笼,都是我的工作。鸡会认人,会围着啄啄喧闹,连成一条小小的感情线。

因此,当鸡长大拿出去卖,或过年过节,我总是一把鼻涕、一把眼泪地哀伤不已,并因此而拒吃鸡肉多年。那是刺人欲痛的小小死亡。它伤害到了童稚的心灵。

小时候,也养过一只小猫,黄白斑纹的家猫。后来它失踪了,村前村后到处搜寻无着,大家哭了好多天。那时乡下还作兴将猫吊死在树上,住家很远处有片杂林,常见被吊死的猫咪,我还特地走去寻找,也未见下落。过了好久,村后蔗园收割已完,去玩耍时看到一张枯干的黄白斑纹猫皮,为之大恸。从此以后,我就拒绝再养任何动物,不为别的,只是不想再经历那种小小的死亡。小小的死亡由脆弱、无助、溺爱等组成。正因它的小小,反而更能钻进感情的缝隙,不易忘去。

而这种对小小的死亡的恐惧并不容易传递。我的小孩从很小开始,就黏着说要养这个那个宠物,但都被我拒绝,因而招致他们的抱怨,说老爸没有感情。稍早前,因为读书而住宿在外的小孩自己养了一只波斯猫,但因照顾不来,只好拿回来养,让我又回到了自己孩童时养猫的过去。每天都和它玩耍、逗弄。但经常就在和猫咪嬉弄时，却又莫须有地想到，到了某一天，又将如何面对可能到来的小小死亡。每想到此，却又暗恨自己为何依然那么容易无谓地感伤。

我有好几册猫诗集，几乎每册诗集里都有多首诗讲到这种小小的死亡。印象最深的是英国后期浪漫女诗人罗塞蒂(Christina Rossetti, 1830—1894)所写的《一只猫咪之死——诗致一个活了十岁半的好友》。罗塞蒂的诗以感性细腻、并多有神秘意涵著称，愈到近代，愈被推崇。她在这首为猫悼亡的挽歌里，开宗明义就以这么强烈的句子为始：

当一个女子的猫咪静静逝去
她的哀伤谁将与说？
谁能数得清她的泪珠
为她多年的挚爱？
能对谁倾诉这幽黯的沮丧
对她面对的小小死亡？

她的猫咪逝后，被安葬在一处小小的坟茔里。她的诗最后在这么低沉的句子里结束：

不管谁经过
猫咪躺下的小小坟茔
请脚步放轻，放轻
不要惊扰到它小小的永睡！

猫

◎蔡澜

到朋友家,看到主人养一只大猫,学着人样,靠着墙,对着座灯取暖,双手交叉,翘起脚睡觉,这样子实在惹人喜欢,我想我会考虑弄几只猫来养养。

小时候家里有猫,为生活奔波后,常要出国,别说养猫,连金鱼也不肯收留。我的性格是如果要养的话,一定要一心一意去照顾它,绝对不可假手于菲佣。

香港人养狗的,多过养猫,美国人相反,他们除了宠物店之外,还开了猫的健身院,猫的演技学校、猫的针灸所,猫的酒店等等,他们又为猫拉皮条,客人可以日租一只猫,举行猫叫比赛,最后还有猫的养老院。

超级市场中,猫的食物罐头种类已经多过婴儿的,美国人生小孩,越来越少,养的猫越来越多。有一天,终于会超越人口,整个国家被猫的排泄物埋葬,马克思知道了一定会在黄泉之下大笑:猫战胜了资本主义!在漫画家占·戴维斯住的印第安纳县,有一千五百种加菲猫的商品出售,戴维斯说加菲并不是猫,它是一个小孩子穿着一套猫的衣服。八二年加菲猫的漫画书占全国畅销书市场的三分之一,美国一千五百张报纸每天连载,世界各地也向戴维斯买版权,但奇怪的很,他不养猫,因老婆不喜欢!

谈到加菲猫，欲罢不能。

漫画家占·戴维斯只是四十岁左右。加菲，是他祖父的名字。戴维斯创造加菲的，说这只猫主角的好处在它不必是白人或是黑人，没种族差别；它又不是雄的或雌的，男女都喜欢它；而且，没有说过它是一只老猫或是一只年轻猫，所以大人和小孩子都能接受。

星期天比较大幅的漫画，戴维斯要花四个到六个钟头去写，普通日子的只要一小时至一个半钟头。其他的时间，戴维斯顾着玩耍和回答加菲迷的来信。

加菲语录已经成了重典，成了哲学；

“人生像一缸热的洗澡水，浸在里面挺舒服的，但是在里面越久，你的皱纹越多。”我本人不喜加菲那种好吃懒惰，又尖酸刻薄的性格，但还是每天追这段漫画来看，它实在画得很精彩。出版商分析这种心态，他们说：“加菲吸引两种最多的读者，喜欢猫的人和讨厌猫的人。”

戴维斯最后说：“有时候，我觉得我靠画一只笨猫为生，自己也很好笑，但是更好笑的是居然有人出钱来买。以猫为对象的漫画很讨好，加菲吃得太多，睡得太多又不肯运动，这对一只猫来说还是可爱的，如果我画的是个人类，那就很讨厌。”

除了加菲之外，美国最畅销的两本杂志叫《猫》和《猫迷》，每一期都能卖几十万本。

猫已成了美国文化的主流，舞台长寿剧《猫群》在世界各地的大都市上演，东京有它的日本版本，剧本是从依列特(T. S. Eliot)的一首关于猫的诗中得到的灵感。

走进美国的任何一间书店，你会发现圣经宗教或烹调的书都给人搬到后面的书架，摆在你眼前的都是猫书，要不然就是猫日历、猫印纸和猫记事簿。

如果你在图书目录表中翻猫那一栏,占的页数可算不清,已经有人出版了一本猫的命相书了。

邮购猫书的书名已有五百个。图书馆中多数有一千四百本猫书。有本书算过,由古至今英文版的猫书大概有一万八千本,这本书是出版来谈其他猫书的。

我在计划监制倪匡兄的《老猫》,所以近来也应有尽有地看了不少,对猫的生态做研究,重新发现它们懿态的优美,行动起来简直是位淑女,又惊讶它们的迅速、佩服它们的宁静。

最羡慕的是美女们多数喜欢猫,她们抚摸猫、哄猫睡觉、替猫洗澡、抱住猫玩、喂猫吃东西,给猫无尽的爱,我真希望自己是一只猫。

世界上有五大爱猫之人:

穆罕默德这位回教领袖,说猫是好的,狗肮脏。有一次,一只猫在他腕中睡去,他把他的袖子剪下来,因为他不想吵醒这只猫。

伯特活这位诗人,去世之后他的猫和他一起被制成木乃伊,同时埋葬。

李活列这位红衣主教,在教堂中准备了一间房间给猫住,每天用鸡肉喂猫,他死后,教徒们继续用鸡肉喂他的猫。

丘吉尔这位首相,吃饭时一定要和他的猫一起吃,很多时候他的佣人要去找到猫,才能开餐。

舒华兹这位医生,用左手开药方,因为他的爱猫西芝喜欢睡在他的右手中。

世界上有五大恨猫之人:

亨利三世这个皇帝!战场上英勇似狮,见猫就昏倒。

杜布风这个自然学学家,极力赞颂狗,但说猫越老就越讨人厌。

威士伯这个字典作者,注解说猫有骗人的个性。

布朗这个作曲家,常常用弓箭去射猫。

艾森豪威尔这个总统,家里有枝猎枪！专门用来杀猫。

关于猫的名言,有：

“当我和我的猫在玩的时候,到底是谁最享受,我,还是猫?”

“猫胜于人,它们不管时间的消逝,它们对死亡没有观念,因为没有神论者教它们,它们临终之前也不要什么仪式,它们也不会留下什么遗嘱去给人争财产。猫第一次听到死的事!是它们死的时候。”

“猫是不能被驯练的,猫只能驯练人。猫走到冰箱前面妙妙叫!你就得喂它们喝牛奶;猫走到门口妙妙叫,你就得很听话地放它们出去。”

“猫会认清它们的食物,狗不会;猫只吸它妈妈固定的乳头,狗却乱吸,不认得是哪一个。”

“养猫的人常叫消防局人员爬梯上去把树上的猫抓下来,这是多余的,猫一定会没事地自己下来,最强的证据是,从来没有人发现在树枝上有副死猫的骨头。”

“狗只能被牵着走,猫呢,你可以和它一起散步,猫一向走在人的前面,它不想让其他人以为它是跟屁虫,而且!猫没有一面走一面小便的坏习惯。”

“猫一眼就知道你喜欢它,或者不喜欢它的,问题是,它一点也不在乎。”

（1991 年 2 月）

看猫

◎西西

一

朋友有许多年没去旅行了。其他的朋友又到莫斯科，又到东欧去。朋友说：如果出门旅行，谁来照顾我的母亲呢？朋友的母亲年近八十，一直自己煮饭，打理家务；清早起床，下楼买早报回家，中午买菜，跑马的日子，还到投注站买彩票。

菜市场多老鼠，马路边摊档和街道两旁的店铺，几乎家家养猫。朋友的母亲经过店铺，和每一只猫打招呼，不见其中一只，就逐家寻找、查问。她平日一人在家，十分寂静，忽然说，养一只猫好吗？事实上，老鼠纵横，虽居楼高十数层，老鼠依然为患，不但吃咬水果饼食，还成家立室，生下一窝窝儿女。

朋友上书店买书，经过楼下宠物店，进去逛逛，见一个笼内拥挤着四五只小猫，对它们喵喵一下，其中一只竟站起来回应：喵喵。朋友说：我买这只猫。问明是公猫，才两个月大。连同猫儿一起带进家门的既有藤篮、铁笼、猫砂、胶盆、猫饼，还有梳子、刷子，眼、耳药水等等。胶盆放进浴室，才注满半盆砂，正为如何教导小猫用厕发愁，小猫已经跳进去小便，神情肃穆。完毕，扒砂盖上，干干净净，大家很是惊奇。

猫不肯住铁笼，整夜喵个不停，只好放它自由行动。它却跳上床，睡在朋友脚边，三番四次抱它下地，仍跃上床，床也不矮。用指点它的额头，叫它知难而退，它眯上眼睛，硬是不退。睡时必定用背脊贴住主人身躯，害得朋友一夜不敢大意，怕转身把它压扁。

猫饼干坚硬，需用水浸透，小猫显然吃得辛苦，于是给它吃罐头，水分多，较柔软，它吃得很开胃，一天一天长大！活动时活泼非凡，睡觉时四脚朝天，有趣得很。转眼六个月大，已注射过三次防疫针。经高人指点，认为该接受绝育手术。在电话中和兽医约好，带猫去立刻可以办妥。哪知洋医生把猫一看说道：聪明、可爱，是头女猫。女猫复杂些，得另约一天做手术。

给女猫做手术，要全身麻醉。医生在它背脊注射一针，它立即闭上了眼，助手把猫四脚用绳扎住，它仰卧手术台上，一动不动，只吐出舌头。助手剃去它腹部一些毛，用白布罩住猫，只剩一个四方孔。手术室的小窗随即被关上，一切过程都看不见。带猫回家时，它还没醒，在篮里继续睡了两小时。麻醉药稍过，见到主人，生气极了，胡胡哮叫，然后蹒跚钻到它最爱躲的书橱底下，久久不出来。城市中的家猫，既失去流浪猫的自由，也被剥夺了恋爱的生活。惟一的补偿大概是不必偷偷觅食，不必生儿育女，饱受流离失所，以及病残无助的痛苦。

最初，猫的名字是猫儿公，既是女猫，改为猫儿妹。一忽儿，长成一只大猫。它身长、手长、脚长、背毛平直，一大片黄色，腹毛卷曲白色，坐着时，胸前卷毛一层层像个法官，又像狮身人面像。它不是波斯猫，是唐猫和波斯猫的混血儿，嘴边有三道黄纹，好像印第安战士的纹面。它还有一大把芦苇开花似的尾巴。整个身体呈四方形，如果站着不动，似乎可以当凳子坐。

谁能解读一只猫？如果健康正常，得好歹和它相处十数年。朋友为此翻看了一些饲养猫只的书、录影带、买齐了八集《我为猫狂》的漫画，留神一切有关猫的东西，但谁又真能够明了它小小的脑子里想些什么。它对一切移动、飞舞、摇晃的事物非常专注，不看东西的时候，仿佛哲人沉思，眼睛充满秘密。它有独立的性格，白天爱睡哪里就到哪里，不爱吃的食物一手打掉。偶然经过，还要再打。朋友喜欢把新写的诗贴在书橱的玻璃上，看看改改。它看了也用手打，这是它的诗评。又喜欢爬书橱，爬到三四格高，攀下几册《庄子》来。

爱睡在电视机上，把尾巴垂在荧幕前，又爱坐在窗台上看雨。最爱吃鸡，那可好，猫最需要的是蛋白质，罐头食物的含量终究不多。它与主人平起平坐，常常跳上橱顶，凭高俯视，不像狗，老要仰头看人。最不爱别人抱它，主人也不例外，它绝对不是宠物。但到了晚上，必定跳上床和主人分享一张阔床。冬天天冷，一有机会就潜进被窝。夏天选最佳的空调位置静坐。不知道火的可怕，一日跃上厨房灶头，看水龙头滴水，用手去打，没想到尾巴摆到背后刚烧沸了的水壶，结果烧焦一撮毛；用鼻子凑近水壶，又烧断两根胡子。

我常常和它玩壁球，把一只乒乓球抛向墙，弹回来，它会跳起来扑打，身手异常敏捷，若比赛足球，自然是首席守门员。它懂游戏规则，一扑到球就放下，甚至用手拨回来给我，自己跑去蹲在一边，等我发球。即使游戏，严肃认真。有时球滚入沙发底下，我问它：波波呢？它就用手去掏。除了乒乓球，最爱纸盒，不管大小，见了就爬进去，表演缩骨杂技。它在纸盒上磨爪，从不抓家具。又特别爱水，一般人说猫儿怕水，这是错觉。它自幼每周洗澡，双手紧扶水盆边，乖乖不动，它只怕呜呜作响的风筒。主人告诉我，一次它半夜跳上床，抚抚它，大吃一惊，头脸四肢皆湿，原来主人忘了倒去浴室中一盆水，它玩了一个痛快。

有位朋友成为它的监护人，常在电话中指导一切。我则有时替它拍照。它不怕强光，眼睛眨也不眨。它只生过一次病，自小就会发出奇异的咕咕声，原来肚内生虫，吃过药完全好了。上过一次公园，起初不敢下草地，像壁虎一般伏在主人胸前，稍后则在树下探索，跳下小渠喝泥水。我有时观察它，对猫认识略多。它没有眉毛，眼睛上也长触须，耳朵里面也长许多毛。它的生活习惯，和人并不一样。我想，人类如果能够多和花鸟虫鱼及小动物接触，大概可以免于沦为万物之霸。

水无有不下，猫无有不上。它的族类不必熟读孟子，天生懂得猫向高处，水向低流。永远奋力跃上最高的橱顶，在门楣上要走钢索的绝技，有一副超猫的神态，当然也不必读尼采。试过攀上浴室的磁盆，直起身子照镜子，看看并不惊讶。从二个月大离开猫群，不再和别的猫一起生活，既无友伴，也不复记忆父母兄弟姊妹了吧。在兽医诊所见过狗，这就是它所知道的小动物的世界。

独自一猫养在家里并无问题。朋友早上上班，离家前准备好食物和清水。它见主人穿衣穿鞋，就知道要出外，深情款款依依不舍地望着，直到门终于关上。家中没有闭路电视，不知它如何打发，想像中是到处巡游一番，爬高跳低，吃点食物，喝点水，上上厕所，捉捉蟑螂、飞虫，然后呼呼大睡。听到钥匙开门的声音，它是多么高兴呵，立刻跳到门口的茶几上，探头张望,门一打开,主人回来,它喵喵地欢迎,主人摸摸它的头,问它:今天乖不乖呀,有没有顽皮呀?彼此都充满了欢乐。一猫在家,怕它闯祸,厨房门要关好,窗子不能大开,小刀藏起,电器都熄掉。猫也不闯祸,最多把桌上的铅笔打下地,把小胶匙或桌子底下的栗子、花生衔到床铺上它固定睡觉的地方。

有的猫吃植物,它没有兴趣。种过猫草给它,长到三寸长剪碎放在碗里,根本不吃。种猫草给猫吃,是帮助它清理肠胃,尤其是长毛猫,总会吞下一些毛进肚子。毛球在肚内打结,是要做手术取出来的,吃点草可以帮它呕出来。它既不吃草,只好天天勤加梳理,把新陈代谢的毛梳落。用密齿梳梳理猫毛,同时可以捉到虱子,无论怎样用梳子梳,用药水洗,虱并不能绝迹,也许,将来的地球必然成为昆虫世界。对于那些参加展览的猫,不会遗体抓痒,也就不得不佩服主人的本领了。过年时家中插些剑兰,它也不去研究,打从花瓶旁经过,绝不会把花瓶打翻。平日打开大门,不敢出外。晚上主人提垃圾到梯间,它可大模大样出巡了,在走廊上竖起大尾巴散步。起初听到电梯响,立刻逃回家,稍后也不怕,竟在廊上蹓跶一小时不肯回家。

阿伟到朋友家喝啤酒聊天。半夜起来看电视,它也起来,人看电视它看人。对于不熟悉的陌生人,它先是躲起来,然后远远保持适当的距离,两眼专心注视,那双眼睛随着人的体态而移动,完全像美术馆中那幅著名的微笑女子。世界杯开始,主人每天晚上半夜看球赛,它也不睡啦。平日清晨五时,它在家具之间跳跃做晨运,找到角落的乒乓球,运动一小时。到了七点,主人还不起床,就把脸凑到主人面前,胡子先到,把主人唤醒。半夜陪着主人看世界杯,它一睡睡到十一时起来,伸伸懒腰，不停打呵欠。

挥动一个发光的摇摇，它歪斜着头看，常常把头转一百八十度，幸好不是魔猫。在黑暗中看它，眼睛是荧光绿，拍出来的照片也是绿眼睛，威势慑人。朋友出门一天，考虑三日，该把它托付猫酒店还是留在家中？结果决定由它在生活惯了的环境走动，总比困在笼中好。第一次由朋友上门喂饲食物、换清水、清洁厕所；第二次只远行一天，则准备大量食物和水。旅途中牵肠挂肚，远行归来，连忙赶回家，别来无恙，它也喵喵地叫得特别亲密。

见到猫儿妹可爱，我就想养一只猫，但还是放弃了，因为不知道能照顾它多久，养猫是十年二十年的事，我没有把握陪伴它一生一世。朋友的猫就当自己的猫好了，常常去看看它，和它交朋友。对于猫，我倒可以宽心放怀，相信友谊长存，猫既不嫌我穷、没有学问、年纪渐老、一无所用，也不理我是黑是白。

八十岁的老人身体忽然衰弱下来，神志不清。打开大门下楼，呆坐在管理处。炉灶上烧水，掉头忘记。进浴室跌伤膝盖流血也不知道。不得不住进老人院去了。朋友天天探望她，有时带她回家看猫。猫一直认识她，并不躲避。朋友可以去旅行了么？报纸上有关美洲旅行团的广告。朋友摇摇头；谁天天去探望我的母亲呢？还有，他加多了一句：谁来照顾我的猫呢？

一九九四年

二

1

猫儿跳到沙发上，用胡子触碰我的脸，对我说：喵。我摸摸它的头，说：乖。

2

在窗台上看见鸽子飞过，猫很兴奋，整个身子颤抖，它说：噫，噫。我说：乖，这是鸽子。

3

猫在走廊上散步，堂堂皇皇，闯进别人家。小朋友想关上门留它嬉耍！它龇牙咧嘴说：胡，胡。我说：乖，这是邻居。

4

朋友来了，猫儿躲起来，又好奇，跑到房门口。蹲着不动。朋友看看它，它伸出舌头说：噗甫，噗甫。我说：乖，这是朋友。

5

带猫去注射防疫针，在电梯里、计程车里，它不断惊恐地说：噢呜，噢呜。我说：乖，不怕不怕。在候诊室中，它一声不响，瞪着一只斑斓鹦鹉，站在一个大胡子肩上。

6

拨开肚皮上的毛，替猫捉虱子，它不高兴，抗议说：哇哦，哇哦。我说：乖，不要吵。

7

替猫洗澡，它手舞足蹈，大叫大闹说：咪呕涡，咪呕涡。我说：乖，不要闹。

8

给猫搔痒，它很喜欢，用腹语术说：咕噜咕噜咕噜咕噜………我说：乖，猫乖。

三

猫科动物中，狮子合群，老虎独往独来；猎豹兄弟相互为伴，金钱豹是独行侠。家猫似乎喜欢联群结队夜游，不过，一只猫独自住在高楼大厦看来也能适应。朋友每天上班，猫儿在家中生活如何？也许，饲养多一头猫，就有游戏的同伴。于是，增添一名家庭成员。仍到宠物店去浏览，结果带回一头两个月大的混种波斯猫，全身黑毛，带褐纹，又夹杂灰色，前颈白濛濛，四蹄踏雪，因为色彩斑驳，取名花花。

并非养猫去比赛，所以不取纯种。混种波斯猫的优点是鼻子不下陷，故不流眼泪。把猫放在颇宽阔的铁笼内，它就是不愿意，不停头撞手抓摇栏栅，几乎把笼掀翻，小小猫儿，气力不小。大猫自小猫进门，就目不转睛。先是远视，继而趋近，在笼外绕圈徘徊，不时靠到铁栏外探索。于是，用布把笼子罩起来，仿佛人家的鸟笼。

小猫在笼内一夜吵闹碰撞，怕它受伤，只好放它出来。大猫则虎视眈眈。遂把客厅用高达一米的发泡胶板自走廊口分隔两半。根本没用，身手不凡的大猫一跃而过，直逼小动物。小猫躲到木柜底下，大猫也钻进去，只听得小猫胡胡哮叫。赶忙把大猫抱出来，放在走廊的另一侧，严加看守。

只养一头猫，大抵仅能认识猫的一半个性，对主人既友善又温驯，可是一旦出现了另一头动物，况且又是猫，原形毕露。

有高人指导，养猫最适宜早作决定，一开始就养两头；若是中途增添，可能有麻烦。旧猫对新来的猫会充满敌意，以为外来者入侵它的地盘，争夺它王者的地位，分享主人的宠爱。

大猫对小猫的出现，的确又惊讶又不安，觉也不睡，东西也不爱吃，什么都不做，只围着小猫。小猫则安然走动吃食，只要大猫不逼近，自顾自游戏。这样子维持了两个星期。一开始，已经把小猫介绍给大猫认识，说这是小妹妹，要好好待它，是特别带回来和你一起游戏的，不可以欺侮、恐吓。若是欺侮它，就把你赶走。实在可怜，大猫的生活中无端起了波涛，还不时被主人斥喝。

幸而二猫终于和平相处。的确想过，如果二猫水火不相容，留下大猫还是小猫？大猫养了一年多，有感情，只是天性孤僻；但小猫有趣，是个乐天派。饲养两头猫，才明白猫各性情。原来大猫不合群，虽有猫友在家，仍是独往独来，跳到橱顶。小猫却活泼好动，性情随和，没多久，就把大猫当做母亲，老是跟着，做大猫爱做的事，睡大猫爱睡的地方。可是大猫却不理它，总是找偏僻的地方钻，小猫居然也爬到橱顶，睡在一旁，大猫显然有点生气，但也没办法。

以为大猫讨厌小猫，原来看错了。大猫不怕水，替它洗澡，它就乖乖坐在盆中，前足按盆边，它不怕水，怕的是风筒。小猫呢，替它洗澡，就像打仗，吵闹挣扎，大叫大嚷，杀猪一般。它的叫声一定有特殊的讯息传达，以致大猫听见了，就在浴室门外喵喵叫。这情形，屡试不爽，只要大猫听到小猫拼命喊叫，如剪指甲、捉虱子，就跟过来对主人呜呜叫。有一次，朋友故意作打花花状，让它喊叫，大猫立刻跑来，胡噢胡噢叫，它是抗议，维护小猫，仿佛它是族长。

大猫是混种长毛猫，杏眼圆脸，眉清目秀，有王者的风范；小猫橄榄脸，眼似白果，五官挤在一堆，十足芝麻绿豆官。按说，波斯猫有贵族气派，小花没有，老是脏兮兮的样子，懒于洗脸梳毛，上厕所不懂扒砂盖上排泄物，教来教去不会，也不听。大猫见了就皱眉。总是替它整理砂盆，非常干净，自己花许多时间梳理，一尘不染。

小猫长到六个月，也去做绝育手术。这次的医生，不用把纱布贴在腹部，而是用一条绷带围着腰扎住，绕到背脊绑个蝴蝶结，整只猫像件节日的礼物。疤痕很快愈合，也不用上诊所拆线。

猫儿渐渐都长大。大猫七岁，小猫六岁，性情都出来。大猫愈来愈老成持重，身手轻盈敏捷，高来高去；小猫贪吃，毛又特长，显得肥头胖耳，很高的橱顶，就不上去了。老像六个月大的样子，爱游戏，永不言倦，宁可不睡觉，玩了再说。主人夜睡，它也不眠，累得睁不开眼仍硬撑，白天睡得死猪一般。

小猫初来，小如熨斗，大猫已如吸尘机大小，数年后大猫体积依旧，小猫长得大如横放的水桶，摊在地上，占三块一尺见方地板。一副天不怕地不怕的样子，有时和大猫玩耍摔跤，勇往直前，从不认输。虽然不敌，跌倒再爬起来对峙，总是大猫懒得再斗，索然无味走开。大战时，常遭主人喝止，叮嘱大猫不可打小猫，因为它一不高兴就二巴掌扫过去。其实，小猫很霸道，每天要上演几次争座位，是争柜顶、窗台、冰箱顶，迟一步者向隅。

对于吃食，大猫斯文，仪态万千，坐下来，卷起尾巴，细细嚼、慢慢咽；小猫嘴馋，两盘食物，先吃自己的一半，然后再去吃另一盘,回来再吃自己的一份。又常常在大猫背后干扰、守候,一旦有机会,就去抢食,主人不得不把它抱开。大猫试过施施然才来就食,哪知食盘已空空如也,倒是一场教训。

都不喜欢让人梳毛捉虱,大猫不太介意,小猫则一见水勺,就逃之夭夭。但又爱玩,听得叮当球响,把一切忘记,又跑出来,被逮住了。虽是健忘,熟人都认得。好管闲事,本来大胆,可能受大猫影响,有何风吹草动,就躲起来,但又不舍得放弃,就躲在桌下或门后张看。

也不爱人抱,一抱就挣扎。挣不脱只好不动,眼珠子也不转,呆若木鸡,并不瞧人。主人放手,它就纵身一跃,扬长而去。非常顽皮,爱攀窗帘,也在门楣上走钢索般来回。主人买了一幅地毡,刚一挂,小猫就爬了上去。从此,地毡被卷起来束之高阁。

有一次,主人回家,遍呼花花不应,依平日习惯,它早跳到门口迎接。到处找不到,问大猫则一脸茫然。忽见一团黑墨墨东西在窗外抓住窗栏,原来是小猫。幸而它奋力朝上爬,朋友才把它从顶格横窗按住,拖回室内,差点变成了高楼上的飞猫。

也许猫罐头吃多了,小猫患肾病,每五分钟上一次砂盆,无法小便,又到处蹲在容器上:纸盆、胶盘、空盆,自己也不知为什么,又不懂得说话。于是去看医生,前前后后,医了半年,不肯吃药,所以无效。从红磡、黄埔、何文田、胜利道、太平道,直到过海上跑马地,遍访港九名兽医。没有一位名医能令它吃下药丸,不论用针筒还是研成粉,全吐出来,如螃蟹,一嘴泡沫。见到兽医喂药,手足并抓,张口就咬,咬遍名医无敌手。还是一位护理员有办法,指导用蜜糖拌药粉,涂在嘴边,它自然舐，也就把药舔食了。

小小猫儿，也受许多苦。病的时候，要探体温、吃药，做超音波扫描。一次探热，针竟折断，留下半截在肚内，立刻全身麻醉取出来。以后只能吃低镁餐猫粮。对于主人，小猫从不出爪，只想伺机逃跑；大猫偶然会出错，比如捉虱时，梳到肚皮，把黑卵有力梳出，它就反口一咬，伸爪就抓，有时在主人手臂划一道痕，大概猫也知错，立刻伸舌来舐，以补过失。

大猫较静，小猫好动，最爱翻筋斗，主人吹口哨，它就翻，一连六七个筋斗，翻过来、翻过去，都是侧卧地面，头先贴地，身子一挺，就翻了过去，左一个、右一个，真可以到马戏团表演了。又有一种本领，是推椅子，前足按在小靠背椅上，然后用爪轮流抓椅背，小椅子就朝前移，一把椅子，可以从窗口推到门口，足足四五米路程，真是奇观。

买睡床给猫是没有用的，漂亮帐幕，舒适的褥篮都不睡，自己会找奇怪的地方。种猫草也没有用，不吃就不吃。两只猫都不看电影，对荧幕上的花豹、老虎、不瞅不睬，鱼鸟蜘蛛全无感觉，可是家中若有苍蝇、蟑螂，则杀无赦，飞身追扑，直至大功告成。鲜花有时去嗅嗅，花盆的水也喝喝。常常站在窗台上，看楼下平台上走动的鸡和狗，若有飞鸟经过，浑身发抖，还回头喵喵叫告诉主人。

大猫爱冷眼旁观，觉得一切都是小玩意，它是思想家，也会发表自己的意见。它爱睡沙发上的椅枕，主人坐在沙发上，它会跳上茶几，绕个圈来到主人身边，徘徊、叫唤，主人就明白，让开。它走上椅枕，先踩一遍，然后坐下，洗脸洗手，再躺下来，闭上眼。过一阵，头埋在手中，呼呼大睡。

小猫平日爱仰睡，四脚朝天，露出肚腹白毛。若是主人坐在沙发上，他也上来了，走进主人怀抱，也是先踩踏一遍，然后躺下来，趴在主人的胸前睡觉。晚上也一样，睡在主人胸口，赶之不去，看猫睡觉，尤其是呼呼大睡的猫，伸开手脚，或蜷作一团，只觉世间哪来那么多物累，一切无非浮云。

二〇〇〇年九月

猫的眼睛

◎梁晓声

与狗的眼睛相比，猫的眼睛所能传达的“心思”实在是太少了。我们常能从狗的眼中，甚至常能从小狗的眼中所发现的那种忧郁的目光，从猫的眼中就几乎看不到。如果主人连续几天对自己养的狗态度粗暴，喝斥不断，那狗无论大小，目光就会变得失意和忧郁起来。的确，与猫相比，狗的“心思”未免太重。猫却似乎是少心无肠的。只要吃得饱，吃得好，猫不甚在乎主人对它的态度冷淡不冷淡。这一点上，猫简直可以说是“荣辱不惊”。猫遭到主人的喝斥，当然也会识相地躲到一边儿去。但它不会因而在一边儿不安。如果一边儿正有着毛线团或球，如果它正有玩兴，定会照玩不误，并不管主人的心情怎样。倘我们承认狗的眼中能传达出多种类似人的目光，那么猫的眼中连一种近似人的目光都没有。当然也不是绝对如此。比如陷于灾难之境的猫，眼中也会传达出求助；重病不起的猫，眼中也会传达出乞怜；垂死的猫，眼中也会传达出悲哀绝望。但凡此种种，几乎任何动物都那样，实在更是生命通过眼睛反射出的意识本能。

然而并不能据此便说猫的眼睛大而无神。这么评论是欠公正的。事实上猫的眼睛大而有神。猫的眼睛在猫的脸上呈现着一种近乎完美的组合。猫脸如满月。在这么圆的一张脸上，再生出什么样的一双眼睛才好看呢？换一种说法，倘给我们一个圆，以我们人的美学经验，画上一双什么样的眼睛才觉得漂亮呢？可能我们无论画出多少种眼睛都会觉得不满意。最终我们画出的将必是一双圆圆的眼睛，而那正是猫的眼睛。而只有这时，我们才会觉得好看。的确，在一个大圆的上半部，左右对称地搭配两个小圆，是最符合美学原理的。按照古希腊人的美学思想，圆是无可挑剔的完美的图形。正方形给人的印象太“楞”；长方形给人的印象太“板”；三角形给人的印象是缺损的；菱形给人的印象不稳定；而梯形给人的印象根本是蠢的。圆中有圆，乃美中含美。是美的同类项合并。猫脸生长猫眼，符合的正是这一种美学原理。

人越是细看一只猫，就越是会承认猫脸在一切动物的脸中，几乎是最漂亮的。而同时也会承认，在猫的脸上，猫那一双独特的眼睛是最漂亮的。当猫的眼仁变得窄长，竖了起来，它的眼睛就显得更加漂亮了。故宝石中名贵的一品叫“猫眼”，早年男孩子们弹的玻璃球中的一种，也叫“猫眼”。是较其它玻璃球备受喜爱的一种。一个可换别种的几个。

狗的忠乃至愚忠，以及狗的种种责任感，种种做狗的原则，决定了狗是“入世”太深的动物。狗活得较累，实在是被人连累了。相对于狗，猫是极“出世”的动物。猫几乎没有任何责任感。连猫捉老鼠也并非是出于什么责任，而是自己生性喜欢那样。猫也几乎没有任何原则。如果主人家的猫食粗劣，而邻家常以鲜鱼精肉喂它，它是会没有商量地背叛主人而做别家宠物的。至于主人从前对它有怎样的眷养之恩，它是不管不顾的。倘主人对猫不好，猫离家出走也是常事。即使主人对它很好，它对主人的家厌倦了，也走。猫为“爱”而私奔更是常事。有的浪漫了一阵子或怀了孕,仍会回到主人家。有的则一去不返,伴“爱人”做逍遥的野猫去了。城市中的野猫“出身”,皆是离家出走的猫。

猫脸上其实断无狡猾之相。人怎么看一只猫的脸,都是看不出狡猾来的。猫脸上很少“表情”。但这一点并不足以使猫的脸显得多么冷漠。事实上猫的脸大多数情况之下是安逸祥和的。任何一只常态下的猫的脸,都给人以温良谦恭的印象。猫天生是那种不动声色的宠物。它的“荣辱不惊”,也许正是由于它脸上那种天生的不动声色的神态。猫的大眼睛中,又天生有一种“看破红尘”似的意味儿。一种超然度外,闲望人间,见怪不怪的意味。但这绝不证明猫城府太深。事实上猫是意识简单的动物。

猫不是好斗的动物。受到同类或异类的威胁,猫便缩颈,躬腰。而这是一种最典型的自卫的姿态。这时猫伸出一只前爪抵挡进攻,并且随时准备向后一纵,主动结束“战斗”。猫不是那种招惹不起的家伙,更不是那种不分胜负誓不罢休的家伙。猫不为了胜负的面子问题而玩命。

模特们表演时的步态叫“猫步”。据我看来,她们脸上的表情,也很像猫脸所常常呈现的“表情”。这么说绝不包含有一丝一毫的贬意和讽刺。只不过认为,无表情的表情,更容易给人静态美的印象。于猫的脸,天生那样。于人的脸,尤其于表情原本比男人丰富的女人的脸,是后天训练有素的结果。那样的女人的脸,叫“冷艳”。“冷艳”之美,别有魅力。也可以称为工艺型的美。猫脸便具有工艺型的美点。但猫脸却是不冷的。通常情况下,猫脸充满温和。通常情况下,猫的眼中总是流露出知足感。

美国有一部儿童电视剧。是由一只猫和一只狗“主演”的。剧中,狗总是那么忧心忡忡,不知究竟该如何表现,才能被公认是一条好狗。而那只猫就总是善意地劝它想开点儿,不必太杞人忧天,不必太自寻烦恼。

狗说:“主人因为丢了一条鱼而又责骂了我一顿!”

猫说:“你因此就不快活真蠢!要知道你没到这一家之前,他们也经常丢鱼的呀!”

狗说:“你怎么知道呢?”

猫说:“因为每一次都是我偷的。”

“可既然我们是朋友了,你怎么还继续偷我主人家的鱼呢?”

“可难道因为我们是朋友了,我就非得变成一只不喜欢吃鱼的猫了么?”

“可你偷鱼,连累的是我,你的朋友啊!”

“可我不偷鱼,营养不良的是我,你的朋友啊!”

“难道,你为了我们的友谊的巩固性,就不能别再偷鱼了么?”

“难道,你为了我们的友谊的巩固性,就不能对主人的责骂毫不在乎么?”

剧中猫和狗的对话,听来非常有意思。令人忍俊不禁。

狗有狗的理,猫有猫的理——狗的责任感对立于猫的“自我”意识,狗是有理也说不清了。

的确,猫是多么的“自我”哦!难道不是已经“自我”得太自私了么?

一切野生的动物都是“自我”的,都是自私的。

野狗亦如此。

狗性中的责任感，是人性强加的结果。于人这方面，肯定为一种狗性的进步；于野狗们那方面，必视为自己同类们狗性的扭曲吧？

但猫与人亲近的历史，和狗与人亲近的历史一样悠久漫长。为什么猫就能始终那么的“自我”呢？

站在动物的立场而不是站在人的立场一想，猫的“自我”意识的不变，不是倒也难能可贵么？人已经将多少动物驯化了呀！狮、虎、豹、熊、猴、羊、狗、马、象、鲸、海狮、海豹、海豚、鹰，甚至鹦鹉、鸽子、小鸟儿……不是都曾被人驯化到善于为人表演的地步么？

但是惟独猫从没在马戏场上为人表演过节目。

据说许多世界著名的驯兽大师曾尝试过对猫进行表演训练，都以失败告终。

是因为猫太笨？

难道猫是笨的动物？！

结论只能是这样的——猫性中有拒绝人的意识强加的天性。人稍一强加，它就叛人而去。人若以为加大驯化力度必可达到目的，猫就死给人看。猫的生命，不能承受被驯化之重。

猫的这一种天性，是受我尊敬的。

众所周知，鲁迅是特别不喜欢猫的。

他指猫而骂过一些他特别不喜欢的人。

一个人如果比猫还“自我”，我也不喜欢。

但就猫论猫，我认为，猫性中其实有诸条人应该学习的优点。

我以为，一切的猫，差不多一向就是这么活着的。

端详猫脸，人定会从猫的眼中，看出一种仿佛散漫淡泊，自甘闲适无为的意味儿。

永远没什么“心思”的猫眼中，似乎永远流露着知足的、心旷神怡的达观。

猫有隐士气质。

都市里的猫，有第一流隐士的气质。

不是说“大隐隐于市”么？……

（1999年7月）

地球上不是只有人住

◎陈祖芬

什么声音？儒岱朝台北街头的一只垃圾箱看去。鸟叫？垃圾箱里有小鸟？儒岱走近一看，垃圾箱里有一只小纸盒，纸盒里有一只——这也叫猫吗？猫还能这么瘦小？也许，母猫生下小猫后觅食去了，一会儿会回来的，等吧！等等吧。儒岱看看表，看看猫。可是，有人倒垃圾了，弄得小猫满头满脸的土。儒岱推开垃圾，抱起这只被遗弃的小猫。小猫用一只眼睛看着儒岱。他看我，他看我呢！儒岱心里升起一阵阵说不上来的温馨、甜蜜和酸痛。

小猫只有一只眼睛。儒岱把小猫放在左手心里，用右手安抚他，可是小猫皮包骨架的真叫人不忍触摸。儒岱双手捧住他急急回家。

儒岱和妻子倩雯都是教授，除了必然会有的书籍外，家徒四壁，一如他们淡泊宁静的心境。倩雯习惯了两人世界，突然多出一"人"，而且那么丑只有一只眼睛！可是，这么丑的猫要是弃之街上，不会有人收养。好吧！留下吧。

小猫弱得不会吃奶。儒岱只好用滴管喂他。不过小猫聪明过人，倩雯指着一个下水洞喊：猫猫！他就跑那洞口撒尿。只这一次，他就永远记住了他的洗手间。以后他上别处，也非要找到有洞口的地方才"洗手"。倩雯打开水龙头，他会用前爪拉倩雯的手,示意她用手掌接住水给他喝。小猫跳跃起来那么轻、巧、灵,倩雯的视像里用慢镜头分解着小猫的一个个舞姿。人再怎么训练,能跳出这样的舞蹈动作吗?

小猫一天天长大,一身白毛变得光泽美丽,儒岱和倩雯叫他:白白。

这天儒岱在台北街头走过一棵榕树。树下蹿出一只黑猫,围着儒岱的双脚直打转,显然早早地在这里等候他呢。儒岱向前走,黑猫一路跟;儒岱停下看,黑猫打转转。儒岱回到家,黑猫也进家门——黑猫既然认定了跟定了儒岱,就是缘分。

倩雯下班回家,一看已是四口之家,而且又是一只丑猫,黑得不能再黑。你怎么专捡丑猫?

再说,那白白从懂事的时候起,就知道他爸爸儒岱和妈妈倩雯只他一个 Baby。黑猫的出现,娇惯了的白白在精神上实在承受不了。他蹿到大衣柜的顶上,不吃不喝不下来。叫儒岱、倩雯心疼得不行。儒岱只好搬来一个梯子,天天爬上梯子给白白送饭、送水。白白看老爸这等辛苦,才怨怨地吃起饭来。但是七天没下柜子。

黑猫刚来时脏得不行,满身蚤子。倩雯让来家里干活的阿妹把他好好洗干净。洗完澡,黑猫摇头摆尾得好生舒服,他想像不出这世上还会有什么比洗澡更舒心更幸福的事了。倩雯不由想,猫和人其实也一样,一只野猫,一直不能洗澡,那么也是怎么熬过来的哟!她抱起黑猫,心疼地叫着小黑,让他在自已腿上睡觉。从此只要倩雯在,小黑就要在她腿上睡。晚上就钻进倩雯的被窝在她脚边睡。倩雯觉得小黑体温冬暖夏凉的,自行调节,和小黑一起睡温度总是正好。

阿妹一周只来三次。阿妹一开门,小黑就一跃而起,用一种好听的、嗲嗲的声音,喵喵叫着在阿妹脚下撒娇。常常倩雯没有听到阿妹开门,但小黑总能听到,哪怕他本来在倩雯腿上睡觉。倩雯想想,她对小黑那么好,可小黑怎么对阿妹那么好呢?后来想到,小黑一来,是阿妹把他洗干净让他像个人样的,小黑就记恩一辈子。后来,十来年了,只要阿妹开门,小黑总是一跃而起地去亲热去撒娇。

小黑为人厚道,这是最叫倩雯喜爱的。有时倩雯和儒岱关起卧室的门说话,就听到小黑在卧室门外喵喵,他想进来又怕吵了儒岱和倩雯,想叫又不敢大声叫,就想法压低了声音沙沙地喵喵。

倩雯教学的那所大学,有一天晚上,一只母猫走到女生宿舍楼,锁定一个女生的房门,举起前爪抓门。那女生把门打开,让进这位不速之客。母猫进屋后巡视一圈,找到一只纸箱,就走进纸箱生下一窝小猫。第二天那女生端起纸箱放到楼梯拐角下,给他们喂食。可是校方有规定,不准养猫。女生端起这只纸盒找到倩雯家,希望倩雯把猫们收留下。倩雯说你看我家已经养两只猫了,不能再养了。说着看那母猫,瘦得不成人样,叫她有什么奶来喂养小猫?女生说,要不老师先养着,她六月一毕业就可以把这一窝猫带走了。倩雯想这很好,就这么办。

六月了,六月过去了,并不见女生来带猫。后来听说那女生是出家了。倩雯不觉慨叹系之。心想女生找她不稀奇,稀奇的是,这只母猫怎么单单挑选这女生,这女生可是有佛心的,这母猫那是有灵性的。

儒岱笑倩雯:你还说我捡猫呢,你一下捡了大小四只,这下我家多了六口人了。两个又给那一家四口起名字。母猫么，就叫妈咪了。一只小猫用儒岱的话来说体形漂亮得不得了，雪白的毛上有两个圆圆的黑斑，就叫圆圆。圆圆会用两只后腿站起来看电视。看一会儿就绕到电视机后看看是怎么回事，然后再立起后腿站着看电视，然后又绕到电视机后想去看个究竟。猫也有好奇心有探索精神。圆圆还喜欢跃到儒岱身上，两只后腿在儒岱的腿上立起，两只前爪搭在儒岱肩上，凑到儒岱脸颊旁这儿舔，那儿舔。儒岱觉得这份爱有点叫他受不了，他对圆圆笑道：好了，好了，好了。

儒岱的院子里，高高的院墙旁有一棵高高的九重葛树，树下一只缸，缸里放着一只纸盒。有一天，儒岱发现缸里有什么声音，一看那纸盒里有一只刚出生的小猫。儒岱抬头一看，一只母猫叼着又一只刚出生的小猫正从高高的树干上下来。这猫怎么能从外边上得那么高的院墙？这只母猫是他们家的，到了男婚女嫁的年龄，自己出门找配偶了。生完孩子就回娘家，一只一只地把儒岱、倩雯的外孙们叼回外婆家。儒岱和倩雯看着他们的外孙被一只一只地从高高的树上叼到缸里纸盒里，看到母猫这样迫不及待地回娘家，这份感动啊！

儒岱、倩雯正在院子里看他们的小外孙的时候，就见屋顶间的空隙里，突然掉下一只小猫。一定是有野猫找到他们家的屋顶生下小猫然后弃之不管了。或许那野猫知道这里有人会比他更好地照料他的孩子。儒岱捧起那只天上掉下的小猫，那么那么小，可是那么那么漂亮，皮毛是黑色、白色、咖啡色的三色交叉。他们立刻叫他彩彩。他们把彩彩放到那四个小外孙一起，让那母猫喂奶。母猫毕竟是在儒岱、倩雯家长大的，有仁爱之心博爱之精神，把彩彩和自己生的孩子同等对待，一起喂大。

猫们之间一定有语言，有信息传递。这个有高高的九重葛的家，使猫们心向往之。有一只野猫跃上他家的院墙，又从九重葛树上下到缸里那只纸盒里生孩子，生完又越墙而去，把孩子托给了儒岱、倩雯。又有一只野猫到儒岱、倩雯门口觅食。儒岱请他进客厅就座，他谢绝了。因为他野惯了。儒岱、倩雯干脆早晚在门口放一盆食物，野猫到就餐时间就会款款而来。

一天，儒岱听见轻轻的敲门声，他走到玻璃门前一看，是一只陌生的猫。这位陌生人的来访，儒岱明白又是来投奔他家的。他轻轻地打开门，生怕惊吓了来者。猫进来了，在儒岱脚边磨来磨去地激动着：到家了，我可找到家了！

台北，敦化南路一家咖啡店。我和儒岱、倩雯坐着喝咖啡。不知怎么就从我领养着洋娃娃讲到他们领养猫。我就要去他们家看看他们的三十二只猫。那天暴雨。车在雨世界里开着，前方有条狗在雨中奔跑。"它怎么下雨还在乱跑？"儒岱说。我想，如果那是只猫，他恐怕要下车前去把它抱回家了。

我担心他们家的住户再要增加怎么办？儒岱说买美国进口的猫食，里边多种维生素都有了，而且浓缩成各种色彩的饼干。我想，那一定很诱人，很好吃的。不过，儒岱、倩雯的饭食，大体就是用一大锅煮上开水，青菜、胡萝卜、豆腐干的全往里扔，也是多种色彩、多种维生素都有了。我说你们吃的那才是猫食。

他们家是一长排平房。儒岱住右半部，倩雯住左半部，中间有个院子。两边各有一扇纱门通往院子。平时儒岱或倩雯只要走进院子，猫们便蜂拥着奔跑出来，隔着左、右两边的纱门，冲着他们喵喵一通叫，猫们堆成一堆地喵喵，孩子们见爸爸妈妈回家这样欢欣鼓舞！

猫们迎接他们归来的欢跃，一下就把家的感觉浓浓地推到他们跟前。猫们喵喵地抒发他们见了亲人的快乐，要是他们的语言能译出来多好！

可是，我一进屋，猫们像见了外星人似的四下奔逃。倩雯说，只要有客人来，他们总是没命地逃跑。因为猫们知道人类对他们不那么好，他们还有个小心眼——怕万一被送给了客人。他们是再不愿离开这个家的。

我看那些猫，有的躲到柜子上，有的藏到旅行箱后，有的躲到椅子上椅背上搭着衣服，猫就以为我看不到了。有一只猫躲到窗台的竹帘后面，我透过竹帘看个清清楚楚。但他以为逃出了我的视线，即使这样，他一直蹲在那里，一直到我走都没敢动弹。

只有倩雯那床上，团着一只漂亮小猫，不逃。倩雯说，这就是从天上掉下来的那只彩彩。因为它一生下来就在我们家，头两三周她一直睡在我胸上，她把人间看成了天堂。她不相信这世间会有不善，也不懂得恐惧。你看她睡觉的表情多安详，多甜美！

倩雯拿出一沓相本：来，看看我们家猫的影集！你看，这只叫乖乖，它的眼睛本来有病。我给他点眼药，他特别配合。你想，一般小孩都不愿意点眼药的，可是他就乖乖地让你点！一个月他的眼病就好了。你看乖乖这照片多神气！眼睛亮亮地像大将军在巡视！

倩雯说着眼睛睁那么大，闪亮着那么好看的光。我第一次发现倩雯的眼睛又大又光明又传神又动人。她讲激动了，就那么动人地定格在那里了。一个人，升腾起爱的光辉的时候，多美！

倩雯翻着猫的影集：你看这白白，多雍容，像我们的守护神。不过他的性格很孤傲，不合群。猫也是一只一个性格。一开始它们不能共处，后来他们自己协调。你看这是虎妹和虎哥，多好看啊！

这么说着，倩雯突然黯淡了。她说虎哥虎妹情深意笃。那天倩雯用摩托车带着虎哥去结扎。正是假日，很多人出门游玩，汽车、摩托车响成一片。倩雯遇上车祸，倩雯没伤着，虎哥遇难了。倩雯悲痛地回到家，虎妹躲在厨房不出来。本来，虎妹一定会跳跃着迎上来的。但是，她没有看到她哥哥，她一下就明白她已经永远失去了哥哥。她伤心地躲在厨房一动不动，只有泪水在滚动。倩雯用面巾纸给虎妹擦泪水，把虎妹抱上床，让她跟自己睡。小黑跟倩雯睡惯了，认为倩雯是他的，可是虎妹也认为倩雯是她的。两人对峙，互相吹气。倩雯劝慰小黑，安抚虎妹，让虎妹和自己睡了三年，慢慢抚平了她的伤痛。

倩雯是教授，还要做饭，还要侍奉猫。我问你们各养几只？说是儒岱养十八只，倩雯养十四只。倩雯不无忧虑地说，有五只又该结扎了，可是儒岱还舍不得，人当然要慈悲，但一定要有智慧。如果猫再增加，一旦照顾不周又有哪只猫出什么事了，“我没有办法接受猫的意外！”

小黑也结扎了。倩雯说小黑就是厚道，结扎了也很有母爱，老带着一只不是她生的小猫，还给小猫吃奶。虽然她其实没有奶。那小猫知道小黑没奶，也吸，觉得在小黑怀里特别有安全感。猫和人一样,小猫就是要吃奶,大猫就什么都吃了。

白白、小黑和妈咪一家四口,都能听懂人话。让去书房就去书房,让去客厅就去客厅。白白生性聪颖,进来之前会敲门,就是自以为是元老,高人一等,不屑于和芸芸众猫来往。猫和人一样,嫉妒、生气、恐惧、忧虑,知冷知热会爱会恨,会撒娇会调皮,只是不会用语言和人交流。但是一点一滴猫都在告诉我们:地球上不光是有人住。

附注

本来写及猫应该用"它"字,但写这篇文字的时候,我自己也不知怎的都用了"他"或"她",而且不愿改过来。请读者谅解了。

(2001年9月)

有的珍爱只能轻抱

◎刘心武

紧紧拥抱，在一个开放的时代是很平常的示爱方式，城市街头已随处可见。拥抱这种肢体语言，化解着心灵深处由孤独而生的焦虑，化合出因为生命间的依偎而涌的快感，但并非所有的拥抱都是越紧越好，有的拥抱，只能是轻柔的，必须非常地适度，那是一种安谧、娴雅的生命态势，最典型的例子，就是抱猫。

猫是与狗并列的，人类宠物的首选品种。相比而言，猫比狗更依赖于人类，猫从什么时候开始，把依赖人类供养当作了自己这一物种延续的重要的，甚至可以说是惟一的方式？从古埃及的文物可以推测出，那至少已有五千年以上的历史。现在地球上已经很难找到真正意义上的野猫。我们现在所看到的野猫，几乎都生活在人居环境中，城镇、乡村中的野猫，实际是家养猫中派生出的弃猫，他们所依赖的食物，仍然主要是人类的唾余，完全生活在与人类隔绝的自然生态中的野猫，现在已经非常罕见，许多被动物学家分类划归为猫科的哺乳动物，包括猞猁、豹猫等，体积都比家猫大，像现在我们常见到的，其体积与人居宅所恰能相配的猫咪，在远离人类的田野山林里是几乎没有的。猫虽然有许多品种，体态间也存在许多差别，但跟狗一比，还是单纯多了，狗与狗之间的体态差别可以悬殊到令人咋舌的地步,所以像北京这样的城市有限养大型狗的法规出台。

田野山林中还有相当数量的野狗存在。狗也不仅是宠物,在极地雪原中拉雪橇,在草原上充当牧羊犬,在人类狩猎时充当猎犬……狗是为人类服役的牲畜之一。马戏团节目单里必有驯狗这一项,而且狗的表演花样繁多,难度大,持续时间也可以比较长,驯猫则只有少数马戏团能够展示,而且猫的节目一般比较简单短促。猫捉老鼠算是为人类养育繁衍这一物种的报答?但越来越多的现象是,当代宠物猫只吃猫饼干和猫罐头,有的见了老鼠甚感陌生,有的竟与老鼠嬉戏,视为玩伴。狗对主人竭力表忠,狗喜欢主人紧紧拥抱。猫却非常之傲慢,高兴了,或许会主动来亲热你,跟你玩一会儿,不高兴了,对不起,它一副对任何事物都不屑的表情,主人想抱一抱都不行,会狠命挣脱。猫有时会允许,甚至表示出喜欢主人抱抱它,但是你断不能紧紧拥抱,只能是轻轻地将它揽在怀中,柔柔地给它一个欲沾不沾的温吻。

宠物概念的确立、普及,宠物行业的兴起、繁荣,是社会生活与以阶级斗争为纲渐行渐远的重要标志之一,我在十几年前就在报纸副刊上开过《抱猫闲话》的随笔专栏,那样的文字延伸到今天,可以说是“布波族”即布尔乔亚加波希米亚情调的一种浸润,就是让在市场竞争愈加激烈的生活氛围里,为都市“小资”布下些轻柔抚慰心灵的语丝。我以为,市场时代的不公平确实仍需黄钟大吕的警示,激昂的呼喊、紧紧的拥抱,也就是强烈的爱憎,仍应流动于为文者的血脉,我自己也在继续写出跳脱于“小资”的,眼光朝向弱势生命的刚硬文字,但毕竟在多元的文化格局里,多几幅笔墨,既能紧紧拥抱,也会轻柔依偎，不是更好吗？我就很想为我家的猫写一本书，表述这样的情怀：有的珍爱只能轻抱。

没想到有人走到我前头了，这就是李靖女士推出的《你是不会说话的人——一个猫家族的故事》(2003 年 10 月作家出版社初版)，只有在一个越来越能容忍“小资”，不仅容忍他们那追求闲适的生活情调，更容忍他们的温情柔肠，容忍他们暂时忘却世上还有那么多的苦难、不公，来絮絮地缕叙自家爱猫的情爱浪漫、生老病死，这样的社会格局里，才会出现这样一本别致的书，十四万温馨的文字里，还嵌有许多充满琐屑趣味的猫照，甚至其中有张照片只是一个小藤椅，说明那是猫咪莉莉曾经坐过的，说不定就会有“小资”读者为那一页的文图而鼻酸唏嘘。

(2004 年 2 月)

爱猫

◎周瘦鹃

猫是一种最驯良的家畜，也是家庭中一种绝妙的点缀品，旧时闺中人引为良伴，不单是用以捕鼠而已。我家原有一头玳瑁猫，已畜有三年之久，善捕鼠，并不偷食，便溺也有定处，所以一家上下都爱它。不料后来却变了，整天懒得动弹，常在灶上打盹，见了东西就偷去吃；便溺也不再认定一处，并且常把脚爪乱抓地毯和椅垫，使我非常痛恨，但也无可奈何。不料一天早上，却发现它死在园子里了，也不知道它是怎么死的。幸而它已生下了两头小猫，总算没有绝嗣，差无后顾之虑。我们送掉了一头，留下了一头，毛片火黄夹着深黑色，腹部和四脚都作白色，比它母亲生得更美丽，也可算得是移人尤物了。

吾国文人墨客，大都爱猫，因此诗词中常有咏叹之作。清代词人钱葆酚调寄《雪狮儿》咏猫，遍征词友和韵，名家如朱竹垞、吴谷人、厉樊榭等都有和作；朱氏三阕，雅韵欲流，可称狸奴知己。其一云：

> 吴盐几两，聘取狸奴，浴蚕时候。锦带无痕，搦絮堆绵生就。诗人黄九，也不惜买鱼穿柳。偏爱住戎葵石畔，牡丹花后。午梦初回晴昼，敛双睛乍竖，困眠还又。惊起藤墩，子母相持良久。鹦哥来否？若几度春闺倖绣。重帘逗，便请炉边叉手。

其二云：

胜酥入雪，谁向人前，不仁呼汝？永日重阶，恒把子来潜数。痴儿骙女，且莫漫彩丝牵住。一任却食鱼捕雀，顾蜂窥鼠。百尺红墙能度，问檀郎谢媛，春眠何处？金缕鞋边，惯是双瞳偏注。玉人回步，须听取殷勤分付。空房暮，但唤衔蝉休误。

又陈其年《垂丝钓》一云：

房栊潇洒，狸奴嬉戏檐下。睡熟蝶裙儿，皱绡衩。梅已谢，撒粉英一把。将伊惹。正风光艳冶。寻春逐队，小楼窜响鸯瓦。花娇柳姹，向画廊眠藉。低撼轻红架，鹦鹉怕唤玉郎悄打。

董舜民《玉团儿》云：

深闺驯绕闲时节，卧花茵，香团白雪。爪住湘裙，回身欲捕，绣成双蝶。春来更惹人怜惜，怪无端鱼羹虚设。暗响金铃，乱翻鸳瓦，把人抛撇。

刘醇甫《临江仙》云：

绣倦春闺谁伴取？红氍日暖成堆。炉边叉手任相猜。金猊从唤住，玉虎罢牵回。刚是牡丹开到午，亭阴尽好徘徊。几番移梦下妆台。买鱼穿柳去。戏蝶踏花来。

清词丽句，足为狸奴生色。

不但我国文人爱猫，就是西方文坛名流，也有好多人都有猫癖的；如法国文豪雨果(V. Hugo)，要是不见他的爱猫在房间里时，心中就会郁郁不乐，若有所失。小说家柯贝(F. Coppee)，更如痴如醉地爱着猫，连年搜罗名种，不遗余力，有几头波斯种的，名贵非常。小说家戈缔叶(Gautier)，也豢养着好多头猫，无一不爱，都给它们题了东方式的名儿，如茶比德、左培玛等；有一头雌猫，用埃及女王克丽巴德兰的名儿称呼它；另有一头最美的，生着红鼻蓝眼，平日最为钟爱，不论到哪里去，总带着同行，他称之为西菲尔太太，原来西菲尔是他自己的名儿，简直当它像爱妻般看待了。英国文坛上，也有位爱猫的名流，如小说家兼诗人司各特(W. Scott)，本来是爱狗成癖而并不爱猫的，到了晚年，却来了个转变，对于猫引起极大的好感。他曾在文章中写着："我在年龄上最大的进步，就是发现我爱着一头猫；这畜生本来是我所憎恶的。"诗人考伯(Cowper)每在家里时，他所爱的一头小猫总是厮守在他的身旁，他曾写信给朋友说："这是蒙着猫皮的一头最灵敏的畜生。"其他如约翰生(O. Johnson)、白朗(O. M. Brown)、华尔泊(H. Walpole)诸名作家，也都是有名的爱猫者，平日间是与猫为友，非猫不欢的。

首都名画家曹克家同志，是一位画猫的专家，在他彩笔上产生出来的大猫小猫，不论形态神情，都好像是活的一样。一九六一年间，他在苏州待了好几个月，给刺绣工场画了不少的猫，也收了几个高徒。我们只要看了双面绣绣出来的那些活灵活现的猫，就可知道这是曹克家画笔上的产物，而过渡到"针神"们的金针上去的。

膝上黄狸一世情

◎袁鹰

夏衍老人生前，有广泛的生活情趣。他爱收藏书画，爱集邮，爱从电视里看足球、女排和乒乓的赛事。书画中钟情于扬州八怪和吴昌硕、齐白石的作品，还藏有清初词人纳兰性德的手卷，以及中国第一套邮票——大龙邮票这类稀世珍品。这些文化精品，包括近三千册图书，晚年都分别捐献给上海、浙江的博物馆和现代文学馆，不取任何回报。他说："这些收藏都是国家的，我只是代为收集而已。"他将自己的一切都献给了人民。

但他也有无法捐献的，比如养的小动物。

全国解放后，尽管有频繁的政治风雨，毕竟生活比较安定，使他有饲养小动物的可能。他酷爱养猫，那是同他相识的人都知道的。先后去南竹竿巷、朝内北小街和西单大六部口寓所看望夏公的人，总会看到他身边的白猫、花猫或者黄猫。它们依偎在老人怀中、膝前，有时索性躺在床上，静静地陪伴着或是翻阅书报或是伏几写作的主人，也许还在同主人倾心低语。见到客人进屋，就知趣地退出房门，不像冰心老人家中那只猫居然敢于娇憨地跳上书桌，呜呜喵喵地直叫唤，惹得老太太只好爱怜地嗔它一句："你也来凑热闹！"

据夏公女儿沈宁说,夏公对猫非常平等,给它们自由,不干涉它们的行动,尤其在春天。春夜猫儿们在屋顶上闹个不停,他家的猫自然也参加了,而且通宵不归。第二天夏公会轻声对猫说:“你们昨天晚上是开会吗?开得这么晚。”“你们是在屋顶上开舞会吧?那么大的声音。”那关心而又含蓄的神情,绝似开明家长对待儿女们的恋爱活动。

朋友们常给他送猫去,特别是品种好的;我却一窍不通,纯粹是一个“猫盲”。有一年得到一本大挂历,每一张都是一只猫,就立即送到老人处,虽不是活的猫,但形象都十分可爱,老人果然笑纳,悬在壁上,朝夕相对。

三十年前,他养了一只黄猫,取名博博。“文革”乱起,夏公失去自由,被羁囚八年,博博失去老主人后就四处流浪,不愿回到那凄凉破碎的家,家里人也没有心思去寻找。直到一九七五年夏天,夏公从秦城监狱释放回家,博博不知从何处得到信息,或者竟是某种心灵感应,忽然间悠悠地回来了,也不知它那几年是怎么活过来的。它径直走到老主人身边,绕了几圈,叫了几声,像是问安,又像是诉苦,而实在却是告别。然后,悄悄地蜷伏到墙角,第二天就安静地停止了呼吸。全家人睹此情况,感伤莫名,老人更是唏嘘不已。听到这个故事的人,都不禁悚然心悸。这只通人性有灵气的老黄猫,同那些绝灭人性的上起林彪、江青之流下至一般暴徒打手的“文革”好汉们相比,不知伟大崇高多少倍!

从此夏公再不养别的颜色的猫,只养黄猫。

向夏公告别之日,灵堂内外挂满挽联挽诗,寄托崇敬和哀思。其中有一副为中国保护小动物协会所献,不甚显眼,却别有情致:

庭前翠竹千秋节，
膝上黄狸一世情。

夏公到了另一世界时，博博一定早就等在那里，依依膝上，一如既往。

猫话

◎王蒙

作家养猫、写猫，“古”已有之，于今尤烈。

六十年代，丰子恺先生写过一篇谈猫的文字，说是养猫有一个好处，遇有客至而又一时不知道与客人说什么好，便说猫。

说猫，也是投石问路，试试彼此的心扉能够敞开到什么程度。那么，我也给读者们说说猫吧。

猫的命运与它们的主人之间，是不是有什么关系呢？

夏衍与冰心都是以爱猫著称的。据说夏公“文革”前养过一只猫，后来夏公在“文革”中落难，被囚多年，此猫渐老，昏睡度日，乃至于奄奄一息。终于，“文革”后期，夏公恢复了自由，回到家，见到了老猫。老猫仍然识主，兴奋亲热，起死回生，非猫语“喵喵”所能尽表。此后数日，老猫不饮不食，溘然归去。

或谓，猫是一直等着夏公的。只是在等到了以后，它才撒爪长逝。闻之怆然，又生人不如猫之思。

冰心家里养着两猫，都是白猫。一为土种；一为波斯种，长毛碧眼。按当今神州时尚，自是后者为尊为宠。偏偏冰心老人每次都要强调，她不喜欢碧眼波斯猫——像个外国人似的。她强调碧眼波斯猫是她的女儿吴青的，土猫是属于她自己。她称她的褐眼土猫为“我们家的一等公民”。她把她与猫的合影送给我与妻，照片上一只大猫占了三分之二到四分之三的位置，老人叨陪末座。

刘心武也养猫，是一只硕大无朋的波斯猫，毛洗得雪白纯净，俨然贵族，望之令人惊喜，继而心旷神怡，惟该猫对待客人十分淡漠，它能引起你的兴趣，你却引不起它的兴趣，面对这样的优良品种贵族气质的大白猫，你似乎也略感失落。

刘家还另有一只土猫。刘心武曾经撰文维护万有的生存权利与猫猫生而平等的观念，说是他钟爱波斯猫而绝不轻慢土猫。不薄土猫宠波斯，这种轻重亲疏的摆法，又与冰心老人不同了。

我也喜欢养猫。“文革”当中我在新疆伊犁，养了一只黑斑白狸猫，取名“花儿”，是我所在的巴彦岱红旗公社二大队的看瓜老汉送给我的。这个猫十分善解人意，我们常常与它一起玩乒乓球。我与妻各在一端，猫在中间。我们把球抛给猫，猫便用爪子打给另一方，十分伶俐。花儿特别洁身自好，决不偷嘴。我们买了羊肉、鱼等它爱吃的东西，它竟能做到非礼勿视，非礼勿行，远远知道我们买了东西，它避嫌，走路都绕道。这样谦谦君子式的猫我至今只遇到过这么一回。

这只猫时时跟随着我。我在农村劳动时，它跟着我下乡。遇到我去伊犁河畔的小庄子整日未归时，它就从农家的房顶一直跑到通往庄子的路口，远远地迎接我。有时我骑自行车，它远远听到了我的破旧的自行车的响声，便会跑出去相迎。遇到我回伊宁市家中，我也把它带到城市。最初，这种环境的变异使它惊恐迷惑，后来，它似乎明白了是怎么回事，习惯于双栖生活，不以为异了。

它的结局是很悲惨的。可能花儿过于“内外有别”了；它在家里表现克己复礼，但据说常在外面偷食，毕竟是猫，花儿偷食了人家的小鸡，被人下了毒饵——真可怕，人是世界上最残忍的动物——据说是鸡的主人在一块牛肉里放了许多针，我们的亲爱的花儿在生育一个月，哺乳期刚满之后中毒针死去。它的死是多么痛苦呀！

我现在也养着猫。与夏公、冰心、心武的猫相比较，我的猫不修边幅，不仅邋遢，简直是肮脏。一些养猫的行家对我是嗤之以鼻，认为我根本不配加入宠猫者的行列。这里的关键问题是，他们这些宠猫者们养的猫都是阉割过的无“性”猫，是一些大太监二太监小太监之流（请二位前辈及心武老弟原谅我）。对于人来说，它们是太可爱太漂亮太尊贵了，但对于它们自身来说，它们能算是得宠了吗？能算是幸运的么？以阉割作为取宠的代价，是不是失去的太多了呢？

我养的猫完全是率“性”而为。我们家有一个小院，四株树，猫爬树上房，房顶上是它的自由天地。叫春的时候，它引来一群“男友”，有大黄郎猫，黄白花猫，黑白花猫，纯白猫。在房上你唱我和，你应我答，你哭我叫，煞是热闹。人不堪其吵闹，蒙也不改其乐。人需要 Love，猫没有 Love 行吗？蒙甚至纵容猫儿的“自由化”到这种程度；大黄郎猫竟敢大白天从树上蹿到我们的院子，捉我们养的小白猫当众做爱。世风日下，猫心不古，呜呼善哉！

王蒙是以猫本位的观点而不是以人本位的观点来养猫的。我养的猫又野又脏，参加选美是没有戏的。但我仍然为王蒙养的猫而庆幸。

当然,这又与计划生育的原则相违背。我的狸猫两年五窝,每次生崽三至五个,至今一批小崽推销不出去,早晚有猫满为患的那一天。这样养猫,贤明乎?大谬乎?您说呢?

一九九三年

猫

◎李长声

与狗相比，猫是阴柔的，有点像日本文化。

写作是孤独的。有只猫在书斋相伴，它就像个摆设，或者让它卧在膝头摩挲，应该不次于辜鸿铭把弄着三寸金莲淋漓挥毫，难怪日本作家多钟情于猫。村上春树忒爱猫。大学读了七年才毕业，在学期间结婚，开爵士乐咖啡馆，并开始养猫。他回忆："我从此把店搬到千驮谷，在那里写小说。工作完了之后，夜里把猫放在膝上一边慢慢喝啤酒一边写第一个小说，那时的事至今还记得很清楚。猫好像我写小说也不喜欢，经常蹂躏桌上的稿纸。"养狗一般只用来散步，狗跟作家走，或者作家跟狗走，并拾掇狗屎。照片上川端康成两眼瞪得如猫似虎，看上去很适于养猫，但他的名作《禽兽》里只写了养狗，没有猫。

村上把他与猫的关系写得很明白，例如：

"想来这十五年间，家里一只猫也没有的时期只有两个来月。"

"我这八年来从无定所，几乎是漂泊海外，因而不能悠然静心养自家的猫。只好时常逗逗近处的猫，聊以满足对于猫的如饥似渴。"

"两只猫也酣然入睡了。看着猫熟睡的姿态，我总会有松一口气的心情，因为相信至少猫安心睡觉的时候并不会发生特别坏的事情吧。”

在处女作《听风的歌》里，调酒师杰伊，他是在美军基地做过工的中国人，讲述了一只被什么人弄伤了爪子的猫。虽然取名为“鼠”，听了居然放下啤酒杯，也认为这对谁都没有好处，不明白为何如此对待并不干坏事的猫，正如世上毫无理由的恶意多如山。这与他出身于富家却憎恶富人是一致的。但还有一个自称“我”的日本人，“‘当然不是要杀死，’我撒了谎，‘主要是心理方面的实验。’但确实我两个月里杀死了三十六只大大小小的猫。”村上在《海边的卡夫卡》里也提及此事。这是猫在村上小说中第一次出现，血淋淋的，或许从村上的经历我们有理由把这只猫村上化。他走红之后有一个作家撰文，说过去经常和某作家到爵士咖啡馆谈文学，原来那个在柜台里低头忙碌的就是他，话里便含了恶意。

从三岛由纪夫给人的印象来说，那么女气的人怀里抱猫最相宜，牵黄擎苍就有点装模做样，更何况切肚皮自裁。他在小说《午后曳航》中凶残地杀过猫。行刑者“抓住猫脖子提起来，猫没有出声，无力地从他手指垂下来。他检点了自己的心有否产生怜悯，那只是远远地一闪而过，于是安下心来”。他一次又一次把小猫摔到木头上，“觉得自己变成了了不起的男子汉”。作家在塑造人物的过程中磨砺自身的人格，三岛其人更这样。村上小说几乎离不开猫，他是用那些猫替他说话，甚而有役使过度之感。淡淡的笔调，仿佛带一点哀愁，或许只有猫的迷离与慵懒才相配，便有了一种日本味。虽然始终有意跟日本文学保持距离，但村上骨子里终归是日本的。即便那种为日本读者所喜闻乐见的翻译腔，也毕竟是日文的文体，而且很平易,若离开了日文,毛将焉附。

现实中真的有作家杀猫,而且是女作家。事件发生在二〇〇六年,女作家坂东真砂子给报纸写随笔,题为《杀猫崽》,说她让母猫享受了性交与生产的快乐后,把生下来的小猫崽统统丢到崖下去,以免其烦,结果引来了口诛笔伐,乃至有人鼓动焚她的书,不买她的书。听说她不曾结婚生育,莫非不懂得雌性还具有抚育下一代的本能快乐?她辩解:“我通过猫看自己,爱抚猫是爱抚自己,所以杀刚刚出生的猫崽时我也在杀自己。”那时她住在法属塔希提岛,当地政府要告她,她说这是压制言论,她是在考虑对于动物来说,何谓生存。好一派作家的话语,有如一口井,往下看黑里咕咚,就叫做深不可测。

村上的猫也下崽,他(它)们之间的关系已近乎不可思议:“这算是理所当然的吧,猫也有各种各样的性格,一只一只各有想法不同,行动方式不同。现在养的暹罗猫性格非常怪,我不给它握着爪子就不能生。这猫开始阵痛就马上跳到我膝上,好像喊着号子,用倚靠无腿座椅似的姿势坐下不动。我紧紧握住它的双爪,小猫就一只又一只地生出来。看猫下崽真好玩。”好玩之后,不知他如何处理一只又一只的小猫崽。村上去欧洲之前把猫托付给出版社编辑,条件是给他写一部长篇小说,这就是一九八七年出版的《挪威森林》,畅销得如火如荼。

二〇〇二年出版的《海边的卡夫卡》彻头彻尾是猫小说,简直可以叫“围绕猫的冒险”。中田这个人物会说猫语,为人找猫捞外快,此日正在找一只花猫(日文写作三毛猫,可不是《三毛流浪记》画的三根毛)。“‘你好。’这个已步入老年的男人打招呼。猫略微仰起脸,用低低的声音费劲儿地还礼。是一只上年纪的大黑猫。”黑猫是可怕的。竹久梦二画的大美人，怀里抱一只黑猫，和她的黑发形成一体，每见总有点悚然。中田死了，与他结伴旅行的星野“两点多钟望窗外，有一只肥胖的黑猫登上阳台栏杆，窥视屋内。青年打开窗户，跟猫搭话打发时间。‘喂，老猫，今天天不错呀。’‘可不是吗，小星野。’猫回话。‘我算是服了。’青年说，还摇了摇头。”人说猫言，猫说人话，在既现实又不现实的世界，村上写杀猫比三岛由纪夫更为惨烈。中田忍无可忍，杀死那个杀猫收集猫灵魂的雕塑家，实际是帮他实现了死亡的愿望。为猫而杀人，我们却这才松了一口气。本来想计算一下村上小说总共写了多少只猫，但读到雕塑家冰箱里摆放的猫头，骇得都忘了数数。

猫通常能让人安然轻松，例如《袋鼠好日》写道：“冬天结束，春天来了。春天一来，我和她和猫都松了一口气。四月里铁路罢了几天工。一有罢工我们可就真幸福。电车一整天连一辆都不在线路上跑。我跟她抱着猫下到线路上晒太阳，简直静得像坐在了湖底。我们年轻，刚结婚，阳光是免费的。”

《国境南太阳西》写道：“我们在我家客厅的沙发上就那么死死地拥抱。猫趴在沙发对面的椅子上。我们互相拥抱时它抬眼朝我们瞥了一下，但一声不吭地伸了个懒腰就又入睡了。”

人之为人，一生下来就要起名，村上在小说中经常给猫起个名字，这是他把猫拟人化的第一步，例如《围绕羊的冒险》里的沙丁鱼，《发条鸟年代记》里的青箭鱼，《海边的卡夫卡》里的大冢、大河、川村。沙丁鱼绝不可爱，“我”要去北海道找羊，走前把这只猫寄养。司机对我说：“怎么样，我随便给它起个名可以吗？”“完全没问题呀，叫什么？”“叫沙丁鱼怎么样？因为以前把它当沙丁鱼一样对待。”“不坏嘛。”“是吧?”司机很得意。日本人自古瞧不起沙丁鱼,把它写作鰯,武士被骂作沙丁鱼是要动刀的。《海边的卡夫卡》里咪咪的名字却是那只贵妇人似的雌猫自报的,它对人说:“猫的生涯并非那么牧歌似的。猫是无力的容易受伤的小生物。既没有龟那样的甲壳,又没有鸟那样的翅膀。不能像鼹鼠那样钻进土里,也不能像变色龙那样变色。世上的诸位不晓得有多少猫天天惨遭折磨,白白离开了此世。”这一通猫类自白令人似有所悟,不就是村上最基本的猫观么?

走在东京的胡同里经常有猫出没,这很像村上的小说。小说主人公常常是“我”,其实那并非村上,猫才是村上本人的分身、替身或化身。猫就是村上,村上就是猫。

(2008年1月)

郭风与猫的故事

◎朱金晨

在中国作家中,喜欢猫的很多,夏衍、王蒙都是。尤其是冰心老人,还曾因为丢失了心爱的猫,在大学校园里张贴寻猫启事。尽管启事上用的是化名,但还是被那些喜爱老人笔法的人悄悄揭去,以至一连贴了好几张。二〇〇二年秋,我去福建莆田参加笔会,途经长乐冰心纪念馆,在馆内有幸见到了那只猫的标本。也就是在那次南下福建时,我又听到了著名散文大家郭风与猫的故事。

在老先生所居住的福建省文联后院,本来,是老鼠为患,连大白天它们也大摇大摆出来示威,弄得人心不安。后来不知道哪里跑来了一只野猫,在此安家,一二年时间里居然繁衍成了一个猫的家庭,真是一物降一物,偌大的一个院落从此也就不见了鼠的行踪。据郭风的儿子告诉我:老鼠望猫生畏,全都逃到他们那幢大楼的屋顶上去了。尽管猫们占据了院内的一隅,但人们都十分喜欢它们,无论是谁家,进进出出总要为它们供上一份美味的猫食。八十多岁的郭风也是这样,每天黄昏时分由儿子陪同下来散步,也捎带着一些猫食,不忘为猫们作出一点奉献。

说来也怪,一天,郭风在散步时,忽然发觉身后跟着一只长得活泼可爱的小花猫,一路紧紧追随,有时还十分亲切地偎依着他的双脚,热情地发出轻叫。更让他惊喜的是他走上楼梯,猫也走上楼梯,他走进花丛,猫也走进花丛……以后的日子,几乎每天都是这样,只要见到郭风的身影,听到郭风的声音,小花猫马上会迎上前来,然后像一个忠实的跟班随从贴身追随。早先每遇刮风下雨的日子,郭风就不下楼散步了,可自从遇上了这只小花猫,也就打破了陈规,他一天不与它见面心里就好像少了点啥。也可以说还是因为结识了这只猫,年迈的郭风坚持着每天散步的习惯,从而也极大地有益于身心的健康,在二〇〇二年以前,八十多岁的老人上楼下楼从来就不需要人相扶。

然而这年年初,院子里忽然失去了小花猫的身影。起初郭风还以为是暂时的走失,到了明天它一定会回来的。不料一星期后,四方寻找,不见回归,再过一个星期,还是音讯全无。老人彻底失望了。本来,散步时,身后有小花猫追随着,郭风的脸上总是阳光灿烂,不时地发出笑声,现在不同了,他很不开心,好半天也不讲话,像在寻思什么。到了后来,郭风吃了晚饭,也很少下楼散步了,他怕经过院子看见那些猫们,触景生情。

在那次由福建驶往莆田的同行途中,小郭十分懊恼地对我说,他父亲的双腿正是由于缺少锻炼,不幸患了血栓,造成了如今的行动不便。

那天我随莆田文联派出的小车去福州省文联大院接郭风先生时,看到了那一大群人见人爱的猫,有的盘卧在自行车车棚内,有的嬉闹在小花园里,也有的坐立于假山边,神态各异。遗憾的是,再也看不到郭风先生喜爱的那只小花猫了。那可是一只有着灵性的猫呵。

那次我有好几次想采访一下郭风，可最终没有采访。我怕一不小心又扯到那只小花猫身上。

遗憾的是，如今再也没有这样的采访机会了。但从那以后，每想到郭风，我就不由得会想起那只小花猫的事。

（2010 年 4 月 14 日）

徐悲鸿送的猫

◎吕恩

我的母亲“待字闺中”时，就喜欢养猫。我祖母告诉我，你母亲的陪嫁中，有一件最惹人注意的东西，就是猫，睡在草窝子里，下面垫着块绸子，让人抬过来的。我记事的时候也看到有一只猫咪在我母亲脚下走来走去。母亲对我说，这只猫咪比你出生还早，你要叫它猫姐姐，好好待它。

一九三七年八月十三日，淞沪抗战全面开始，日本飞机天天在我们的小县城上空飞来飞去。为了躲避轰炸，我们搬了无数次家。不久日本侵略者打到我家门口了，我们匆匆逃难。兵荒马乱中，大家再也顾不得猫了。

以后我去了贵阳和重庆，考入了“国立剧专”；母亲和弟弟又回到了家乡。好不容易熬到了抗战胜利，我想尽办法，于一九四六年的春节，回到家乡，见到了久别的母亲。她老多了，弟弟也长大了，我沉醉在回家的喜悦中，兴奋的眼泪不住地流。忽然想到了猫，就问弟弟，这八年中母亲养猫了没有？弟弟说：你们走后，我们没有收入，靠母亲给人家做花边、浆洗衣服过日子，哪里还有时间去养猫。母亲在旁听着，暗暗流出了伤心的眼泪。我想起一九四三年夏，在四川青城山上和徐悲鸿先生相遇时，他送给我一幅画，画的是一只三花猫，坐在假山石上，虎视眈眈，眼珠的亮点成一条直线，神态极佳。我就把这幅画裱好了，挂在母亲房里，让她每天看看也是好的。

上世纪五十年代初，我定居北京，母亲来北京看望我，又把那张《猫》带过来了。她说：我老了，你们都不在我身边，万一有什么不测就麻烦了，现在我把画还给你，你好好保存着。有一天我去王人美、叶浅予家串门，讲起我有一张徐悲鸿先生送的猫。此时徐先生已离世，他的作品成为珍品了。浅予很感兴趣，要我拿给他看看。他看了以后说，猫身上的尘土太大了，我给你去“荣宝斋”洗一洗。洗完送到我家，我一看，面貌一新，还加上了个镜框！这猫更可爱了。我把它挂在我卧房兼书室中，直到“文化大革命”的前夕。

一九六六年八月十八日，全国掀起了“破四旧”的风潮。我家被抄了四次，第一次来时，就把我挂在房间里的两幅画——张正宇的《睡猫》和叶浅予的《印度女人》，当场撕得粉碎。可徐悲鸿的《猫》没有撕，被他们拿走了。我当时欲言又止。在那个岁月里，是什么理都说不清的。过了一年多，发还抄家物资了，发回一堆破烂货，唯独没有那张《猫》。我纳闷，那张猫的右上方，明明写着赠给我的名字，为什么没有还？又过了几天，一个红卫兵到我家来，在我桌子上拍出十五元钱，说给你十五元，买你那张《猫》，那张《猫》上面要去了。我说那张《猫》是徐先生送我的，我不能用友情换金钱。我坚决不收。他不听我说，扭头就走。从此，这《猫》石沉大海，不知流浪到了什么地方。

我和它一别十年之久。一想起它，就回忆起在青城山上，徐悲鸿先生和我们在一起时的愉快情景。那天临别，他分赠给吴祖光、丁聪各人一幅马，给我一只猫。我当时还说，为什么给我猫,不给我马?徐先生幽默地说:“男孩子给马,女孩子给猫。人家都说我的马好,其实我的猫比马画得好,你看那马的四个腿子就有一只,总是别着的,这叫‘蹩脚’。”我在大家哈哈的笑声中,接受了这只可爱的“三花猫”。我收藏了它三十多年,没想到一场“文革”把我那心爱的《猫》抢走了!

好不容易熬过了暗无天日的十年,“四人帮”被粉碎了。百业待兴,多少事要拨乱反正,谁顾得上我的《猫》?这只猫不仅画得可爱,而且是悲鸿先生的遗赠,这代表了我们的情谊,我怎么会不想呢?后来,全国召开了“文革”以后的第一次政协会。浅予来对我说:会议上,我们几个美术界的同人,共同写了一个提案,要求把“文革”中抄走的名画作一个清查,发还给原主。我们开了名单,把你的那张《猫》也开进去了。我感谢了他,但我没抱多大希望。

一天单位给我一张通知,要我到故宫博物院去领取那张和我阔别了十多年的《猫》。当时我高兴得跳了起来,急匆匆赶到故宫博物院,接待的人让我签了字,就把那张《猫》拿给了我。本来画是放在镜框里被他们取走的,现在却变成了挂轴。我问:这张画这些年到底藏在什么地方?他们说:“被林彪拿走了,林彪要收集一百张徐悲鸿的画,把你这张也算进去了。亏得画上写有你的名字,否则只好存在故宫博物院里了。”我拿出十五元钱,递给他们说:当年红卫兵用十五元来买断这张画,我不要,是硬放在我桌上的,现在还给你们,我们两清了。

我抱着这张《猫》,高高兴兴回了家。我把它从裱得很俗气的挂轴上取下来,洗得干干净净,重新放进一个黄花梨木的镜框中。这幅有历史价值和友谊在内的《猫》终又回到了我的手里,令我爱不释手。

我想起我的母亲,我真想把这张画再次献给她,让她高兴高兴,可是她在“文化大革命”中,已经含冤离世了。

(2010 年 9 月 5 日)

猫

◎夏丏尊

白马湖新居落成，把家眷迁回故乡的后数日，妹就携了四岁的外甥女，由二十里外的夫家雇船来访。自从母亲死后，兄弟们各依了职业迁居外方，故居初则赁与别家，继则因兄弟间种种关系，不得不把先人有过辛苦历史的高大屋宇，售让给附近的暴发户，于是兄弟们回故乡的机会就少，而妹也已有六七年无归宁的处所了。这次相见，彼此既快乐又酸辛，小孩之中，竟有未曾见过姑母的。外甥女也当然不认得舅妗和表姊，虽经大人指导勉强称呼，总都是呆呆地相觑着。

新居在一个学校附近，背山临水，地位清静，只不过平屋四间。论其构造，连老屋的厨房还比不上，妹却极口表示满意：

“虽比不上老屋，终究是自己的房子，我家在本地已有许多年没有房子了！自从老屋卖去以后，我多少被人瞧不起！每次乘船行过老屋的面前真是……”

妻见妹说时眼圈有点红了，就忙用话岔开：

“妹妹你看，我老了许多了罢？你却总是这样后生。”

“三姊倒不老！——人总是要老的，大家小孩都已这样大了，他们大起来，就是我们在老起来。我们已六七年不见了呢。”

"快弄饭去罢!"我听了他们的对话,恐再牵入悲境,故意打断话头,使妻走开。

妹自幼从我学会了酒,能略饮几杯。兄妹且饮且谈,嫂也在旁羼着。话题由此及彼,一直谈到饭后,还连续不断。每到妹和妻要谈到家事或婆媳小姑关系上去,我总立即设法打断,因为我是深知道妹在夫家的境遇的,很不愿在难得晤面的当初,就引起悲怀。

忽然,天花板上起了嘈杂的鼠声。

"新造的房子,老鼠就这样多了吗?"妹惊讶了问。

"大概是近山的缘故罢。据说房子未造好就有了老鼠的。晚上更厉害,今夜你听,好像在打仗哩,你们那里怎样?"妻说。

"还好,我家有猫。——快要产小猫了,将来可捉一只来。"

"猫也大有好坏,坏的猫老鼠不捕,反要偷食,到处撒屎,还是不养好。"我正在寻觅轻松的话题,就顺了势讲到猫上去。

"猫也和人一样,有种子好不好的,我那里的猫,是好种,不偷食,每朝把屎撒在盛灰的畚斗里。——你记得从前老四房里有一只好猫罢。我们那只猫,就是从老四房讨去的小猫。近来听说老四房里已断了种了,——每年生一胎,附近养蚕的人家都来千求万恳地讨,据说讨去都不淘气的。现在又快要生小猫了。"

老四房里的那只猫向来有名。最初的老猫,是曾祖在时,就有了的。不知是哪里得来的种子,白地,小黄黑花斑,毛色很嫩,望去像上等的狐皮"金银嵌"。善捉鼠性质却柔驯得了不得,当我小的时候,常去抱来玩弄,听它念肚里佛,挖看它的眼睛,不啻是一个小伴侣。后来我由外面回家,每走到老四房去,有时还看见这小伴侣——的子孙。曾也想讨一只小猫到家里去养,终难得逢到恰好有小猫的机会,自迁居他乡,十年来久不忆及了。不料现在种子未绝,妹家现在所养的,不知已是最初老猫的几世孙了。家道中落以来,田产室庐大半荡尽,而曾祖时代的猫,尚间接地在妹家留着种子,这真是一种不可思议的缘,值得叫人无限感兴的了。

“哦!就是那只猫的种子!好的,将来就给我们一只。那只猫的种子是近地有名的。花纹还没有变吗?”

“你欢喜那一种?——大约一胎多则三只,少则两只,其中大概有一只是金银嵌的,有一二只是白中带黑斑的,每年都是如此。”

“那自然要金银嵌的啰。”我脑中不禁浮出孩时小伴侣的印象来。更联想到那如云的往事,为之茫然。

妻和妹之间,猫的谈话,仍被继续着,儿女中大些的张了眼听,最小的阿满,摇着妻的膝问:“小猫几时会来?”我也靠在藤椅子上吸着烟默然听她们。

“小猫的时候,要教它会才好。如果撒屎在地板上了,就捉到撒屎的地方,当着它的屎打,到碗中偷食吃的时候,就把碗摆在它的前面打,这样打了几次,它就不敢乱撒屎多偷食了。”

妹的猫教育论,引得大家都笑了。

次晨,妹说即须回去,约定过几天再来久留几日,临走的时候还说:

“昨晚上老鼠真吵得厉害,下次来时,替你们把猫捉来罢。”

妹去后,全家多了一个猫的话题。最性急的自然是小孩,他们常问“姑妈几时来?”其实都是为猫而问,我虽每回答他们“自然会来的,性急什么?”而心里也对于那与我家一系有二十多年历史的猫,怀着迫切的期待,巴不得妹——猫快来。

妹的第二次来,在一个月以后,带来的只是赠送小孩的果物和若干种的花草苗种,并没有猫。说前几天才出生,要一月后方可离母,此次生了三只,一只是金银嵌的,其余两只,是黑白花和狸斑花的,讨的人家很多,已替我们把金银嵌的留定了。

猫的被送来,已是妹第二次回去后半月光景的事,那时已过端午,我从学校回去,一进门妻就和我说:

“妹妹今天差人把猫送来了,她有一封信在这里。说从回去以后就有些不适。大约是寒热,不要紧的。”

我从妻手里接了信草草一看,同时就向室中四望:

“猫呢?”

“她们在弄它。阿吉阿满,你们把猫抱来给爸爸看!”

立刻,柔弱的“尼亚尼亚”声从房中听得阿满抱出猫来:

“会念佛的,一到就蹲在床下,妈说它是新娘子呢。”

我在女儿手中把小猫熟视着说:

“还小呢,别去捉它,放在地上,过几天会熟的。当心碰见狗!”

阿满将猫放下。猫把背一耸就踉跄地向房里遁去。接着就从房内发出柔弱的“尼亚尼亚”的叫声。

“去看看它躲在什么地方。”阿吉和阿满蹑了脚进房去。

“不要去捉它啊!”妻从后叮嘱她们。

猫确是金银嵌,虽然产毛未退,黄白还未十分夺目,尽足依约地唤起从前老四房里小伴侣的印象。“尼亚尼亚”的叫声,和“咪咪”的呼唤声,在一家中起了新气氛,在我心中却成了一个联想过去的媒介,想到儿时的趣味,想到家况未中落时的光景。

与猫同来的,总以为不成问题的妹的病消息,一二日后竟由沉重而至于危笃,终于因恶性疟疾引起了流产,遗下未足月的女孩而弃去这世界了。

一家人参与丧事完毕从丧家回来,一进门就听到“尼亚尼亚”的猫声。

“这猫真不利,它是首先来报妹妹的死信的!”妻见了猫叹息着说。

猫正在檐前伸了小足爬搔着柱子,突然见我们来,就踉跄逃去,阿满赶到厨下把它捉来了,捧在手里:

“你还要逃,都是你不好! 妈! 快打!”

“畜生晓得什么? 唉,真不利!”妻呆呆地望着猫这样说,忘记了自己的矛盾,倒弄得阿满把猫捧在手里瞪目茫然了。

“把它关在伙食间里,别放它出来!”我一边说一边懒懒地走入卧室睡去。我实在已怕看这猫了。

立时从伙食间里发出“尼亚尼亚”的悲鸣声和嘈杂的搔爬声来。努力想睡,总是睡不着。原想起来把猫重新放出,终于无心动弹,连向那就在房外的妻女叫一声“把猫放出”的心绪也没有,只让自己听着那连续的猫声,一味沉浸在悲哀里。

从此以后,这小小的猫在全家成了一个联想死者的媒介,特别地在我,这猫所暗示的新的悲哀的创伤,是用了家道中落等类的怅惘包裹着的。

伤逝的悲怀,随着暑气一天一天地淡去,猫也一天一天地长大,从前被全家所诅咒的这不幸的猫,这时渐被全家宠爱珍惜起来了，当作了死者的纪念物。每餐给它吃鱼，归阿满饲它，晚上抱进房里，防恐被人偷了或是被野狗咬伤。

白玉也似的毛地上，黄黑斑错落得非常明显，当那蹲在草地上或跳掷在凤仙花丛里的时候，望去真是美丽。每当附近四邻或路过的人，见了称赞说“好猫！”的时候，妻脸上就现出一种莫可言说的矜夸，好像是养着一个好儿子或是好女儿。特别地是阿满：

“这是我家的猫，是姑母送来的，姑母死了，只剩了这只猫了！”她当有人来称赞猫的时候，不管那人陌生与不陌生，总会睁圆了眼起劲地对他说明这些。

猫做了一家的宠儿了，每餐食桌旁总有它的位置，偶然偷了食或是乱撒了屎，虽然依妹的教育法是要就地罚打的，妻也总看妹面上宽恕过去。阿吉阿满一从学校里回来就用了带子逗它玩，或是捉迷藏似地在庭间追赶它。我也常于初秋的夕阳中坐在檐下对了这跳掷着的小动物作种种的遐想。

那是快近中秋的一个晚上的事：湖上邻居的几位朋友，晚饭后散步到了我家里，大家在月下闲话，阿满和猫在草地上追逐着玩。客去后，我和妻搬进几椅正要关门就寝，妻照例记起猫来：

“咪咪！”

“咪咪！”阿吉阿满也跟着唤。

可是却听不到猫的“尼亚尼亚”的回答。

“没有呢！哪里去了？阿满，不是你捉出来的吗？去寻来！”妻着急起来了。

“刚刚在天井里的。”阿满瞠了眼含糊地回答，一边哭了起来。

"还哭！都是你不好！夜了还捉出来做什么呢？——咪咪咪咪！"妻一边责骂阿满一边嗄了声再唤。

"咪咪咪咪！"我也不禁附和着唤。

可是仍听不到猫的"尼亚尼亚"的回答。

叫小孩睡好了，重新找寻，室内室外，东邻西舍，到处分头都寻遍，哪有猫的影儿？连方才谈天的几位朋友都过来帮着在月光下寻觅，也终于不见形影。一直闹到十二点多钟月亮已照屋角为止。

"夜深了，把窗门暂时开着，等它自己回来罢，——偷是没有人偷的，或者被狗咬死了，但又没听见它叫。也许不至于此，今夜且让它去罢。"我宽慰着妻，关了大门，先入卧室去。在枕上还听到妻的"咪咪"的呼声。

猫终于不回来。从次日起，一家好像失了什么似地，都觉到说不出的寂寥。小孩从放学回来也不如平日的高兴，特别地在我，于妻女所感得的以外，顿然失却了沉思过去种种悲欢往事的媒介物，觉得寂寥更甚。

第三日傍晚，我因寂寥不过了，独自在屋后山边散步，忽然在山脚田坑中发现猫的尸体。全身黏着水泥，软软地倒在坑里，毛贴着肉，身躯细了好些，项有血迹，似确是被狗或野兽咬毙了的。

"猫在这里！"我不觉自叫了说。

"在哪里？"妻和女孩先后跑来，见了猫都呆呆地几乎一时说不出话。

"可怜！定是野狗咬死的。阿满，都是你不好！前晚你不捉它出来，哪里会死呢？下世去要成冤家啊！——唉！妹妹死了，连妹妹给我们的猫也死了。"妻说时声音呜咽了。

阿满哭了，阿吉也呆着不动。

"进去罢，死了也就算了，人都要死哩，别说猫！快叫人来把它葬了。"我催她们离开。

妻和女孩进去了。我向猫作了最后的一瞥，在黄昏中独自徘徊。日来已失了联想媒介的无数往事，都回光返照似的一时强烈地齐现到心上来了。

（1926年11月）

猫的悲哀

◎林庚

主人搬走了，于是只剩下了猫。这是个类乎悲剧的事情，偌大一座空房子令这点一个小动物守着。

这只猫事前并未知道主人搬家，以为不过因为今天天气好，所以大家把东西搬出屋子来晒晒太阳，吃过午饭后于是他照例爬上房顶到街坊家里去玩。这是一年春天的事，风吹着杨柳，柳絮濛濛与猫咪咪的叫声打成一片，这时猫不能不到街坊家里去玩乃是当然的事，何况这是一个出世未满一岁半的小雄猫——长的很好看的如一头小狮子——他有伶俐的爪，灵巧的眼睛，耳朵随着四面的声音会竖起来或向前去，这乃是一条完全的猫(它的尾巴是五色的如一条花蛇)，第一次知道什么是春天了，这样他不会留意到主人要搬家，在邻近的猫的心中，大概都觉得是可以原谅的。

邻近究竟有多少猫？恐怕问夜间的春风也未必知道，人睡觉时听见这里一处那里一处的闹着，到底有多少猫呢？猫自己未必有心管这些。但许多猫群是以几个好看的雌猫为中心而成立的，像一个母性社会的部落，这小猫的一部落虽同别的一样并不确定，但一切他却比谁知道得都清楚。其中有不能不知道的理由，夜间的春风固然仍是不管。这小猫他却有很简单的苦衷，他只认得邻家的三只雌猫，而到那里去的雄猫一共可是七只,小猫很勇敢,他并非退缩,只是却不得不注意罢了。注意到那几个猫什么时候来,在什么地方等等,还有那三个小雌猫(尤其是有一个刚刚一岁的小白猫)又都喜欢什么?注意一件事总容易对于别的事变得胡涂了。于是主人不知什么时候搬了家,这事在小猫心中似有无限的委屈,“不公道!”他喵喵的叫了两声,但无人答应。

“咯吱!”木板墙的门缝不知怎么的响了下,今年春天以来,这地方常有耗子偷偷跑出,小猫于是立刻竖起了耳朵,把身子静放在四个爪上,等待,等待,耗子连影儿都没有。

一分钟一分钟的过去了,尾巴由伸得笔直而卷到身下去,耳朵也恢复了常态,他连身体都觉得有些疲乏的样子,木板又自己“咯吱”的一响,方才完全是听错了,小猫叹了口气,无目的的走过这门,想着“咯吱”一声的木板真做弄人作怪。

“耗子。”小猫想起的确是许久没有尝的口味了。近来因为忙,只回家来吃主人给的拌饭,其中虽也间或有肉,究竟不多且都是熟的,想起一只新鲜的耗子不免十分馋起来。小猫走遍各处,没有耗子的影子,心里真有些怒气了。平日间总觉得耗子多,有时女主人因此还要骂几声,今天主人搬走了,他们反而一个也不出来,小猫一声不响的守在墙根一个大的耗子洞旁,有半点钟。却是耗子的脚步声都未听见。

今天晚饭是没有现成的了,小猫清楚的知道。这确乎像一件可悲哀的事,没有吃的是不行的!从心里头发出这样一句话来(其实他又好像并不只为这一顿打算。因为同那别的猫玩而牺牲了一顿饭是不止过一回的事)。而且吃完了东西还得到街坊家去,这乃是为什么急于要吃的最大理由。于是这猫想找个方法来弄吃的了,除了平日主人给的饭外,他只有耗子是吃过的，小猫是很好的一只猫，从来没有偷过嘴，而且他真有些害怕也不知是害羞。然而弄耗子吃已于无意中试验过了，恐怕耗子今天也搬走了。小猫在院子里徘徊。

一个空的院子，地下丢着一些破烂东西，四面便是空的房子，在昨天以前，这时四面早点起灯来了。荧荧的多么好看，但此刻是全黑着。什么地方找吃的呢？（小猫这时忽然想到要是那三个雌猫都住在这房子里就好了，他们可以随便的玩得天翻地覆，也不至于有人跺着脚，或拿着棍子赶出来）

天是很黑的，就是大着胆子（因为他还是个小猫）爬到树头上去捉小鸟，也是什么都看不见的。小猫真有些悲哀了，他从厨房里走出来又走进去，一遍一遍的嘴里喵喵着，厨房则如一个哑巴，什么也不响。

听见不远的地方有晚风吹来咪咪的猫叫，小猫怀着悲哀的情绪，一溜烟由厨房小院里的一棵大槐树爬上房去。心里今天觉得事事不痛快。肚子还真有点饿起来，但这倒不要紧，小猫想假如明天一早主人就又搬回来的话，倒不妨畅快的玩这一晚。

到了邻院，果然来晚了！但那只小白猫不知怎么的竟会在大家不觉里，偷偷的跟着他溜出来，跑到一间煤屋里面。这地方再不会有别个猫来了。他们玩着，但他心中却似有件什么忘了似的，他知道准是那空房子作怪！

小白猫惊讶的问着他难道还没吃饭吗！缘故是他肚子在这时忽然叫了一声，话被问得太不好意思了，连她说过后也觉有些后悔起来，但他还是年纪太小，没学会怎样说谎，怎样可以假托日来胃里有些不舒服，吃东西总不大消化而且会这样叫。只得羞红了脸说真是没吃。

说过后两个都觉得坦白了，于是这一对小猫打算到白猫家的厨房里去偷点肉吃。偷主人的东西吃在白猫也还是初次，因为那主人家里有一只忠心的狗，那狗对小白猫很像一个先生，而且忠心得使她觉得偷吃是一件坏事，但肉在厨房里摆着而有猫饿着肚子不是岂有此理吗？“非偷吃不可！”两个猫一路上快活的跑去，小白猫领着小邻猫，这小猫觉得今天什么都变得特别了。

到了白猫的家，远远听见厨房的房顶上却有几个雄猫大声的争吵着，小白猫不敢再走向前去，这小狮子猫并非缺少勇敢，却觉得冒险的目的不过一两块肉（最重要的还是带累了小白猫）殊不值得，并且事实上一顿不吃肚子也不见得便太饿，两个猫便都这样的不言语了。那边房顶上却越吵越厉害，渐渐的远处似乎又有两个猫声跑向这地方来，在一个房脊上这一对小黑影只得慢慢的退下去。

“到什么地方去呢？”两只小猫一同问着，远近都有雄猫的狂叫声。

小花猫此刻想起主人搬家的悲哀来，如果有现成的晚饭吃了，何至于在煤屋里玩时肚子叫那一声，多么不好意思的事，而且又鬼使神差的跑到这样进退两难的地方来！

“走吧！”白猫听见左面近处有一只猫似乎发现什么似的高叫了一声，两个连忙蹑手蹑脚地又偷偷逃开那危险圈。

“到我们家去吧？”花猫说。

“你家那张大姐厉害，有一回差点用扫帚把我脚打坏。”

“我的主人搬家了！”这小猫说时真的又似有无限的悲哀。

但他们因此快乐的回去了，这一夜小花猫为了想念主人留住白猫做伴，于是成了这座空房子的两个主人，房子黑魆魆的深沉，只见四只闪着黄光的眼睛，如深山中的老虎，不期然间却捉了两只耗子。这样的事，当然，别的猫这一夜是全然不会知道的。

（1934 年 4 月）

猫

◎宋云彬

我平生最喜欢猫。可是在上海住了五六年，一向做“三房客”，住的不是前楼就是厢房，事实上不容许我养猫。“一·二八”以前，我住在闸北，“二房东”养了一头肥大的黑猫，面庞儿圆圆的，十分可爱。我常常把牛奶、牛肉等给它吃，它很恋恋于我。冬天夜长，我写作往往要过一二点钟，它总是睡在我身边，鼻子里呼呼作声，有时候懒洋洋地醒来，伸着脚，弓着背，轻轻地叫出一声“鸟乎”，好像在警告我时候已经不早了。二房东家小孩子很多，常常捉住它玩耍，它受了小孩子们的欺侮，便一溜烟逃到我厢房里，把头在我的脚上磨擦，嘴里不住“鸟乎鸟乎”地叫，我知道它受了委屈，总是好好地抚摸它一回。有一次，它大概太高兴了，把我一本暖红室刻的《牡丹亭》抓破，妻打了它几下，赶它出厢房去，我却劝妻不要动气，因为它实在不懂得什么“名著”“珍本”，偶尔高兴玩玩，也是兽情之常。可是它经此一番惩戒，竟负气不到厢房里来，最后还是我硬把它捉了进来，拿大块的猪肝请它吃，好好地抚摸它一回，它才照常到厢房里来走动。

“一·二八”那天，我们于午后四点钟才匆匆地离开闸北。那时候二房东已全家搬走，我临走仓皇，竟没有记到它，事后很懊悔。同乡去住了两个月，天天关心战事消息，一时也把它忘了。后来接到上海朋友来信,说战事已停,有人到闸北去看过,我住的那条里,房子烧去了一半,但我住的那所房子却没有烧掉,也许书籍等等还有存留着。我接到信就来上海,设法领得“通行证”,雇了两部“塌车”,几部“黄包车”,预备去搬东西。到了那里,果然我住的房子没有烧去,走上扶梯一看,几个书橱还是照常摆着,书也似乎没有经人翻动过,只有写字桌上放着几本比较新一点的洋装书不见了。我一时觉得很高兴,吩咐车夫们把书籍搬下楼,一面搜索值得搬的物件,预备“一古脑儿”装回去。忽然,我听得猫叫,那声音很微弱,留神一看,原来那猫就在我脚边。它满身都是泥灰,下半身完全焦黄了,瘦得几乎只剩一副骨骼,眼圈儿烂得红红的,胡子不剩半根,但我能辨认它就是二房东家的黑猫。它也似乎还认识我,不住地向我叫,叫声微弱极了。我凄然地抱它在怀里。想不到它在战区里过了两个多月,居然没有死!我想问它这两月来的情形,可是它不会开口。等到书籍都已搬上车,我也抱了它坐上黄包车,不知为着什么,它听得塌车的轮子轧轧作响,忽然从我怀中一跃而出,向瓦砾堆里飞奔逃跑。我下车追赶,车夫也替我追,但是,哪里追得着呢!我很惆怅地立在瓦砾堆里痴望,哪里还有它的影踪!时间已经不早,只得转身回去,手背上竟觉得隐隐作痛,仔细一看,原来被它抓破了好几处,袍子上涂满了泥灰。

去年我在沪东区租了一幢房子,妻为我喜欢猫,同时也感到耗子们骚扰得太厉害,便在亲戚家讨了一头花白猫来。那猫的面庞儿也生得圆圆的。进来的第二天,就捉住一头小耗子,使我们十分高兴,它离母胎还不到五个月,顽皮得可以,沙发套子常常被它抓。妻见我有线装书放在桌子上时,便赶快拿来藏到橱里，轻轻地说："不要再像那本《牡丹亭》。"过了三四个月，它更加肥大了，顽皮性似乎也改好了一点。白天蹲在庭前的短墙上，以捉苍蝇为消遣。据妻说，曾经亲见它捉住过一只苍蝇。因为壁虎是捉苍蝇的，她替它取个名字，叫做"壁虎儿"。一天，妻对我说："壁虎儿可大不聪敏，今天它从后门跑了出去，竟迷失了路，躲在十四号里不肯出来(我们住的是十九号)，幸亏那家的女太太很热心，设法捉住了，送还我们。"因此，我就下了个戒严令，叫女佣们留心，不许让它走出后门去。

我早上吃牛奶，照例总得剩一点给壁虎儿。它听得杯子响时，总竖起了尾巴在床前徘徊，预备来享受我的剩余的牛奶。有一天清早，我吃过了牛奶还不见壁虎儿来。我敲着牛奶杯，嘴里"咪咪"地唤，然而壁虎儿还是不来。大家起来找寻，差不多有一个钟头，终不见它的影踪。看它的饭碗里还盛得满满地，可见昨天吃晚饭前它已经不在家了。我很着急，妻竟有点凄然。她断定它是走出后门外去而迷了路的。她说它天天蹲在庭前的短墙上，一呼唤便向里面跑，只有走出了后门便会迷路。我没有法子，只好自己譬解。我以为它也许在外边找它的情侣，说不定过一回儿就会回来。我又记得《两般秋雨盦随笔》的作者曾经说过，贯休觅句诗"尽日觅不得，有时还自来"，可以当作失猫诗读。又记得，韩湘严给张度西书说："养鸟不如养猫。……闲散置之，自便去来，不劳把握。"可见猫在外面玩耍，一时忘归本家，是常有的事，过一回儿便会回来的。我把这意思告诉妻。妻说："这不可一概而论，我们住的是鸽子笼般的巷堂房子，比连的几十家，形式都是一样，假使没有门牌，恐怕连我们有时也会找不到自己的巢，何况那壁虎儿。”我们议论了好一回，工作的时间已到，我只好硬着头皮上工去。

中午放工回来，一进门就问妻：“壁虎儿找到了没有？”

“没有！”她凄然地说，“十四号也去问过了，邻近的几家差不多全去找过，哪里有它的踪迹！”我们都很凄然，连饭都不能下喉。妻更不住地抬起眼向庭前的短墙上望。

过了两天，壁虎儿仍旧没有回来。我写了一个字条贴在巷堂口，文曰：

“本里十九号走失花白猫一头，取名‘壁虎儿’，尾全黑，头上有一块桃子形的黑毛，背上也有长方形黑毛一块，面圆，四足全白，如蒙捉住送还，酬洋两元，决不食言。”

有几个闲人看了这字条在那里笑。看巷堂的对我说：“猫皮很值钱，如果被‘瘪三’捉去剥了，那就没有希望了。”我听了他的话，说不出的恐惧和悲哀，我只希望他的话完全是谣言。同时我又想起了从我怀里逃跑去的那只黑猫，不知道还在人间否。

过了许多时候，贴在巷堂口那张纸条儿也不见了。我和妻约定，此后永不养猫，免得再受佛家所说的“爱别离苦”。

一九三五、一一、二六夜于上海

猫

◎靳以

猫好像在活过来的时日中占了很大的一部，虽然现在一只也不再在我的身边厮扰。

当着我才进了中学，就得着了那第一只。那是从一个友人的家中抱来，很费了一番手才送到家中。她是一只黄色的，像虎一样的斑纹，只是生性却十分驯良。那时候她才下生两个月，也像其他小猫一样欢喜跳闹，却总是被别的欺负的时候居多。友人送我的时候就这样说：

"你不是欢喜猫么，就抱去这只吧。你看她是多么可怜的样子，怕长不大就会死了。"

我都不能想那时候我是多么高兴，当我坐在车上，装在布袋中的她就放在我的腿上。呵，她是一个活着的小动物，时时会在我的腿上蠕动的。我轻轻地拍着她，她不叫也不闹，只静静地卧在那里，像一个十分懂事的东西。我还记得那是夏天，她的皮毛使我在冒着汗，我也忍耐着。到了家，我放她出来。新的天地吓得她更不敢动，她躲在墙角或是椅后那边哀哀地鸣叫。她不吃食物也不饮水，为了那份样子，几乎我又送她回去。可是过了两天或是三天，一切就都很好了。家中人都喜欢她，除开一个残忍成性的婆子。我的姊姊更爱她，每餐都是由她来照顾。

到了长成的时节，她就成为更沉默更温和的了。她从来也不曾抓伤过人，也不到厨房里偷一片鱼。她欢喜蹲在窗台上，眯着眼睛，像哲学家一样的沉思着。那时候阳光正照了她，她还要安详地用前爪在脸上抹一次又一次的。家中人会说：

“链哥儿抱来的猫，也是那样老实呵！”

到后她的子孙们却是有各样的性格。一大半送了亲友，留在家中的也看得出贤与不肖。有的竟和母亲争斗，正像一个浪子或是泼女。

她自己活得很长远，几次以为是不能再活下去了，她还能勉强地活过来，终于一双耳朵不知道为什么枯萎下去。她的脚步更迟钝了，有时鸣叫的声音都微弱得不可闻了。

她活了十几年，当着祖母故去的时候，已经入殓，还停在家中；她就躺在棺木的下面死去。想着是在夜间死去的，因为早晨发觉的时候她已经僵硬了。

住到×城的时节，我和友人B君共住了一个院子。那个城是古老而沉静的，到处都是树，清寂幽闭。因为是两个单身男子，我们的住处也正像那个城。秋天是如此，春天也是如此。墙壁粉了灰色，每到了下午便显得十分黯淡。可是不知道从哪里却跳来了一只猫，她是在我们一天晚间回来的时候发现的。我们开了灯，她正端坐在沙发的上面，看到光亮和人，一下就不知道溜到哪里去了。

我们同时都为她那美丽的毛色打动了，她的身上有着各样的颜色，她的身上包满了茸茸的长绒。我们找寻着，在书架的下面找到了。她用惊疑的眼睛望着我们，我们即刻吩咐仆人,为她弄好了肝和饭,我们故意不去看她,她就悄悄地就食去了。

从此在我们的家中,她也算是一个。

养了两个多月,在一天的清早,不知逃到哪里去了。她仍是从风门的窗格里钻出去(因为她,我们一直没有完整的纸糊在上面),到午饭时不见回来。我们想着下半天,想着晚饭的时候;可是她一直就不曾回来。

那时候,虽然少了一只小小的猫,住的地方就显得阔大寂寥起来了。当着她在我们这里的时候,那些冷清的角落,都为她跑着跳着填满了;为我们遗忘了的纸物,都由她有趣地抓了出来。一时她会跑上座灯的架上,一时她又跳上了书橱。可是她把花盆架上的一盆迎春拉到地上,碎了花盆的事也有过,记得自己真就以为她是一个有性灵的生物,申斥她,轻轻地打着她;她也就畏缩地躲在一旁,像是充分地明白了自己的过错似的。

平时最使她感觉到兴趣的事,怕就是钻进抽屉中的小睡。只要是拉开了,她就安详地走进去,于是就故意又为她关上了。过些时再拉开来,她也许还未曾醒呢!有的时候是醒了,静静地卧着,看到了外面的天地,就站起来,拱着背缓缓地伸着懒腰。她会跳上了桌子,如果是晚间,她就分去了桌灯给我的光,往返地踱着,她的影子晃来晃去的,却充满了我那狭小的天地,使我也有着热闹的感觉。突然她会为一件小小的物件吸引住了,以前爪轻轻地拨着,惊奇地注视着被转动的物件,就退回了身子,伏在那里,还是一小步一小步地退缩着——终于是猛地向前一蹿,那物件落在地上,她也随着跳下去。

我们有时候也用绒绳来逗引，看着她轻巧而窈窕地跳着。时常想到的就是“摘花赌身轻”的句子。

她的逃失呢，好像是早就想到了的。不是因为从窗里望着外面，看到其他的猫从墙头跳上跳下，她就起始也跑到外面去么？原是不知何所来，就该是不知何所去。只是顿然少去了那么一只跑着跳着的生物，所住的地方就感到更大的空洞了。想着这样的情绪也许并不是持久的，过些天或者就可以忘怀了。只是当着春天的风吹着门窗的纸，就自然地把眼睛望着她日常出入的那个窗格，还以为她又从外面钻了回来。

“走了也好，终不过是不足恃的小人呵！”

这样地想了，我们的心就像是十分安然而愉快了。

过了四个月，B君走了，那个家就留给我一个人。如果一直是冷清下来，对于那样的日子我也许能习惯了；却是日愈空寂的房子，无法使我安心地守下去。但是我也只有忍耐之一途。既不能在众人的处所中感到兴趣，除开面壁枯坐还有其他的方法么？

一天，偶然地在市集中售卖猫狗的那一部，遇到一个老妇人和一个四五岁的女孩。她问我要不要买一只猫。我就停下来，预备看一下再说。她放下在手中的竹篮，解开盖在上面的一张布，就看到一只生了黄黑斑的白猫，正自躺在那里。在她的身下看到了两只才生下不久的小猫。一只是黑的，毛的尖梢却是雪白；那一只是白的，头部生了灰灰的斑。她和我说因为要离开这里，就不得不卖了。她和我要了极合理的价钱，我答应了，付过钱，就径自去买一个竹筐来。当着我把猫放到我的筐子里，那个孩子就大声哭起来。她舍不得她的宝贝。她丢下老妇人塞到她手中的钱。那个老妇人虽是爱着孩子，却好像钱对她真有一点用,就一面哄着一面催促着我快些离开。

叫了一辆车,放上竹筐,我就回去了。留在后面的是那个孩子的哭声。

诚然如那个老妇人所说,她们是到了天堂。最初几天那两只小猫还没有张开眼,从早到晚只是咪咪地叫着。我用烂饭和牛乳喂它们,到张开了眼的时候,我才又看到那个长了灰色斑的两个眼睛是不同的;一个是黄色,一个是蓝色。

大小三只猫,也尽够我自己忙的了(不止我自己,还有那个仆人)。大的一只时常要跑出去,小的就不断地叫着。她们时常在我的脚边缠绕,一不小心就被踏上一脚或是踢翻个身。她们横着身子跑,因为把米粒粘到脚上,跑着的时候就答答地响着,像生了铁蹄。她们欢喜坐在门限上望着外面,见到后院的那条狗走过,她们就咈咈地叫着,毛都竖起来,急速地跳进房里。

为了她们,每次晚间回来都不敢提起脚步来走,只是溜着,开了灯,就看到她们偎依着在椅上酣睡。

渐渐地她们能爬到我的身上来了,还爬到我的肩头,她们就像到了险境,呜叫着,一直要我用手把她们再捧下来。

这两只猫仔,引起了许多友人的怜爱,一个过路友人离开了这个城还在信中殷殷地问到。她说过要有那么一天,把这两只猫拿走的。但是为了病着的母亲的寂寥,我就把她们带到了××。

我先把她们的母亲送给了别人,我忘记了她们离开母亲会成为多么可怜的小动物。她们叫着,不给一刻的宁静,就是食物也不大能引着她们安下去。她们东找找西找找,然后就失望地朝了我。好像告诉我她们是丢失了母亲,也要我告诉她们:母亲到了哪里?两天都是这样,我都想再把那只大猫要回来了。后来友人告诉我说是那个母亲也叫了几天,终于上了房,不知到哪里去了。

因为要搭乘火车的,我就在行前的一日把她们装到竹篮里。她们就叫,吵得我一夜也不能睡,我想着这将是一桩麻烦的事,依照路章是不能携带猫或狗的。

早晨,我放出她们喂,吃得饱饱的(那时候他们已经消灭了失去母亲的悲哀),又装进竹篮里。她们就不再叫了。一直由我把她们安然地带回我的母亲的身边。

母亲的病在那时已经是很重了,可是她还是勉强地和我说笑。她爱那两只猫。她们也是立刻跳到她的身前。我十分怕看和母亲相见相别时的泪眼,这一次有这两个小东西岔开了母亲的伤心。

不久,她们就成为一种累赘了。当着母亲安睡的时候,她们也许咪咪地叫起来。当着母亲为病痛所苦的时候,她们也许要爬到她的身上。在这情形之下,我只能把她们交付了仆人,由仆人带到他自己的房中去豢养。

母亲的病使我忘记了一切的事,母亲故去了许久我才问着仆人那两只猫是否还活下来。

仆人告诉我她们还活着的,因为一时的疏忽,她们的后腿冻跛了。可渐渐地好起来,也长大了,只是不大像从前那样洁净。

我只是应着,并没有要他把她们拿给我,因为被母亲生前所钟爱,她们已经成为我自己悲哀的种子了。

二十五年三月三日

猫

◎谢冰莹

远在四十年前，当我还是个孩子的时候，记忆里便有了猫的印象。父亲和祖母都喜欢猫，每年一到冬天，猫就特别吃香起来，白天它老是躺在父亲的怀里，接受父亲的抚摸；晚上祖母把它当作热水袋似的，让它睡在脚下取暖，只有母亲讨厌猫，常常因为猫的缘故而和父亲吵闹。

“黑猫越来越长胖了，一身肥肉，摸着它怪舒服的。”

有天晚上父亲这么说。

“你觉得舒服，我的心里可不舒服呀！你知道它为什么这样肥吗？常常偷东西吃，你到寝室里去看看那些挂在梁上的腊肉，哪一块不是被它咬得七零八落的。”

“你不要冤枉了它，那些肉一定是老鼠啃掉的。”

父亲严肃地为猫辩护。

“哼！老鼠啃掉的？你不要冤枉老鼠，昨天我还亲眼看见它正在偷肉吃，我一声不响地拿了一根大扁担，一手打过去，它的后腿差一点被我打断了。”

母亲一面说，一面还用手表演打时的姿势。

“怪不得黑猫走起路来的时候它的一双后脚有点跛，我正在研究它怎么受伤了，原来是你打的，我要你赔！”

父亲很生气地说。

"赔？你先赔了我的腊肉再说！该死的猫，无情无义，养了它十来年了，还这么好吃懒做，整天不捉老鼠，不论白天晚上，老是吃了又睡，睡了又吃，像一个猪；可是又没有猪有用处，猪肉还可以吃，猫呢？你告诉我，猫有什么好处？除了带给你一身跳蚤，除了偷东西吃以外，试问它还有丝毫好处没有？"

母亲并不示弱，她的理由越来越充足，父亲有口吃的毛病，他说不过母亲，只好悄悄地走开了。

也许是从小受了母亲的影响，我也不喜欢猫。记得在西安的时候，曾亲眼看到一位朋友为了太爱她养的那群猫，情愿与丈夫离婚；每天，那群大大小小的猫要吃半斤猪肝，半斤鱼，有时买不到猪肝，就用牛肉代替。每次这位朋友从外面回家的时候，这一群猫都排了队站在大门口迎接。她没有生孩子，完全把这些猫当做儿女看待，丈夫看了这种情形，真是又气又妒，他常常警告太太说："我的薪水有一半是花在猫的身上，你如果再这么痛爱它们，我就要和你离婚了！"

"好！离婚就离婚，马上签字找律师登报去！"太太气愤愤地回答，末了又加上一句："我宁可没有丈夫，也不能没有猫！"

最后，丈夫忍受不住了，终于和她离了婚；丈夫心里很懊悔，她却若无其事地仍然养着这群猫。它们的颜色，有黄的，有白的，也有黑白相间的。

一九四三年我们由西安到了成都，又遇着一位爱猫的朋友，她养着两只大猫，四只小猫。她说什么玩艺儿送人都可以，只不肯拿猫做人情。和客人谈话的时候，总喜欢双手玩弄她的猫，有时她刚换上一件干净的衣服正要出门，一只猫突然向她的身上一扑，于是两个又黑又脏的梅花印，印在她的身上，她不但不生气，反而开玩笑似的对猫说：

“小淘气，是你弄脏的，你要替我洗净呀！”

请客的时候，她一定要先把猫喂饱了，才给我们开饭；有一次我肚子饿了，一进门就预先声明：

“今天请主人先赏客人饭吃，然后再去侍候你的令嫒令郎吧。”

客人都哈哈大笑，她却不慌不忙地回答我：

“对不起，那是不可以的，因为任何客人没有我小猫的可爱；还告诉你，它们今天已经提前吃饱了。”

两年以前，一位只替我做饭，不替我洗衣服的下女阿金，送我一只刚满月不久的小猫。灰黑色的毛，走起路来一扭一拐，非常有趣。起初我们喂它牛奶，米汤，稀饭，慢慢地能吃干饭了，阿金就用小鱼拌饭给它吃，一直到现在，每餐如果没有鱼，它宁可饿着一口饭也不吃；为了负担不起这笔预算以外的开支，我曾下了好几次决心想把它送给别人；有次征得了湘儿的同意，将猫送给他一位同班同学，用绳子绑好猫的四只脚，放在一个字纸篓里，交给那位小朋友，我还再三叮咛，叫他千万别让它逃跑了。湘儿眼里含着泪，站在窗户口，望着他同学的背影难过，我不敢和他提及猫的事情，半小时后，湘儿忽然哈哈大笑一声，原来猫已经逃回来了，腿上还拖着那根又长又结实的绳子。

这真是一只怪猫，自从来到我家，从来没看见它吃过老鼠，每次捉到老鼠，它只含在嘴里玩玩，一张开嘴，老鼠就跑了，它又抓回来，有时和老鼠一块儿赛跑，有时一块儿打滚。它老喜欢睡在蓉儿的床下，因此她的身上常被跳蚤咬得红一块紫一块。我对它一向没有好印象，它曾经偷吃过好几次肉，好几条红鱼。它的眼睛和爪子，是出乎人意外的锐敏，每次我在厨房洗菜切菜的时候，它并没有来打搅我，等到有客人来，或有人送信来要盖章，我刚一离开厨房，案上的鱼或肉便不见了。虽然每次只有两三元的损失；可是全家人都要为它而素食一天，实在太可恶了！也许就因为常常偷食的缘故，它的身体一天比一天肥胖起来。一连怀孕三次，每次都流产了，直到上月的二十二日，在我们的衣橱里发现了一个奇迹，原来我们的小猫已做了四个孩子的母亲！两只花毛的，两只纯黑毛的，身长不到三寸，像四只小老鼠，眼睛也没有打开，都躺在母猫的怀里吮奶吃，那样子美极了！孩子们比人家中了二十万的特奖还高兴，蓉儿主张替刚生出来的小猫盖床棉被，以免它们受凉；湘儿说大猫要多吃鱼和肉，好好营养一番。我第一次看见这么小的猫，也很感兴趣，但当我移开那一堆书来看，糟糕！我的文稿，日记，全被染上斑斑的血迹了！我又气又恼，立刻用火钳把稿纸夹出来丢在院子里，划上一根火柴，一会儿这些用心血写成的文稿，日记，统统变成了一块块的黑灰飞向天空；这时我的心里充满了矛盾，又惋惜又痛快。有些稿子早就该烧掉的，又觉得这是我生命史上的痕迹，我应该保存的，仔细看看，又觉得没有什么意思，今天感谢这四条小生命降临，我能够一下把稿子烧光，的确非常痛快。

时光真像闪电一般地迅速，一个月过去了，一只黑猫居然跑到榻榻米上面来找东西吃了。衣橱里尽是猫的大小便，肮脏不堪，我只得把它们的窝，搬到走廊下面那只过去关小鸽子的木箱里去，谁知一会儿，母猫用嘴把小猫一只只地又衔回来了，我一连赶走它三次，三次都藏在不同的地方，有一只藏在火炉里，差一点被我烧死了。

这天晚上气候非常寒冷，达明没有回来，我们三个人都吃不下饭，一心挂念着那四只小猫将受不住寒冷。

“妈，还是让它们睡到衣橱里来吧，外面太冷了，怪可怜的！”湘儿这样向我哀求。

“妈，都是爸不好，不许小猫睡在衣橱里。如果冻死了，我们没有小猫玩了，那才伤心啦！”蓉儿也噘着嘴说。

“嗯！冻死了，咪咪没有儿子了，才更伤心呢！”

倒是湘儿最后这句话感动了我，使我马上把它们搬回来，孩子们皆大欢喜，立刻狼吞虎咽似的吃完了一碗饭。

也许是奶水不够，前天那两只小花猫的生命，已经结束了！只剩下那一对纯黑毛的在草地上跑来跑去，特别使人怜爱。

“什么东西都是小的可爱，小猫好玩极了，我们留着小的，驱逐大的吧。”达明说。

“不！没有妈妈，小猫怎么活呢？”蓉儿说得她爸爸哑口无言。

为了小黑猫的缘故，也许我对于咪咪的印象会慢慢地好起来吧？

雪中小猫

◎琦君

雪积了一尺多高，细鹅毛还在空中飞舞。我披了厚大衣，戴上绒帽走出去，沿着旁人踩过的脚印，一步步向前蹒跚。半个身子没在雪沟中，一片无边无际的白。一只大黑狗，从邻家蹦跳出来，随着小主人在雪中打滚，身上、鼻子上、额头上全是雪。“黑狗身上白，白狗身上肿”，真好可爱。我拍拍它，摸摸它下巴，它向我摇摇尾巴。我忽然想起自己的“黑美人”凯蒂，如果我把它带来，它一定只能坐在窗台上，隔着玻璃向外望，因为它胆子好小。可是隔着千山万水，我怎能把它带来？现在，我也不必再挂念它了，因为它已经走了，离开这个世界、离开我。

雪地里站着一个中年美国妇人，怀里抱着一只胖圆圆的三色小猫，像有磁石吸引似的，我迈向前去，微笑地问她：

“我可以摸摸它吗？”

“当然可以，你要抱一下吗？它对谁都友善极了。”

我把它抱过来，搂着它，亲它，一对绿眼睛多情地望着我，伸出舌头舔我的手背。它真是好亲昵，如果我也能天天抱着它该多好，我不禁喊了它一声凯蒂。

“它不叫凯蒂，它的名字是 Playful。”

“噢，Playful。”我当然知道它的名字不叫凯蒂。

它的主人絮絮地告诉我它的聪明伶俐，讨人欢心。它原来是一只小小的野猫，被她收留了。现在，有它陪着，日子过得好丰富、好温暖。

我也曾有一只小花猫，忽然来到窗外，把鼻子贴在玻璃上，向我痴望。我抱它进屋来，喂它牛奶、蛋糕。像凯蒂一样，它坐在书桌上静静地陪我看书。晚上睡在我肩膀旁边，鼻子凉凉地，时常碰到我的脸。可是它只陪了我三天三夜，却忽然不见了。每个清晨和傍晚，在风中，在雨中，我出去找它。千呼万唤……我唤它凯蒂，因为它就是我的凯蒂，可是它没有回来，就此倏然而逝。邻居告诉我，野猫野狗到冬天都会被卫生局带走，如无人收养，就打针让它们安眠，免得大风雪天它们在外飘零受冻挨饿。我看看怀中的猫，但愿它就是那只小花猫，已经找到了温暖的家，可是它不是的。那只小花猫到哪儿去了呢？它没有在雪中流浪，难道它已经被带走了吗？儿子来信告诉我，凯蒂自从我走后，不吃饭，不跳不跑，只是病恹恹地睡，饿了几个月，它就静悄悄地去了。它去的日子，正是这只小花猫来陪伴我的日子，那么它是凯蒂的化身吗，它是特地来向我告别的吗？

美国妇人还在跟我说她的小猫。我想告诉她，我也有过这样一只可爱的猫，可惜已经不在了。但我没有说，还是不说的好。

每当深夜醒来，凯蒂总像睡在我身边。白天我坐在书桌前，它照片里一对神采奕奕的眼睛一直在望我，凯蒂何曾离我而去？

我把小猫还给主人，她向我摆摆手走了。小猫从她肩上翘起头来看我，片刻偎依，便似曾相识。我又在心里低低地喊它：

“凯蒂，我好想你啊。”

海明威有一篇小说《雨中小猫》。那个美国少妇到了陌生的意大利，没有人和她说话，没有人懂得她的心意，连丈夫也只顾看书，头都不抬一下。她寂寞地靠在阳台上看雨景，看到雨中一只彷徨无主的小猫。她忽然觉得自己想要一只小猫，她就去追它，一边喃喃地说：“我要一只小猫，我就是要一只小猫。”海明威真是懂得寂寞滋味的人。

好几年前，我卧病住医院时，深夜就时常有一只猫来窗外哀鸣，它一定是前面的病人照顾过的；但他不能带它走，于是我也照顾了它一段日子。我出院后，它一定依旧守在窗边，等第三个爱顾它的人。

儿童电视节目里罗杰先生抱着猫唱歌，我记下几句：

Just for once I'm alone,

Just we two, no body else

But you and me,

You are the only one with me,

But you and me

我低低地哼着，哼着，我好想要一只小猫。

（1979年3月）

饭猫记

◎陈大远

序

猫是老鼠的天敌,具有见鼠必捕的本能和嗜好,所以人们为除鼠害,总是愿意养一只猫,这只猫如果懒惰成性,畏鼠如虎,不敢与之搏斗,以致避居一隅,或者是猫鼠共处,那么它的主人一定会把它驱逐出境,另觅强悍的猫来。这本是天经地义的事,但是六十年代,却由于对这个命题存在不同的理解,在全国展开一场大辩论、大斗争、大迫害。“猫能捕鼠论”者竟遭到罢官、监禁,以致真像老鼠遇到悍猫一样,连骨头都被嚼吃掉了。

我很幸运,没有卷进“猫能捕鼠”的冤案里去。我从六十年代初就开始养猫,养了将近二十年了。以前的不去说它,猫的冤案形成之后,我还养了十年,到现在已经四易其猫了。这虽然是无关宏旨的琐事,却也使我像“惯犯脱网”似的有许多感触。因此,写下这篇《饭猫记》,望勿以言不及义的“闲情逸致”视之。

一　猫兮归来

一九六九年，在我养了几年的猫迷失三个多月之后，我带着家眷到河南明港参加“五七干校”的劳动锻炼。当时，在我的意念中，我们都将变成河南的农民，经过一定的时间，成为“自食其力”的农业劳动者。

我家在明港农村分到的一间房子，应该说是很不错了，只是老鼠成群，除了夜间成队出扰之外，白天也经常伺机偷袭。从食堂打来的饭菜，往往成了它们的猎获物而加以分享，弄得我们无法判断哪些是被老鼠吃过，哪些是没被污染的，只好全部丢弃，让我养的小猪享受一次美餐。这种情况使我感到沮丧而无能为力，为了减少粮食的浪费，为了避免老鼠所造成的灾难，我很想养一只猫。可是，我在这里地生人疏，加上这里的猫大概也由于陷于冤狱之中几近绝迹了，到哪里去找呢？

说来很巧。这天早晨，我到明港镇上去办事，在桥头上碰到一个十几岁的女孩子，挎着一只竹篮，里面拴着两只小灰猫，在无可奈何地叫卖。这真是不期之遇，踏破铁鞋无觅处，得来全不费工夫。我用一元钱买回了一只。

我没有篮子，只带着一个布兜，把小猫装在布兜里，两根提带系起来，它就无法逃走了。布兜有一个破洞，小猫大概是想透透气吧，把头伸了出来。这就更好了，它不但跑不了，也闷不死，可以安全地伴我回家。谁知当我到一家药店去为邻居买药的时候，小猫从布兜的洞里钻出来，一下子躲到药店的栏柜底下。一时，药店的几位售货员帮我捉猫，捉了半晌，连一点踪影都找不到了。售货员说：“一时抓不到，你明后天再来，我们抓住拴上它，一定交还你。”第二天我专程来取猫，可是售货员告诉我，小猫不知去向。我十分失望，得而复失，还得继续接受老鼠的挑衅。

三个月之后，我的一位老友从另外一个干校找来一只小猫送给了我。这只小猫跟我丢掉的那只毛色一样，个子一样，但是没有企图逃跑的意思。

小猫，就像我家的警卫战士一样，虽然它很小，还在幼年，但是它的一声鼻息，一声呼唤，都会使老鼠像听到惊雷一样，毛骨悚然，从此，再不敢出来，可能是转移到无猫的世界去了吧，反正我家得到安宁，不再担心食品、衣物会被老鼠糟蹋。

小猫来到我家之后，邻居的一只猫，经常到我家来，和我家的小猫结成了朋友。它俩的毛色、大小、肥瘦几乎一样，如果不是尾巴稍有区别，简直难以辨认主客。我家的小猫尾巴曲而粗，邻居的小猫尾巴直而细。后来，据邻居说，他们那只小猫是从明港药铺里得来的，果真如此，它应该是属于我的。两只小猫同嬉同卧，同出同归，在完成它们捕鼠任务的时候，有所分工，也经常合作。

可是好景不常，半年之后，小猫逐渐长大，进入了青年时期，我的那只忽然失踪了。我感到怅惘，在纸上随便写了一句：

从此依然鼠道开，猫兮归来。

据附近住的小孩子告诉我，明河边上有一个小灰猫死了，他们已经把猫埋在沙堆里。不难判断，小猫遇害了。

不过，邻家那只小灰猫，还是经常到我家来做客，老鼠们仍然不敢出来。这两只猫好像有个誓约，谁要不在，一只猫就要完成两只猫的职分。因此，我也就解除了失猫之忧。

二　且把邻猫做己猫

几个月过后，我们“五七干校”的大部分人迁到息县路口镇。这里，老鼠的势力胜过明港，第一天晚上，就给我来个下马威，使我一夜不得安宁。

天刚黄昏，行李还没完全打开，东西还没收拾，就有一只老鼠明目张胆地窜到桌子上偷吃饼干。孩子把它赶跑了。不大一会儿，又出来两只粗壮的老鼠，长驱直入，咬我的还没解捆的书。我起来赶它们，它们退回二尺，转过头来眨着两只发光的小眼睛瞪视着我，我再赶它们，它们又退回二尺，当我拿起一把条帚朝它们投去的时候，才钻进墙角。可是我刚躺下休息的时候，它们又钻了出来。好像“敌退我进、敌疲我扰”的作战秘诀，也被老鼠学会而且付诸实施了。因而，我急于得到一只小猫。

这里原来是个农场，五六里之内没有农民住户，小城无处可讨，只得求助于留守明港的同志。没多久，他们用纸箱装了一只猫，托便人给我带来，并附了一个条子：“你家的小猫没有死，又找到了，托人带上，让你们再次团圆吧！”我十分高兴，可是打开一看，非也，这不是原来邻居的那只小灰猫吗？照原来的估计，虽然这只小猫很可能就是我从明港桥头买到的那只，但是毕竟属于邻居，夺人所有，于心不安，不过路途遥远，不便退回，且把邻猫做己猫，就让它在这儿落户吧！

这只小灰猫一来，老鼠绝迹了。晚上我可安心地读点书，或者整修那些被老鼠咬破的旧书和文稿。提起文稿，那还是十年前写的长篇小说草稿，四害横行的时候，虽然成了被批判的对象，却也完整地保存下来，谁知这场鼠祸却使它有些残缺了。如果不是小灰猫及时前来驻守，恐怕里面的许多英雄人物都会被老鼠们吞蚀下去的。

一九七二年大雪纷飞的初春，我奉命调回北京，小灰猫是不可能远程迁徙的，只好留在路口。它为我立下了汗马功劳，保护了我的书籍和文稿，捍卫了我的生活安宁，不忍抛弃，决定为它找个新主人。这儿鼠害无穷，希望养猫的同志很多，结果它就落户在柳家。同小灰猫分别的时候，我写了几句诗，以抒依依惜别之情：

奉调京华走，
别猫当折柳。
但愿新主人，
善待视如友。

三　饭猫度晚岁

回到北京，住进一套老房子。好像我跟老鼠结下了不解之缘，其猖狂程度仅次于路口，求猫之心油然而生。但是，北京是“四人帮”统治极为严密的地方，不敢蓄猫，只好采取另外的措施以驱鼠。做老鼠夹子，设捕鼠笼子，饭里施毒，鼠洞填土，都不起作用。夹子、笼子里的诱饵可以被老鼠吃掉，而老鼠却安然逸去；施毒的食物，老鼠从不入口，而家用的食物却经常被窃，真使我哭笑不得，望壁而兴叹了。

一九七六年底，“四人帮”被粉碎之后，我也就从鼠祸中解放出来，托友人找来一只小猫。这只猫来到我家的时候，生下只有二十多天，毛色洁白，掺杂着几块黄斑，个子很小，吃饭、喝水都需要人们给予照料。说也奇怪，即使这样一个还没有一点捕鼠实践经验的小猫住在我家，老鼠们也就避开不敢再来了。所以等到它长大能够捕鼠的时候，它却连老鼠的踪影也难以看到。

老鼠是人们的大敌，猫是老鼠的天敌，敌之敌友也，友之敌敌也，所以我一直把小猫作为我的朋友，甚至视同我家的成员。我宁肯以生鱼鲜肉供养此猫，也不愿让残羹剩饭被窃于鼠。

我喜欢写点儿旧体诗词，自学诗之日起，到一九六一年为止，共积存二百多首，录成一函，名之曰《大风集》。一九六二年以后到一九八〇年，又积存了二百多首，录成一函，名之曰《匏尊集》。一九八一年以后的新作，还将继续录存，那么又叫什么名字呢？左思右想，由于猫保护了我的诗稿，使我能够安心执笔，就叫作《饭猫集》吧！因而写了一首五古，用以正名：

原为驱鼠害，饭猫二十春。
此猫称四世，毛色似金银。
每饭先入座，每饮据一樽。
昼寝随人卧，夜归自叩门。
游乐常相共，俨如我家人。
四年猫渐老，我亦过六旬。
饭猫度晚岁，相安写诗文。
此猫不捕鼠，优劣亦定论。
但愿猫常在，鼠辈不相侵。

跋

柳宗元曾经写过一个纵鼠为害的故事，说是有一个人生于子年，属鼠，以为鼠是子神，是自己的属相，不忍加害，大概是既不设网，也不养猫吧！弄得老鼠迅速繁衍，几世同堂，夜出无所忌，昼行不避人，以致家里成了老鼠世界，烦扰不堪。我读这篇文章的时候，总以为那是寓言式的警世之作，这类愚蠢的人未必实有。谁知千年之后，会出现类似的情况呢？要鼠不要猫，要草不要苗，要穷不要富。要愚蠢不要知识，而这竟成为什么“革命”的方向，岂不怪哉！

经过十年动乱之后，猫终于战胜了老鼠，正义终于战胜了邪恶，实事求是终于战胜了形而上学，我也可以放笔写这篇《饭猫记》了。

（1983 年 8 月）

猫婆

◎冯骥才

我那小阁楼的后墙外，居高临下是一条又长又深的胡同，我称它做猫胡同。每日夜半，这里是猫儿们无法无天的世界。它们戏耍、求偶、追逐、打架，叫得厉害时有如小孩扯着嗓子嚎哭，吵得人无法入睡时，便常有人推开窗大吼一声"去——"，或者扔块石头瓦片轰赶它们。我在忍无可忍时也这样怒气冲冲干过不少次，每每把它们赶跑，静不多时，它们又换个什么地方接着闹，通宵不绝。为了逃避这群讨厌的家伙，我真想换房子搬家。奇怪，哪来这么多猫，为什么偏偏都跑到这胡同里来聚会闹事？

一天，我到一位朋友家去串门，聊天，他养猫，而且视猫如命。

我说："我挺讨厌猫的。"

他一怔，扭身从墙角纸箱里掏出个白色的东西放在我手上。呀，一只毛线球大小雪白的小猫！大概它有点怕，缩成个团儿，小耳朵紧紧贴在脑袋上，一双纯蓝色亮亮的圆眼睛柔和又胆怯地望着我。我情不自禁赶忙把它捧在怀里，拿下巴爱抚地蹭它毛茸茸的小脸，竟然对这朋友说："太可爱了，把它送给我吧！"

我这朋友笑了,笑得挺得意,仿佛他用一种爱战胜了我不该有的一种怨恨。他家大猫这次一窝生了一对小猫——一只一双金黄眼儿,一只一双天蓝眼儿。尽管他不舍得送人,对我却例外地割爱了,似乎为了要在我身上培养出一种与他同样的爱心来;真正的爱总是希望大家共享,尤其对我这个厌猫者。

小猫一入我家,便成了我全家人的情感中心。起初它小,趴在我手掌上打盹睡觉,我儿子拿手绢当被子盖在它身上,我妻子拿眼药瓶吸牛奶喂它。它呢,喜欢像婴儿那样仰面躺着吃奶,吃得高兴时便用四只小毛腿儿抱着你的手,伸出柔软的、细砂纸似的小红舌头亲昵地舔你的手指尖……这样,它长大了,成为我家中的一员,并有着为所欲为的权利——睡觉可以钻进任何人的被窝儿,吃饭可以跳到桌上,蹲在桌角,想吃什么就朝什么叫,哪怕最美味的一块鱼肚或鹅肝,我们都会毫不犹豫地让给它。嘿,它夺去我儿子受宠的位置,我儿子却毫不妒忌它,反给它起了顶漂亮、顶美丽的名字,叫蓝眼睛。这名字起得真好!每当蓝眼睛闯祸——砸了杯子或摔了花瓶,我发火了,要打它,但只要一瞅它那纯净光澈、惊慌失措的蓝眼睛,心中的火气顿时全消,反而会把它拥在怀里,用手捂着它那双惊恐瞪大的蓝眼睛,不叫它看,怕它被自己的冒失吓着……

我也是视猫如命了。

入秋,天一黑,不断有些大野猫出现在我家的房顶上,大概都是从后面猫胡同爬上来的吧。它们个个很丑,神头鬼脸向屋里张望。它们一来,蓝眼睛立即冲出去,从晾台蹿上屋顶,和它们对吼、厮打,互相穷追不舍。我担心蓝眼睛被这些大野猫咬死,关紧通向晾台的门,蓝眼睛便发疯似的抓门,还哀哀地向我乞求,后来我知道蓝眼睛是小母猫,它在发狂地爱,我便打开门不再阻拦。它天天夜出晨归,归来时,浑身滚满灰土,两眼却分外兴奋明亮,像蓝宝石。就这样,在很冷的一天夜里出去了,没再回来,我妻子站在晾台上拿根竹筷子"当当"敲着它的小饭盆,叫它,一连三天,期待落空。意想不到的灾难降临——蓝眼睛丢了!

情感的中心突然失去,家中每个人全空了。

我不忍看妻子和儿子噙泪的红眼圈,便房前房后去找。黑猫、白猫、黄猫、花猫、大猫、小猫,各种模样的猫从我眼前跑过,惟独没有蓝眼睛……懊丧中,一个孩子告诉我,猫胡同顶里边一座楼的后门里,住着一个老婆子,养了一二十只猫,人称猫婆,蓝眼睛多半是叫她的猫勾去的。这话点亮了我的希望。

当夜,我钻进猫胡同,在没有灯光的黑暗里寻到猫婆的门,正想察看情形,忽听墙头有动静,抬头吓一跳,几只硕大的猫影黑黑地蹲在墙上。我轻声一唤"蓝眼睛",猫影全都微动,眼睛处灯光似的一闪一闪,并不怕人。我细看,没有蓝眼睛,就守在墙根下等候,不时一只走开,跳进院里,不时又从院里爬上一只来,一直没等到蓝眼睛,但这院里似乎是个大猫洞,我那可怜的宝贝多半就在里边猫婆的魔掌之中了。我冒冒失失地拍门,非要进去看个究竟不可。

门打开,一个高高的老婆子出现——这就是猫婆了。里边亮灯,她背光,看不清面孔,只见一条墨黑墨黑神秘的身影。

我说我找猫，她非但没拦我，反倒立刻请我进屋去。我随她穿过小院，又低头穿过一道小门，是间阴冷的地下室。一股浓重噎人的猫味马上扑鼻而来。屋顶很低，正中吊下一个很脏的小灯泡，把屋内照得昏黄。一个柜子，一座生铁炉子，一张大床，地上几只放猫食的破瓷碗，再没别的，连一把椅子也没有。

猫婆上床盘腿而坐，她叫我也坐在床上。我忽见一团灰涂涂的棉被上，东一只西一只横躺竖卧几只猫。我扫一眼这些猫，还是没有蓝眼睛。猫婆问我："你丢那猫什么样儿？"我描述一遍，她立即叫道："那大白波斯猫吧？长毛？大尾巴？蓝眼睛？见过见过，常从房上下来找我们玩，还在我这儿吃过东西呢，多疼人的宝贝！丢几天了？"我盯住她那略显浮肿、苍白无光的老脸看，只有焦急，却无半点装假的神气。我说："五六天了。"她的脸顿时阴沉下来，停了片刻才说："您甭找了，回不来了！"我很疑心这话为了骗我，目光搜寻可能藏匿蓝眼睛的地方。这时，猫婆的手忽向上一指，呀，迎面横着的铁烟囱上，竟然还趴着好一大长排各式各样的猫！有的睁眼看我，有的闭眼睡觉，它们是在借着烟囱的热气取暖。猫婆说：

"您瞧瞧吧，这都是叫人打残的猫！从高楼上摔坏的猫！我把它们拾回来养活的。您瞧那只小黄猫，那天在胡同口叫孩子们按着批斗，还要烧死它，我急了，一把从孩子们手里抢出来的！您想想，您那宝贝丢了这么多天，哪还有好？现在乡下常来一伙人，下笼子逮猫吃，造孽呀！他们在笼里放了鸟儿，把猫引进去，笼门就关上……前几天我的一只三花猫就没了。我的猫个个喂得饱饱的，不用鸟儿绝对引不走，那些狼心狗肺的家伙，吃猫肉，叫他们吃！吃得烂嘴、烂舌头、浑身烂、长癞、烂死!”

她说得脸抖,手也抖,点烟时,烟卷抖落在地。烟囱上那小黄猫,瘦瘦的,尖脸,很灵,立刻跳下来,叼起烟,仰起嘴,递给她。猫婆笑脸开花,咧着嘴不住地说:“瞧,您瞧,这小东西多懂事!”像在夸赞她的一个小孙子。

我还有什么理由疑惑她?面对这天下受难猫儿们的救护神,告别出来时,不觉带着一点惭愧和狼狈的感觉。

蓝眼睛的丢失虽使我伤心很久,但从此不知不觉我竟开始关切所有猫儿的命运。猫胡同再吵再闹也不再打扰我的睡眠。似乎有一只猫叫,就说明有一只猫活着,反而令我心安。猫叫成了我的安眠曲……

转过一年,到了猫儿们求偶时节,猫胡同却忽然安静下来。

我妻子无意间从邻居那里听到一个不幸的消息:猫婆死了,同时——在她死后——才知道关于她在世时的一点点经历。

据说,猫婆本是先前一个开米铺老板的小婆,被老板的大婆赶出家门,住在猫胡同那座楼一层的两间房子里。这又被当做资本家老婆,轰到了地下室。她自来无亲无故,孑然一身,拾纸为生,以猫为伴,但她所养的猫没有一个良种好猫,都是拾来的弃猫、病猫和残猫。她天天从水产店拣些破鱼烂虾煮了,放在院里喂猫,也就招引一些无家可归的野猫来填肚充饥,有的干脆在她家落脚。她有猫必留,谁也不知她家到底有多少只猫。

文革前,曾有人为她找个伴儿,是个卖肉的老汉。结婚不过两个月,老汉忍受不了这些猫闹、猫叫、猫味儿,就搬出去住。人们劝她扔掉这些猫,接回老汉,她执意不肯,坚持与这些猫共享着无人能解的快乐。

前两个月,猫婆急病猝死,老汉搬了回来,第一件事便是把那些猫统统轰走,被赶跑的猫儿依恋故人故土,每每回来,必遭老汉一顿死打,这就是猫胡同忽然不明不白静下来的根由了。

这消息使我的心一揪。那些猫,那些在猫婆床上、被上、烟囱上的猫,那些残的、瘸的、瞎的猫儿们呢?那只尖脸的、瘦瘦的、为猫婆叼烟卷的小黄猫呢?如今飘泊街头、饿死他乡,被孩子弄死,还是叫人用笼子捉去吃掉了?一种伤感与担虑从我心里漫无边际地散开,散出去,随后留下的是一片沉重的空茫。这夜,我推开后窗向猫胡同望下去,只见月光下,猫婆家四周的房顶墙头趴着一只只猫影,大约有七八只,黑黑的,全都默不作声。这都是猫婆那些生死相依的伙伴,它们等待着什么呀?

从这天起,我常常把吃剩下的一些东西,一块馒头、一个鱼头或一片饼扔进猫胡同里去,这是我仅能做到的了,但这年里,我也不断听到一些猫这样或那样死去的消息,即便街上一只猫被轧死,我都认定必是那些从猫婆家被驱赶出来的流浪儿。入冬后,我听到一个令人震栗的故事——

我家对面一座破楼修理瓦顶。白天里瓦工们换瓦时活没干完,留下个洞,一只猫为了御寒,钻了进去,第二天瓦工们盖上瓦走了,这只猫无法出来,急得在里边叫。住在这楼顶层的五六户人家都听到猫叫,还有在顶棚上跑来跑去的声音,但谁家也不肯将自家的顶棚捅坏,放它出来。这猫叫了三天,开头声音很大,很惨,瘆人,但一天比一天声音微弱下来,直至消失!

听到这故事,我彻夜难眠。

更深夜半,天降大雪,猫胡同里一片死寂,这寂静化为一股寒气透进我的肌骨。忽然,后墙下传来一声猫叫,我竟神经质地翻身而起,披衣推窗,向下望去,在大雪涂白了的胡同深处,猫婆故居那墙头上,孤零零趴着一只猫影,在凛冽中蜷缩一团,时不时哀叫一声,甚是凄婉。我心一动,是那尖脸小黄猫吗?忙叫声:“咪咪!”想下楼去把它抱上来,谁知这一声唤,将它惊动,起身慌张跑掉。

猫胡同里便空无一物。只剩下一片夜的漆黑和雪的惨白,还有奇冷的风在这又长又深的空间里呼啸。

猫事荟萃

◎莫言

数月来日夜攻读鲁迅先生的著作——这是一个双目炯炯匪气十足的朋友敦促的结果。当时他对我说:“你一定要读鲁迅。”我不以为然地说:“读过了呀。”他说:“读过了还要读!要下死功夫!”随即这“读鲁迅”的话头也就扔掉,喝着酒扯到鲁迅的小说。我马虎地记着前些年一些文章中说鲁迅先生曾计划要写一部红军长征的长篇小说,终未写成,是天大的遗憾,云云雨雨。朋友则说一点都不遗憾,鲁迅先生如果真写成了这部小说,也未必就是伟大著作,伟大人物也有他的局限性。他认为先生最大的遗憾是没有修成一部中国文学史,先生是有这能力有这计划并做了充分准备甚至拟定了一些篇目,如“《离骚》与反《离骚》”、“从廊庙到山林”之类,这些篇目就不同凡响,此书若成,才是真正的杰构。又扯到老舍先生,朋友认为老舍备受推崇的几部书如《四世同堂》之类,“水”得很,因老舍在沦陷后的北平待了并没几天,他的最伟大的著作是仅写了开头八万字的《正红旗下》,此书若成,亦不是可以什么同日而语的。看来“面壁虚造”真是文学的大敌,近年来被青年作家们几乎忘光了的革命现实主义创作原则并没过时,事情怕只要没亲身体验过就难得其中真正的味道,调查也好、读档案也好,得到的印象终究模糊。大如某先生的滚滚历史长河小说，也是一部比一部稀松，农民起义领袖都像在党旗下举着拳头宣过誓的共产党员了。这使人十分容易想起“评法家”的故事，贴上十分“马克思主义”的商标，也未必就是马克思主义的真货。真是到了认真读马列主义的时候了，不但青年作家要读，老年作家恐怕也要读，因为马列主义并不是如“长效磺胺”类的药品，吞一丸可保几百年不犯病——我“死读”鲁迅了。读到妙处，往往心惊肉跳；读到妙处，往往浮想联翩。心惊肉跳是不能入小说了，浮想联翩大概是艺术的摇篮或曰“翅膀”吧？

鲁迅先生的《狗·猫·鼠》里，写着：“那是一个我的幼时的夏夜，我躺在一株大桂树下的小板桌上乘凉，祖母摇着芭蕉扇坐在桌旁，给我猜谜，讲故事。忽然，桂树上沙沙地有趾爪的爬搔声，一对闪闪的眼睛在暗中随声而下，使我吃惊，也将祖母讲着的话打断，另讲猫的故事了——”先生的祖母给先生讲了猫如何教虎捕、捉、吃的本领，虎以为全套本领学到，只要灭了猫，老子便天下第一，就去扑猫，猫一跳便上了树。这故事我在高密东北乡当天真烂漫的幼儿时，也听老人们说过，几乎一模一样，只是比先生晚听了七十多年。想想这故事倒像一个寓言或讽刺小说。在这故事中，猫是光彩夺目的，虎却不怎么样。

在人的世界里，口头流传或见诸书刊的猫事不比狗事少，鲁迅先生文章中举过一些例子，如 Edgar Allan Poe 小说里的黑猫，日本善于食人的“猫婆”，中国古代的“猫鬼”，等等。但这都是丑化猫的，美化猫的例子没举，这类猫也是很多的。这类猫或聪明伶俐，如《小猫钓鱼》；或娇憨可爱，如《好猫咪咪》；或执法如铁，如《黑猫警长》。这类猫与“猫婆”、“猫鬼”、“猫精”们成为鲜明的对照，善与恶、正与邪、美与丑，截然对立，前者给儿童心灵留下阴影，后者使儿童心灵美。在一片“我是一个父亲”的呼声中，我这个父亲也茫然如坠人荒，不知是该把Edgar Alla Poe的书烧掉呢，还是在孩子的课本上涂满美猫的形象——这大概也是杞忧，上述猫形象并存于世，久矣，我辈也并没因受猫鬼猫怪们的影响而变成魔鬼，也没有因真善美猫的影响而变成天使。正如人不是天使也不是魔鬼一样，猫也不是恶的典型或美的象征；正如阴邪奸诈的猫形象与活泼美丽的猫形象可以并存一样，写人的阴暗心理与写人的光明内心的作品也未尝不可并存，谁也不会去有意毒杀孩子。猫撒娇时、猫捕鼠时的形象是有益儿童的，可猫偷食墙上悬挂的带鱼时、猫偷食儿童养的鸟雀时却未必使童心爱猫。编造十万则美好的猫童话，猫一旦偷食了小鸟，童心还是要觳觫，岂止觳觫，他会感到受了骗，才被猫钻了空子，早知猫吃鸟，他不会把鸟笼挂得那么低。

还有一类猫形象，就很难用善或恶来概括了。记得前几年看过戴晴一篇写猫的小说《雪球》，还看过中杰英一篇《猫》，都有些象征意味，固然这两只猫被写得猫毛毕现，但总让人想到某种人的生存状态，对认识猫世界无多裨益。

还有一类被剥了皮的猫，最著名的是《三侠五义》中被太监郭槐剥了皮换出太子的狸猫。这类猫最冤枉，既没寄托作者的高尚感情，又没抒发作者的刻毒心理，但被剥皮的狸猫这形象真不但令童心连翁心也觳觫了。《三侠五义》看过多年，故事都忘了，这血淋淋的猫形象却历历在目。我认为这剥皮狸猫实在是该书的精彩象征物，无意之象征实乃大象征，那后被皇帝封为“御猫”的大侠展昭我总感觉他是那匹正在等待太监们剥皮的狸猫,还没剥皮是因为白玉堂、卢方,徐庆,韩彰、蒋平这五四大耗子还在兴风作浪,扰乱朝廷,捉尽了耗子必剥猫皮无疑。猫皮可充貂皮做女大氅之风领,猫之肉体则可与鸡、蛇做伴,成一盘名为“龙虎凤大斗”的名菜。我还是在十几年前看李六如先生的《六十年的变迁》时,知道了广州有这样一道名菜。剥皮之猫一旦被烹炸成焦黄颜色与鸡、蛇一起盘桓一大盘中,芳香扑鼻。看着书就垂涎,还觳觫个屁!可见影响人的感觉的,多半是颜色和味道,同是一只剥了皮的猫。

换了太子的狸猫和盛在盘里的“猫虎”还是幸运的,起码在它临被剥杀前,会得到主人精心喂养。因要换太子,就要肥大些;因要成名菜,自然要有肉吃。这些猫生前还是享福的。真正受苦的猫是受虐待的猫,如冰岛女作家 F·A·西格查左特小说《傍晚》中那只无辜受害的猫,虐待者是一个受虐待的少年,他把猫当成了发泄胸中愤怒的对象。这少年绝对不是受了写猫小说的影响,如受恶猫形象影响,他以为猫能成精成怪,谅他也不敢下手;如受美猫形象影响,爱都爱不够,何忍折磨它?如果冰岛也有一个剥猫皮的郭槐,自然又另当别论。

以上都是书上的猫,不是真猫。

有关猫闹春的描写或以猫闹春时发出的恶劣叫声比喻坏女人笑声的字句在小说里比比皆是,可见猫与人生活关系之密切。可见人非但对同类的事情十分地感兴趣,对猫的恋爱也颇为关注。人即便是成了什么“作家”或“灵魂的工程师”,也并无超脱到坐怀不乱程度,更无坦荡到敢把自己的叫声像写猫的叫声一样恶毒地写出来的程度。不过也是咎由猫取,如猫们悄悄地干那事,也就没人骂他们,甚至可以去骂别人了。鲁迅先生是嫉恶如仇的，他说他手持长竿把恋爱中出狂呻的猫们打跑，这是因为他要夜读。只要不烦扰他，先生也决不会手持长竿去专找情猫们痛打的。视性描写如洪水猛兽，中外大都有过这阶段，目下在小书摊上高价出售的英人劳伦斯的大著《查太莱夫人的情人》当年在英国亦是禁书，禁又禁不住，干脆开了禁，印上几十万本，也就蹲在书架上无人问津了。目下小书摊上的这《查太莱夫人的情人》听说售价已由十五元降至八元，再过几天连八元也卖不出了吧？国家禁书，小书摊发财，这也要怨读者不能令行禁止，越说是老虎，偏要捋虎须，这也是人类一个既宝贵又可恶的特点。

还是猫事为要，至于性描写，大家其实心里都有数。一窝蜂钻进裤裆里去不好，避之如蛇蝎也不是好态度。私心而论，一个“作家”(加引号是向别人学习，我始终怀疑作家是当然的“灵魂工程师”的资格，好像一戴上“作家”桂冠，自然就成了德行高贵的圣人，就不争权夺利，就见了漂亮女人掩面哭泣，就不去偷别人的老婆，就不嫉妒别人的才能，就不写错别字，就不大便与放屁，这样的好“工程师”大概还没出生)敢暴露阴暗心理总比往自己的阴暗心理上涂鲜明色彩的人要可信任一些。即便是交朋友，也要交一个把缺点也暴露给你的人。其实都是废话，只有一句话是真的。连我在内，也是“马列主义上刺刀”的时候多。只要到了人人敢于先用“马列刺刀”刮了自己的鳞，然后再用“马列刺刀”去剥别人的皮的时候，被剥者才虽受酷刑而心服口服。

半夜里的猫叫对于成人，其实并不残酷，对于孩子，才真是精神上的酷刑。我在孩提时代，一听到这凄厉的“恋爱歌曲”就拼命往被窝里缩，全不怕呼吸哥哥姐姐母亲父亲及我自己的屁臭脚臭与汗臭的——这又不是好的话，怎么哥哥姐姐父亲母亲都睡一个被窝呢？这只好为读者（一部分）解释了：睡在一个被窝里并不是要为乱伦创造便利，而是为了取暖，而是为了全家只有一条被子。这当然都是过去的事了。其实饥饿和寒冷是彻底消灭性意识的最佳方案，一九六〇、一九六一、一九六二这三年，我所在的村庄只有一个女人怀过孕，她丈夫是粮库的保管员。到了一九六三年，地瓜大丰收，村里的男人和女人吃饱了地瓜，天气又不冷，来年便生出了一大批婴儿。——这正应了'饱暖生淫欲'的旧话。这批孩子，被乡间的"创作家"们谑称为"地瓜小孩"。这都是过去的事了，随便扯来，竟也感觉不到有多大恐怖，一旦吃饱，那饿肚的滋味便淡忘了许多，以为那果真就是一场梦。我之所以还有些感受，大概是因为七六年参军之前，很少与"丰衣足食"这种生活结过亲缘的关系。当兵之后，一顿饭吃八个馒头使司务长吃惊的事也是经历过的，扯得更远啦，打住。

暗夜中之猫叫，是关于猫的最早记忆，真正认识一只猫，并对这只猫有了深刻了解，则是很晚——大概是六四年的事情吧，因为那时村里住进了四清工作队，工作队一个队员来我家吃"派饭"时，那只猫突然来了，所以至今难忘。

当时，有资格为工作队员做饭，是一种荣誉，一种政治权利。地主、富农、反革命、坏分子、右派家是无权的，大概怕这些坏蛋们在饭菜里放上毒药，毒杀革命同志吧。富裕中农（上中农）家庭比较积极的，可以得到这殊荣，比较落后的，就得不到。所以我家得到招待工作队员吃饭的通知时，大人孩子都很高兴，很轻松，心里油然生出一片情，大有涕零的意思。那些被取消了"派饭"资格的中农户，可就惶惶不安起来，也有提着酒夜间去村里管事人家求情,争取“派饭”资格的。——这种故事一直延续到七六年之后,自四清工作队之后,各种名目的工作队一拨一拨进村来,有“学大寨工作队”,“整党建党工作队”,“普及忠字舞工作队”,“斗私批修工作队”,给我留下深刻印象的是七三年那支“学大寨工作队”。那支队伍有二十七个人,队员和队长都是县茂腔剧团里的演员和拉胡琴、敲小鼓的。这群人会拉会唱会翻斤斗,人又生得俏皮,行动又活泼,把村里的大姑娘小媳妇青年小伙子给弄得神魂颠倒,这工作队撤走后,很留下了一批种子,只可惜长大了,也没见个会唱戏的就是了。这段故事也许编成个小说更好。

四清工作队是最严肃的工作队,水平也最高,后来的工作队都简直等于胡闹。与其说他们下来搞革命,勿宁说他们下来糟践老百姓。我记得派到我们家吃饭的那个四清工作队员是个大姑娘,个子不高,黑黑瘦瘦的,戴一副近视眼镜,一口江南话,姓陈,据说是外语学院的学生。家里请来了这尊神,可拿什么敬神呢?那时生活还是不好,白面一年吃不到几次的,祖父是有些骨气的,愤愤地说:“咱吃什么就让她吃什么!”我们吃什么?霉烂的红薯干、棉籽饼、干萝卜丝子,这都是好的了,差的就勿须说了。祖母宽厚仁慈,想得也远,因我父亲那时是大队干部,请着就不是玩。于是决定尽量弄得丰盛一点。白面还有一瓢,虽说生了虫,但终究是白面;肉是多年没吃了,为贵客杀了唯一的一只鸡;没有鱼,祖母便吩咐我跟着祖父去弄鱼。时令已是初冬,水上已有薄冰,我和爷爷用扒网扒了半天,净扒上些瘦瘦黑黑的癞蛤蟆,爷爷抽搐着脸,咕咕哝哝地骂着谁,后来总算扒上来一条大黄鳝,可惜是死的,掐掐肉还硬,闻闻略略有些臭味,舍不得丢,便用蒲包提回了家。祖母见到这条大黄鳝，十分高兴，我说臭了，祖母触到鼻下闻闻，说不臭，是你小孩嘴臭。祖母便与母亲一起，把黄鳝斩成十几段，沾上一层面粉，往锅里滴上了十几滴豆油，把黄鳝煎了。鸡也炖好了，鱼也煎好了，单饼也烙好了，就等着那陈工作队员来吃饭了。

我闻着扑鼻的香气，贪婪地吸着那香气，往胃里吸。那时我有一种奇异的感觉，感觉到香味像黏稠的液体，吸到胃里也能解馋的，香味也是物质，当时读中学的二哥说，香味是物质，鱼香味是鱼分子，鸡肉香味是鸡分子，我恍然认为分子者就是一些小米粒状的东西，那么嗅着鱼香味我就等于吃了鱼分子——小米粒大小的鱼肉；嗅着鸡肉香味也就等于吃了鸡肉分子——小米粒大小的鸡肉。我拼命嗅着，脑里竟有怪象：那鱼那鸡被吸成一条小米粒大小的分子流，源源不断地进入了我的肚子。遗憾的是祖母在盛鱼的盘和盛鸡的碗上又扣上了碗和盘。我的肚子辘辘响，馋得无法形容。我有些恨祖母盖住了鸡、鱼，挫了我的阴谋。但马上也就原谅了她：要是鸡和鱼都变成分子流进了我的胃，让陈同志吃屁去？在我二十年的农村生活中，我经常白日做梦，幻想着有朝一日放开肚皮吃一顿肥猪肉！这幻想早就实现了，早就实现了。再发牢骚，就有些忘本的味道啦。

陈同志终于来了，由姐姐领着。

陈同志要来之前，祖母和母亲恨不得"掐破耳朵"叮嘱我：不要乱说话，不要乱说话——我从小就有随便说话的毛病，给家里闯过不少祸，也挨过不少打骂，但这毛病至今也没改，用母亲的话说就是："狗改不了吃屎！"这句话貌似真理，实则不正确，这边一块肥猪肉，那边一泡臭屎，我相信没有一匹狗不吃肉去吃屎，即便那屎也是吃过肉的人拉的，到底也是被那人的肠胃吸取了精华的渣滓，绝无比肉味更好、营养更丰富的道理，何况那都是吃地瓜与萝卜的人拉的屎呢。

陈同志进了院，全家人都垂手肃立，屁都憋在肚子里不放，祖母张罗着，让陈同志炕上坐。陈同志未上炕，母亲就把鸡、鱼、饼端上去，香味弥散，我知道那鱼盘和鸡碗上的碗和盘已被母亲揭开。

陈同志惊讶地说："你们家生活水平这样高？"

站在院里的父亲一听到这句话，脸都吓黄了，两只大手也哆嗦起来。

我是后来才悟出了父亲骇怕的原因的。父亲早年念过私塾，是村里的识字人，高级合作社时就当会计，后来"人民公社化"了，虽然上边觉得让一个富裕中农的儿子当生产大队的会计掌握着贫下中农的财权不太合适，但找不到识字的贫下中农，也只好还让父亲干，对此父亲是受宠若惊的，白天跟社员一块在田里死干，夜里回来算账，几十年如一日，感激贫下中农的信任都感激不过来，怎敢生贪污的念头？但"四清"开始，父亲当了十几年会计，不管怎么说也是个可疑对象——这也是祖母倾家招待陈同志的原因。

所以陈同志那句可能是随便说的话把父亲吓坏了。全村贫下中农都吃烂地瓜干子，你家里却吃鸡吃鱼吃白面，不是"四不清"干部又是什么？你请她吃鱼吃鸡吃白面，是拉拢腐蚀工作队！这还得了！

父亲吓得不会动了。

母亲和我们都是不准随便说话的。

祖母真是英雄，她说："陈同志，您别见笑，庄户人家，拿不出什么好吃的。看你这姑娘，细皮嫩肉的，那小肚，肠子也和俺庄户人不一样，让你吃那些东西，把你的肚和肠就磨毁了。所以呀，大娘要把那只鸡杀了，他媳妇还舍不得，我说，‘陈同志千里万里跑到咱这兔子不拉屎的地方，不容易，要是咱家去请，只怕用八人大轿也抬不来！’他们都听话，就把鸡杀了。这鱼是你大爷和小狗娃子去河里扒的，冻得娃子鼻涕一把泪一把。我说，‘为你陈大姑姑挨点冻是你的福气，像地主家的富农家的娃子，想挨冻还捞不着呢！’这面年头多了点，生了虫，不过姑娘你只管吃，面里的虫是“肉芽”，香着呢！快脱鞋上炕，他大姑，陈同志！”

我们只能听到祖母的说话声，看不到陈同志的表情。

祖母说完了话，就听到陈同志说：“大家一起吃吧！”

祖母说：“他们都吃饱了的，姑娘，大娘陪着你吃。”

我站在院子里，痛恨祖母的撒谎，心中暗想：你们大人天天教育我不要撒谎，可你们照样撒谎。这世界不成样子。

陈同志走出来，请我们一起去吃，父亲和母亲他们都说吃过了，很高兴地撒着谎。我却死死在盯着陈同志的眼，希望她能理解我。

她果然理解我啦。她说：“小弟弟，你来吃。”

我往前走了两步，便感到背若芒刺，停步回头，果然发现了父亲母亲尖利的目光。

陈同志有些不高兴起来，这时祖母出来，说：“狗娃子，来吧！”

母亲抢上前几步，蹲在我面前，拍拍我身上的土，掀起她的衣襟揩揩我的鼻涕，小声对我说：“少吃！”

我知道这顿饭好吃难消化，但也不顾后果，跟随着陈姑娘进了屋，上了炕。

在吃饭的开始，我还战战兢兢地偷看一下祖母浮肿着的森严的脸，后来就死活也不顾了——陈同志走后，因我狼吞虎咽，吃相凶恶，不讲卫生，嘴巴呱唧，嘴角挂饭，用袄袖子揩鼻涕，从陈姑娘碗前抢肉吃，吃饭时放了一个屁，吃了六张饼三段黄鳝大量鸡肉，吃饭时不抬头像抢屎的狗，等等数十条罪状，遭到了祖母的痛骂。城门起火，殃及池鱼，连母亲也因为生了我这样的无耻的孽障而受了祖母的训斥。祖母唠叨着："让人家陈同志见了大笑话！他爷爷都没捞着吃！我也没吃多点！"祖父愤愤地说："我吃什么？嘴是个过道，吃什么都要变屎！我从小就不馋！"

进了母亲的屋，母亲流着泪骂我，骂我不争气，骂我没出息，骂我是个天生的穷贱种。哥和姐姐也在一旁敲边鼓——他们其实是见我饱餐一顿眼红——真到了关键时刻，连兄弟姐妹也不行——爱是吃饱喝足之后的事——这也可能是乡下人生来就缺乏德性——没有多看"灵魂工程师"们的真善美的伟大著作之故——按时下的一种文学批评法，凡是以第一人称写出的作品，作品中之事都是作家的亲身经历，于是莫言的父亲成了一个"土匪种"，莫言的奶奶和土匪在高粱地性交……那么，照此类推，张贤亮用他的知识分子的狡猾坑骗老乡的胡萝卜，也不是个宁愿饿死也要保持高尚道德的人。这不是因为张贤亮说了什么话，我来攻击他，只是顺便举个例子。那些不用第一人称做小说的人也许能像伯夷叔齐一样吧？但愿如此。不过张贤亮行使的骗术并不是他的发明，他一定看过这样一本精装的书，书名《买葱》，里边写着这样一个故事：一乡下人卖葱，一数学家去买葱。买者问："葱多少钱一斤?”卖者答:“葱一毛五分钱一斤。”买者说:“我用七分钱买你一斤葱叶,八分钱买你一斤葱白,怎么样?”卖者盘算着:葱叶加葱白等于葱,七分加八分等于一毛五,于是爽快地说:“好吧,卖给你!”——这个写《买葱》的人是个教唆犯。

就在那次吃饭的时候,我即将吃饱的时候,一只瘦骨伶仃的狸猫,忽地蹿上了炕。祖母抡起筷子就打在猫的头上,猫抢了一根鱼刺就逃到炕下那张乌黑的三抽桌下,几口就把鱼刺吞下去,然后虎坐着,目光炯炯地盯着炕桌上的鱼刺——这只猫还是恪守猫道的,它知道它只配吃鱼刺。祖母挥着筷子吓着猫。陈姑娘则夹着一节节鱼刺扔到炕下喂猫,猫把鱼刺吞下去。既是陈同志爱猫,祖母也就不再骂猫,反而讲起了猫故事,而这时我也吃饱了,看着祖母浮肿着的慈祥的脸,听着祖母讲述的猫故事——祖母那么平静地讲述猫事时,心里却充满对我的仇恨,这是我当时绝对想不到的。祖母说:

“猫是打不得的！猫能成精。”

陈同志微笑不语。

“早年间,东村里一个闲汉,养了一只黑猫,成了精,那闲汉想吃鱼啦,只要心里一想,不用说话,就有一盘煎好的大鱼,从半天空里飘飘悠悠,飘飘悠悠,落在闲汉眼前。酒盅、酒壶、筷子也跟着飘来。那闲汉想吃肉啦,只要一想,就看到一盘切成鸡蛋那么大的红烧猪头肉,喷香喷香,冒着热气,飘飘悠悠,飘飘悠悠,落在闲汉眼前……人吃饱了,就挑口吃了,有一天那闲汉想吃鲤鱼,飘来了一盘鲫鱼,闲汉生了气,把那盘喷香冒热气的鲫鱼给倒进圈(厕所)里了。黑了天,就听到黑猫在窗外说:‘张三,你这个没良心的东西！你想吃鲤鱼,全青岛大小饭馆都没有,寻思着鲫鱼也不差,女人生了小孩没有奶都吃鲫鱼，就给你弄来一盘，一百八十里路，远路风程，给你弄来，你竟倒进圈里！张三，你等着吧，我饶不了你！’张三也不是个省事的，就说：‘你能怎么着我？’黑猫说：‘你看，着火啦！着火啦！’张三躺在炕上，就看到窗户棂上的纸冒着蓝色的小火苗着起来……打这天起，张三可就跟黑猫斗上了，俩人斗得你死我活，分不出个高低。有一天黑夜，张三坐在炕上吃烟，吧嗒吧嗒的，一袋接着一袋，黑猫在窗外说：‘真香！这烟儿真香！’张三也不吱声。黑猫又说：‘我吃口烟，好张三！’张三说：‘吃口就吃口。’他慢吞吞地把早就装足了药的枪从身后拿过来，把枪筒子伸到窗棂子外边，张三说：‘老黑，你含住烟袋嘴。’黑猫说；‘好。’‘含住了？’张三问。黑猫说：‘含住了。’‘真含住了？’‘真含住了。’‘点火啦。’‘点吧。’张三一勾枪机子，只听‘呼通’一声响，把窗户纸都震破了。张三说：‘杂种！叫你吃！’刚要出去看看，就听到黑猫咳嗽着说：‘吭吭……这烟好大的劲！’”

陈姑娘笑起来。

蹲在炕前的狸猫叫了一声。

陈姑娘夹起一段鱼，扔给了猫。

祖母的腮帮子哆嗦起来。

二哥踢了一脚猫，说：“连你都吃了一块鱼！”——这是以后的事。

这只狸猫在我家待着，任你踢，任你骂，它都不走啦。

这是只女猫。

根据我的观察，猫是懒惰的动物——至于那些成为宠物的贵种，就不仅仅是懒惰而是十足的堕落了——不是万不得已，它是不会去捉耗子的。在我的记忆里，我们家那只猫只捉到过一只耗子。

那是一个傍晚，祖母刚烧完晚饭，祖父他们尚未从田野里归来，我和叔叔家的姐姐在院子里架起一根葵花杆练习跳高，就见那猫叼着一只大鼠从厢屋里跳出来，我和姐姐冲上去，猫弃鼠而走，走到祖母身边，呜呜叫着，仿佛在告我们的状。

祖母兴奋得很，飞速地移动着两只小脚，跳到院子里，把那匹大鼠夺过去。

"啊咦！这么大个耗子！"祖母说，"拿秤去！"

我们赶快拿来了秤。看着祖母用秤钩挂住鼠肚皮秤它。

"九两，高高的九两！"祖母说。（那是一杆旧秤，十六两为一市斤）

"孩子们，该犒劳你们了。"祖母说。

祖母把老鼠埋在锅灶里的余烬里。

我和姐姐蹲在灶门前，直眼盯着黑洞洞的灶膛。

猫在我们身后走来走去。

香味渐渐出来了。

我和姐姐每人坐一小板凳，坐在也坐着小板凳的祖母面前吃耗子肉的情景已过去了几十年，但我没忘。烧熟的老鼠比原来小了许多，乌黑的一根。祖母把它往地上摔摔，然后撕下一条后腿，塞到姐姐嘴里，又撕下它另一条后腿，塞到我嘴里。鼠肉之香无法形容，姐姐把鼠骨吐出来给了猫，我是连鼠骨都嚼碎咽了下去。然后，我们眼睁睁地看着祖母的手。暮色沉沉，蚊虫在我们身边嗡嗡地叫着。我总感到祖母塞到姐姐嘴里的鼠肉比塞到我嘴里的多。写到此，我感到一阵罪疚感在心里漾开，那时我们是个没分家的大家庭，吃饭时，我和这个比我仅大三个月的姐姐总能每人得一片祖母分给的红薯干,我总认为祖母分给姐姐的薯干比分给我的薯干大而且厚,于是就流着眼泪快吃,吃完了就把姐姐手里的薯干抢过来塞到嘴里。她抖着睫毛,流着泪,看着她的母亲我的婶婶。婶婶也流泪。母亲举着巴掌,好像要打我,但只叹息一声就把手放下了。前年回家,我对姐姐提起这事,姐姐却笑着说:“哪有这事?俺不记得了。”今年回家,一进家门,母亲就对我说:“你姐姐‘老’了。”

“老”了就是死了。

母亲说姐姐死前三天还来赶集卖菜,回家后就说身上不舒坦,姐夫找了辆手推车推她去医院,走出家门不远,就见她歪倒了脖子,紧叫慢叫就“老”了。

人真是瞎活,说死就死了,并不费多少周折。

我想起了和她一起坐在祖母面前分食老鼠的情景,就像在眼前一样。

祖母十几年前就死了。她是先死了,打了一针,又活过来,活过来又活了一个月,又死了,这次可是真死了,真“老”了。

祖母说,猫抓耗子,并不需要真扑真抓,猫一见到耗子,就竖起毛大叫一声,老鼠一听猫叫,立刻就抽搐起来,猫越叫老鼠越抽搐,猫上去咬死就行了,根本不要追捕。这说法我不知是真是假。

祖母还讲过一个故事:明朝时,有五个千斤重的大耗子成了精,变成人,当了皇帝的宰相一类的大官,他们扰乱朝纲,怂恿着皇帝干坏事。一个大臣,自然是忠臣,自然也是有慧眼的,看破了机关,回家对父亲说了——这又引出了一个故事:

相传,古代,为了削减人口,人到了六十岁,不管健康与否,统统要"装窑"的,这"装窑",据祖母说,就是把人背到一个专门的地方去饿死(有点像日本小说《楢山节考》里的情景)。这大臣是个孝子,因为孝,就把父亲放在夹壁墙里藏起来(其实是利用职权破坏皇家的法规,是孝子不是忠臣)。大臣说:爹,朝里那五个重臣是五匹成精的老鼠,每匹有一千斤重,不知可有法子降服没有?大臣爹说:八斤猫可降千斤鼠。大臣说:哪里去寻八斤重的猫?大臣爹说:咱家那匹黑猫差不多就有八斤。大臣唤了猫来用秤一称,只有七斤半重。大臣爹说:不妨事,明日上朝前,你弄半斤猪肉让猫吃了,不就八斤猫了吗?大臣点头称是。次日,那大臣割了九两(旧秤)猪肉喂给猫吃。为什么割九两呢?因为猫吃肉不会不掉渣,余出一两来保险。大臣把原重七斤半吃了九两肉的黑猫揣在袍袖里胸有成竹地上了朝。文武群臣分列两边,皇帝坐在龙墩上打盹。大臣把藏在袍袖里的猫往外露了露,那猫凄厉地叫了一声,群臣诧异着,皇帝也睁开了睡眼。猫又叫了一声,就见那五个耗子变成的重臣索索地抖起来。大臣一松袍袖,那猫嗖地蹿出,跳到龙墩前的台阶上,竖毛弓腰,扬尾奓须,连连发威鸣叫,那五重臣抖抖索索,抖抖索索,瘫倒在堂前。猫继续鸣叫发威,五重臣显出原形,袍靴之类尽脱落,就见五匹大鼠一字儿排开,初时都大如黄牛,后来越缩越小,越缩越小,缩得都如拳头般大,猫慢慢踱上去,一爪一个,全给消灭了。皇上幡然醒悟,要重赏那大臣,大臣却跪地叩头,求恕欺君之罪,皇上听他诉说,知道这奇谋出自一该"装窑"而未"装窑"的老人,由此可见,老人还是有用处的,于是就撤消了六十岁"装窑"的命令——我总怀疑这故事与"三侠五义"里的"五鼠闹东京"有些瓜葛,不过考证这些事也没意思就是了。后来又读《西游记》,见孙悟空被陷空山无底洞那匹金鼻白毛耗子精折腾得狼狈不堪,最后去玉皇大帝那儿告了李靖父子一刁状(母耗子是托塔天王的干女儿)。干爹和干哥哥出面,才把她降服了。孙悟空如果听过我祖母的故事,只须寻一只八斤猫抱进洞去就行了。那耗子精也实在迷人,不但美丽绝伦,而且体有异香,连唐三藏都心猿意马,有些守不住,悟空不得不变成苍蝇,叮在耳朵上提醒师傅不要被美人拉下水。记得当年看到这里时,不由地恨唐僧太迂,要是我,就留在这无底洞当女婿了。

后来我和姐姐天天盼望猫捕鼠,可再也没见到过。只见到那家伙每日懒洋洋地晒太阳,吃饭时就蹭到饭桌下捡饭渣吃。这猫,是被我们伤了心。它捉了耗子,被我们烧吃,这行为也是"欺猫太甚",猫从此不捕鼠,也有它的道理。

鲁迅先生在《狗·猫·鼠》里,开玩笑般地引用一外国童话里所说的狗猫相仇的原因。引用完毕,先生接着写道:"日耳曼人走出森林虽然还不很久,学术文艺却已经很可观,便是书籍的装潢,玩具的工致,也无不令人心爱。独有这一篇童话却实在不漂亮;结怨也结得没有意思。猫的弓起脊梁,并不是希图冒充,故意摆架子的,其咎却在狗的自已没眼力。"

鲁迅先生所引童话里说,动物们要开大会,鸟、鱼、兽都齐集了,单缺象。大家决定派一伙计去迎接象,谁也不愿去,于是就运用了某团体分派救济金的方式:拈阄。这倒霉的阄偏被狗拈着。狗说不认识象,大众说象是驼背的,狗遇见一匹猫正在弓着脊梁,可能是因为没请它去参加动物大会而发怒吧!狗就把它请来了,大家都嗤笑狗不识象。狗猫从此相仇。

这童话里猫是很冤的。动物大会，鸟、鱼都去了，偏不请它，它如何能舒服？正在发怒弓背，巧被狗请，于是放平脊梁赴会，到会后又发现不是那么回事，它又被陷进一个尴尬的泥潭里。狗与猫都是受害者，不知那动物大会的主席是谁，如果是百兽之王老虎，那虎主席就是怕见猫老师，便故意不发给猫请帖，虎怕猫把它当年逼猫上树的丑事给抖搂出来呢。矛盾的对立面是虎和猫，狗代虎受过了。

这童话真该焚烧，不知编这童话的覃哈特博士是不是"现代派"，如果是"现代派"，又写了这坏童话，那就岂止该烧书！

比较之后，还是我祖母讲的猫狗成仇的原因对头。

祖母说，很早很早以前啦，有一个人养了一条猫和一匹狗。主人是开劈柴店的，外出时，就吩咐狗和猫劈柴。狗埋头苦干，猫偷懒耍滑。主人回来，猫就蹦到主人肩头上，把劈柴之功据为己有，然后又说狗如何如何奸滑不卖力气。猫一边说一边用爪子轻轻搔着主人的耳垂——那纤细的小爪子挠着耳垂痒痒的实在是舒服——主人就痛打狗一顿，连分辩都不许。分配饮食时，主人自然就偏着猫。狗只好生闷气。第二次，狗为赎罪，更努力地劳动。主人回来，猫更快地跳到主人肩上——那纤细的小爪子挠着耳垂痒痒的实在是舒服——猫哭诉道："主人啊，主人！你不要表扬我啦！也不要嘉奖我啦！狗今天对我冷嘲热讽，我受不了啦！"主人大怒，打了狗一顿。分配饮食的时候，一丁点儿也不给狗。猫吃食时，狗蹲在一边，生着闷气挨着饿。第三次，狗干脆罢工了，猫更不干。主人回来，一看，一根柴也没劈，便气冲冲地问："怎么回事？"狗自然不吱声。主人就问猫。猫哆嗦着说："我不敢说……"主人道："你说，我给你做主！"猫哭着说："主人啊，狗今天说我拍马屁,我跟它争了两句,它张嘴就咬我,幸亏我会上树,跳到杏树上才没被它咬死。狗在树下蹲着,我不敢下来。我虽然想下来劈柴,但我怕死。主人啊,我有罪,我没能坚持工作,我错了啊!”主人这一次把狗腿都打断了,分配饮食时,一点也不给狗。猫吃饱了,就把一条剩下的鱼叼到狗面前,说:“狗大哥,你把这条鱼吃了吧!”狗张开嘴,一下就把猫的脖子咬断了。主人一棍就把狗打死了。从此,狗与猫便成了仇家。

我自认为祖母的故事比覃哈特博士的童话要高明得多,这也是“外国月亮没有中国月亮圆”的一条证据。

其实,现代生活中的狗和猫看不出有什么仇。你捉你的耗子我看我的门,又无共同的异性要争夺,互不干涉,无利害冲突,能有什么仇?只有当它们一同劈柴为同一主人效劳时才可能有酿成大仇的机会。但“劈柴”毕竟是久远的往事了,没有永远的朋友,也没有永远的敌人,狗和猫也早就无宿怨了吧?猫之媚主不消说了,从“劈柴”时代就如是,可是狗的子孙们,也从被打杀的老祖宗那里吸取了教训,固然不能像猫一样跳到主人肩膀上为主人抓痒,但在主人面前摇着尾巴替主人舔去靴子上的灰尘,其媚不逊于猫。

偶尔还有猫狗死斗的情形,但这并不是狗猫之间自发的战斗,而是人的挑唆。

我家那只猫生第二窝猫的时候,已是初夏,家家户户都赊了毛茸茸的小鸡雏,放在院子里,唧唧地叫着,跑着,确实有几分可爱的样子。我家自然也赊了鸡雏。

我经常发现猫蹲在黑暗的角落里,目光炯炯地窥测着鸡雏。我把这个发现告诉了祖母,祖母对猫说:“杂种,你要是敢动它们,我就扎烂你的嘴!”

猫咪呜着,好像懂了祖母的意思。

几天之后,邻居一个孙姓的老太太,我要呼之为“姑奶奶”的,拄着拐棍,骂上门来了,自然是骂猫,说有一只小鸡被我家那只该千刀万剐的瘟猫给吃了。

祖母与这孙姑奶奶不是太睦,跟着骂了几句猫。孙姑奶奶还不完,叨叨着,意思好像是要从我家这群鸡雏中捉走一只权充赔偿。祖母说:“姑奶奶,畜生的事,人能管着吗?要是我的孙子吃了你的小鸡,我这群小鸡里就任你挑走一只,这还不完,我还要拔掉他的牙!”祖母对着我挥了挥手。

孙老姑奶奶还在絮叨,意思是非要祖母赔偿她一只小鸡不可的。

祖母那群屁股上染了鲜红颜色的金黄色小鸡雏在院子里欢快地奔跑着。

猫卧在门旁一个蒲盘上,团着身体睡觉。

“反正是你家的猫吃了我的鸡……”孙老姑奶奶说。

有些愠色上了祖母的脸。她把小鸡唤到眼前,捉起一只,攥着,走到猫旁,蹲下,拍了猫一掌,问:“猫,你吃小鸡吗?”猫睁开眼看着祖母。祖母把小鸡放到猫嘴边,猫闭上眼睛,把嘴扎到肚皮下,又呼呼地睡起来。小鸡雏在猫的背上蹒跚着。

祖母冷笑一声,说:“姑奶奶,看到了吧?这只猫怎么会吃你的小鸡?你的小鸡兴许是被老耗子拖去,被黄鼠狼叼走,被野猁子吃掉啦!”

孙姑奶奶说:“你家的猫当然不吃你的鸡,再说它吃了我的鸡,已经饱了。”

祖母说:“‘抓贼拿赃,捉奸拿双’,你说我家猫吃了你的小鸡,有什么证据?”

孙姑奶奶说:“我亲眼看见!”

祖母说:“我亲眼看见你吃了我家一条牛!”

孙姑奶奶气翻了白眼,捣着小脚,原地转了两圈,嘴里骂着猫,歪歪扭扭地走啦。

祖母抄起扫地笤帚,扑了猫一下子,说:“你要再出去闯祸,我就打杀你。”

几天之后,又有一个人提着一只鲜血淋漓的小鸡雏骂上门来了。猫正蹲在门边,舔着胡子上的血。

祖母无法,只好捉了一只小鸡雏,换了那只死鸡雏。

祖母抄起棍子打猫,猫掀身上了梨树。

后来又接二连三地有人骂上门来,我们本是积善之家,竟因一只猫担了恶名,并不仅仅赔偿人家几只鸡罢了。我家的猫恶名满村,骂猫时,总是把我父亲的名字做为定语:×××家的猫……

祖母惶惶起来,先是以涂满辣椒的小死鸡喂猫,想借此戒掉它的恶习——祖母是用给小孩子断奶的方式——乳头上涂满辣椒,孩子受辣,便不想吃奶——来为猫戒食鸡癖的,但毫无效果。想那涂满辣椒的鸡不是成了一道大饭馆里才肯做的名菜“辣子鸡”了吗?人尚求食不得,拿来戒猫“食鸡癖”,无疑是火上浇油啦。

再以后,凡有人找上门,祖母便说:“这原本不是俺家的猫,它赖着不走。现在俺更不管了,谁有本事谁就打死它。”再要祖母把自己的鸡雏赔给人家是万不能啦。

这只猫作恶多端,但无人敢打杀它,是有原因的。乡村中有一种动物崇拜,如狐狸、黄鼠狼、刺猬,都被乡民敬做神明,除了极个别的只管当世不管来世的醉鬼闲汉,敢打杀这些动物食肉卖皮,正经人谁也不敢动它们的毛梢。猫比黄鼠狼之类少鬼气而多仙风,痛打可以,要打杀一匹猫,需要非凡的勇气。这里本来还蕴藏着起码十个故事,但为了怕读者厌烦,就简言一个吧。

也是祖母对我说过的:从前,一个女人在案板上切肉,家养的猫伸爪偷肉,女人一刀劈去,斩断了一只猫前腿,那只猫蔫了些日子就死了。女人斩断猫腿时,正怀着孕。后来她生出一子,缺了一只胳膊,此子虽缺一臂,但极善爬树,极善捕鼠。此子乃那猫转胎而生。

这故事也无大恐怖,那缺臂的男孩也可爱,也有大用处,在这鼠害泛滥的年代,他不愁没饭碗,多半还要发大财。关于念咒语,拘出全村的老鼠到村前跳河自杀的故事,是祖母紧接着“猫转胎”的故事讲的,因与猫少牵连,只好不写了。

但我家的猫实属罪大恶极,村人皆曰该杀,可谁也不肯充当杀手,聪明者便想出高招:让狗来咬杀它。

事情发生在一个炎热的中午,柳树上的蝉发了疯一样叫着,一群人远远地围着一条健壮的大狗和我家的猫,看它们斗法。他们如何把我家的猫骗出来,又如何煽动起狗对猫的战斗热情,我一概不知道。

大狗的主人是个比我大三或二岁的男孩,乳名“大响”,据说他出生时驻军火炮营在河北边打靶,炮声终日不断,为他取名“大响”,是为了纪念那个响炮的日子。

围观的不仅仅是孩子,还有青年、中年和老年,他们看到狗和猫对峙着,兴奋得直喘粗气。

那条狗叫“花”,大响连声说着:“花花花,上上上,咬咬咬!”

狗颈毛直竖，龇着一口雪白的牙，绕着猫转圈，似乎有些胆怯。猫随狗转，猫眼始终对着狗眼，也是耸着颈毛，呜呜地叫着，像发怒又像恐惧。狗和猫转着磨。

众人也叫着："花花花，上上上，咬咬咬！"

狗仗人势，一低头，就扑了上去，猫凄厉地叫一声，令人周身起栗。地上一团黑影子晃动着。

狗不知何故退下来，猫身上流着血，瞅着空，窜出圈外。

人声如浪，催着狗追猫。我忽然可怜起猫来了，毕竟它在我家住了好几年了。

猫腿已瘸，跑得不快，看看就要被狗赶上时，它一侧身，钻进了一个麦秸垛上的小孩子藏猫猫时掏出的洞穴里。洞穴不大，猫在里边蹲着，人在外面看得很清楚。

狗逼住洞口，人围在狗后，狗叫，人嚷，十分热闹。

狗占了一些小便宜，翘着尾巴，气焰十分高昂，在人的唆使下，它一次次往洞穴里突袭着。狗每突袭一次，猫就发出一阵惨叫。

狗又退下来，耷拉着舌头，哈达哈达喘着粗气，狗脸上沾满猫毛。

"花花花，上上上，咬咬咬！"人们吼着。

狗闭住嘴——这是狗进攻前的习惯动作——正要突袭，就见那洞穴中的猫眼里射出翠绿的火花，刺人眼痛，射到麦草上似乎窸窣有声，与此同时，猫发出令人小便失禁的瘆人叫声，狗和人都惊呆了。正呆着呢，就见那猫宛若一道黑色闪电从洞穴里射出来，射到狗头上，看不清楚猫在狗头上施什么武艺，只能看到狗全身乱晃，只能听到狗转着节子的尖声嗥叫。

大响挥动木棍乱打着，也看不清是打在了狗身上还是打到了猫身上。

猫从狗头上跳起来，眼里又放绿光，比正午的阳光还强烈，它叫着，对着人扑上来。人群两开，闪开一条大道，猫就跑走了。

惊魂甫定的人们看那狗。这条英雄好汉已经狗脸破裂，耳朵上鼻子上流着血，一只黑白分明的狗眼已被猫爪抠出，挂在狗脸上，悠悠荡荡的，像一个什么"象征"之类的玩艺儿。

狗在地上晃晃荡荡地转着圈，看热闹的人都不著一言，挂着满脸冷汗，悄悄地走散。只余下大响抱着狗哭。活该！这就叫做：炒熟黄豆大家吃，炸破铁锅自倒霉！

猫获大捷之后，在家休养生息，我因钦佩它的勇敢，背着祖母偷喂了它不少饭食。那时，三只小猫都长得有二十公分长了(不含尾巴)，生动活泼可爱无比，它们跟我嬉戏着，老猫也不反对。

几天之后，猫养好了伤，能上街散步了，又有猫食鸡的案子报到我家来了。祖母把猫装进一条麻袋里，死死地捆扎住了麻袋口，然后，由二哥背到街上，扔到一辆去潍坊的拖拉机后斗里。祖母对拖拉机手说了半天好话，央求人家第一不要厌烦猫叫把它中途扔下；第二到了潍坊后要把麻袋左转三圈右抡三圈，把猫抡得头晕了再放它出袋，免得它记住方向跑回来；第三就是希望千万把麻袋给捎回来。祖母再三强调麻袋是借人家的，我知道这麻袋是我们自家的。

猫被扔进拖拉机后斗里，拖拉机后斗颠颠簸簸，把猫给拖到潍坊去了。

这下子好了。

村里的鸡雏们太平了。

潍坊的鸡雏该倒血霉啦。

潍坊离我们村子有多远?

三百里零二十里。

失去母亲的四个小猫彻夜鸣叫,激起我的彻夜凄凉。天亮后,祖母连连叹息,说:“可怜可怜真可怜,人猫是一理,这四个孤苦伶仃的小东西。”

祖母腾出一个筐子,絮上一些细草,做成了一个猫窝。又吩咐我从厢房里把四只小猫抱到家里来。

梅雨时节到了,半月雨水淋漓,连绵不断。我无法出家门,百无聊赖,便逗着四只小猫玩,便用土豆糊糊喂它们。老猫已被送走半月多,那条麻袋,拖拉机手也给捎了回来。拖拉机手姓邱,四十多岁,是个“右派”,人忠实可靠。

我看着生满绿苔的房檐下明亮的雨帘,想像着笼罩田野的云雾,想像着那一片片玉米,一片片高粱,成群的青蛙癞蛤蟆,泥泞不堪的田间道路,被淋湿了羽毛的鸡擎着瘦脖子缩在树下打盹,远处传来沉闷的火车笛声。明亮的钢轨被雨水冲洗得锃亮或生满稀疏的红锈……

雨大一阵小一阵,但始终不停,屋子里也一阵晦暗一阵明亮。当晦暗时,四只小猫的八只眼睛绿绿地闪着光,好像鬼火一样。树叶沙沙响着,是风在吹,我想像着那只老猫的情景,它在那遥远的潍坊,生活得怎么样?

农村的阴雨天,无事可干,劳累日久的大人们便白天连着黑夜睡觉,雨声就是催眠曲。我逗着猫玩一阵,看一阵雨,胡思乱想一阵,瞌睡上来,伏在一条麻袋上便睡。

朦胧中看到那只猫穿越河流与道路,出没郁郁青纱帐,顶风冒雨,向家乡奔来……

一阵喧闹吵醒了我,我揉揉眼睛,我又揉揉眼睛。那只猫果真回来了。它遍身泥巴,雨湿猫毛更显得瘦骨嶙峋。四只小猫与老猫亲热成了一个蛋。

我大叫着:"猫回来啦!猫回来啦!"

家里人纷纷起来,看着猫儿女与猫母亲生离死别又重逢的情景,这情景委实有点动人。祖母立刻吩咐母亲给猫备食,它吃鸡的罪恶阴影消逝,起码是在我家老幼的心里,洋溢着一片猫中英雄所创造的奇迹的辉煌光彩。

猫离家十七天,如果不走弯路,跋涉三百余华里,它是被装进暗无天日的麻袋里运走,老邱又忠实地履行了祖母'左转右抡'的嘱咐,它是靠着什么方法重返家园的呢?这个谜我始终解不开。

祖母看着急急进食的猫,感叹道:"猫老多啦!"

多年来,我一直珍藏着对这只猫的敬佩,一直认为这只猫创造了猫国的奇迹,并一直存着写篇文章歌颂这只猫的这段光荣的念头。但偶然翻阅今年的参考消息,看到一则题为《一只猫孤身穿越日本》的珍闻,方知天外有天,人外有人,猫外更有猫。抄录珍闻如下。

日本《朝日新闻》3 月 31 日报道:一只母猫为了寻找她的家,从东往西穿越日本,走了 370 公里的惊险旅程,花了 1 年 7 个月的时间。

这只 5 岁的母猫名叫米基,1984 年 8 月随主人乘火车到须知夫人的故乡旅行。她被装在一个纸盒子里随主人从东到西通过了整个日本,即从太平洋沿岸的平冢到日本海岸的系鱼川。

但是到达目的地后不久，这只猫就跑掉了，须知一家只好返回。从此，这只猫就"失踪了"。直到1986年2月9日，猫的主人在花园里发现了这个小家伙，可是她已经变瘦了，尾巴上的毛也被拔掉了，耳朵也被弄破了，但它仍安然无恙。

有关方面为了表彰她的功绩，特授予她"模范猫奖"，即免费供给她一年多的食物。

东京动物园的一位兽医说，这只猫创造了令人难以想象的奇迹，因为家猫的活动半径只有200米至500米。

初读此文，我不免沮丧。好像不但人间奇迹多由外国人创造，连猫间奇迹也是外国猫创造得多。读过之后一想，我不沮丧了。数据最能说明问题：

猫　别	跋涉路程	跋涉时间	日均跋涉路程(≈)
中国猫	320华里	17日	18.82353华里
日本猫	740华里	575日	1.2081华里

简直不可同日而语！

这又是一个外国月亮不如中国月亮圆的铁证。

日本猫得了"模范猫奖"，我家那只猫因为得不到足够的饲料，重犯偷食鸡雏毛病，竟被当场捉获，可能是它恶贯满盈的报应，也可能是因长途跋涉健康状况大不如前。它万不该偷鸡偷到大响家去，独眼狗协助大响把它擒住，也应了"冤家路窄"的话。

大响把猫拉到河滩上去，只一镰，就把猫头削落黄沙。

我为此难过了好久。

大响斩猫之后，日子很不好过。村里那些恨猫的人，这时却把同情赐给了猫。有关猫的神话鬼话流传很盛,人们见了大响,都换了一种眼光,好像大响不日就要遭到天谴或被猫鬼所祟。

大响却始终安然无恙。去年我探家时,听说他成了“灭鼠养猫专业户”,这真是天下之大无奇不有,故乡人丰富的想象力由此可见一斑。我带着满肚皮兴趣去找他,“铁将军把门”他不在,邻人说他赶集卖猫去了。三只大猫在他家墙上徘徊着,满院子猫叫。几天后我见到了他,发现他已成了一个“通仙人魔”的奇人,奇人须有奇文,愿家猫在地之灵佑我佐我,赐我成就奇文的奇思妙想。

文章本已写完,忽然想到北京土语“猫儿腻”,我总认为这话与“猫盖屎”的行为有关系。我亲眼见过猫盖屎,也就是拉过屎后用后爪子象征性地蹬点土盖盖,并不真正盖得不露一点痕迹。我在农村锄地时,锄一盖二,队长批评我:“你这是‘猫盖屎’! 糊弄谁呀?”

“猫盖屎”——“猫盖腻”——“猫儿腻”。

一九八七年五月

关于猫

◎蒋子丹

父亲在世之时，我们家从不喂养宠物，理由很简单——玩物丧志。比起那些可以任意养猫养狗养鸽子兔子甚至养刺猬和猴子的孩子，我幼时的生活自然单调了许多。记得我童年惟一喂养过的动物，是蚕。

当我也喂起猫来，是很久以后的事情。我已经成了一个家庭主妇，而父亲早作古多年。没想到这一喂，竟喂出许多故事来。

老猫小白

小白千里迢迢来到我们家，完全是一个偶然。它出生在北京，距离我们有一天一夜的火车旅程。

说来这只白猫的血统算得高贵，它母亲是只纯粹的波斯猫，只是不知怎样情急难耐，与土猫交配产出了不够纯粹的小白。虽不够纯粹，小白的体态及皮毛仍然很顽强地体现着波斯家族的雍容华贵，白璧微瑕的遗憾是它的黄尾巴。好在猫们没有人们的虚荣，否则小白说不定要想尽一切办法来将这条露馅儿的大尾巴藏着掖着，变得忸怩作态起来。小白对它的黄尾巴毫不在意，让其大大方方地竖在屁股上，坦然如一支小小的毛掸子。

一岁以前的小白地地道道称得上宠物。可惜它没有珍惜那份幸福生活。它肆无忌惮地破坏室内的花木，还不顾传播病毒之嫌，与旧主人的小女儿好得过分。出于保护花木尤其保护女儿的决心，它的旧主人决定割爱。于是，小白被喂了一片安眠药，在火车上昏睡二十多个小时，成功偷渡抵达长沙。我们家从此结束了一个由父亲遗留下来的生活传统。

这次偷渡的后遗症是小白养成了见纸就撒尿的坏习惯，我们家所有的书刊报纸乃至手稿，在短短几天里就纷纷散发出一种令人不快的气味。为此小白多次受到教训。我们曾经很耐心地等待它悔过自新，无奈它一直执迷不悟。这成了它后来失去自由的潜在原因。

初来乍到之际，这只漂亮得可以让我们引以为荣的白猫，仍然像它在旧主人家一样受宠，略有差距的只是不再让它上床睡觉。自从跟外边的野猫打了一架，它身上孳生出无数跳蚤。这对我们的威胁决不亚于它到处乱撒尿。

消灭跳蚤的劳作是旷日持久的。现在我若无意间瞥见晾台上像败絮似的堆在那儿晒太阳的小白，便会惊异当年怎么会有那份闲情逸致来对付一只猫。小白被旧主人宠得饮食极挑剔，非鱼煮烂巴饭不吃。碰上没有鱼，肉汤泡饭之类决不能李代桃僵。它坚定不移地将我们企图改变它食谱的阴谋一次次挫败，宁愿两三天饿着，让我们眼看它饿得瘫下去，又心急火燎满世界去找鱼。它总是胜利。

小白被喂得很肥很大，它身上的跳蚤就跟着很多很肥了。看它手忙脚乱一刻不停地搔痒，我便想到它如何食不甘味寝不安眠，竟然感同身受。只好一次又一次给它洗澡，然后用镊子一只只地钳去毛里边的跳蚤，在明媚的阳光下，从一只白猫身上寻找黑色跳蚤，这样的生活似乎很具浪漫色彩。但时过境迁，这行为就变得为自己所不能理解。或许那正是一种宁静心态的写照。在后来的一片喧嚣之中回想那值得怀念的宁静，自然认为不可理喻。

坚持不懈斗争了三四年之久，跳蚤仍不屈不挠地繁殖。闻说海外有种项圈专克此虫，就郑重托付出国的朋友购买。那次一个朋友归来，说不曾找到那种项圈，便失望到差不多要怀疑其友谊的质量。小白的重要，实在是他人所不料的。直到它终于带上项圈，免了跳蚤骚扰之苦，我才放下心来。似乎作为回报，小白对我表示了它特殊的好感。尤其每天早晨，一见到我必然飞奔而来，立即满地打滚撒娇耍赖。其时，你分明可以感觉到人和动物息息相通。一只猫可以唤起人的母爱，并不是奇迹。不知不觉，小白已经深重地进入了我的生活。

忘了从什么时候开始，小白老是想逃跑。作为一只成年的公猫，在万物萌生的春夜嗷嗷嚎叫着去袭击某只母猫，是天经地义的事情。可是我和与我同样深爱小白的家人们，竟忽视了这天伦之道。小白被严加看守，但终归还是逃脱了几回。它出逃的后果，是全家人失魂落魄地出出进进，在一切它可能躲藏的角落苦苦寻找。当我在绝望处发现它安然站在楼底下夹层的花窗后边时，用欣喜若狂这几个字来形容我的心境，绝不会过分。我们守在洞口亲切呼唤它，用鱼、用它最喜欢的孔雀毛乃至邻家借来的母猫引诱它，它始终睁圆了两只玻璃球般闪亮的眼睛，冷漠地看着我们，不理不睬不应不答，好像它从来跟我们毫不相干。盯住它看久了，我就知道了那冷漠之中还包含了几丝恨意。这叫我感到一种深深的惶惑。难道一切生命之间最终的关联就是仇恨，这只时时对人表示依恋的小猫，骨子里潜藏的仍然是仇恨不成？

小白被拴住了，怕的是它再逃跑，被人捉走或变成野猫。想必是这几次出逃它并未完成期待中的艳遇，于是它变得狂躁。拴它的绳套是精心设计的，先用柔软的织物套住它的胯，再用结实的绳索牵在门框上。尽管如此，小白的胯下仍被磨得皮开肉绽，这足以见它的反抗之激烈。免不了很心痛地给它上药，然后继续囚禁它。为此，母亲给它起了个令人辛酸的绰号"白和尚"。朋友们都说，这是一种出于爱心的虐待。而小白在万般无奈之中给我们的报复，是更加频繁地把尿嗞在任何不合适的地方。对此，我们除了宽容别无他法，谁叫我们看重它？

小白不觉就七岁了。作为一只猫，七岁便是花甲之年。花甲之岁的小白轻易就显出了老态，毛变短了，脸变尖了，目光也越来越迟钝。不知道是因为后来生活中发生的一些事情磨钝了我的感情，还是成为老猫的小白对人的感情日益淡泊了，总之我们之间变得疏远起来。我已很少有兴趣去抚摸它，也许久不给它洗澡，它的毛很脏很难看。而小白对我偶尔的召唤，总是不理不睬，恰似当年出逃之后躲在洞穴里的冷漠。不久它又一次发动了春天的逃亡，并在母亲逮它回来时，狠狠将母亲的手咬了一个深洞，致使她不得不注射狂犬疫苗。这事叫我觉得它的可恶已经远远超过了它的可爱，发了狠将它放出去。不过放它出去的时候，我站得很远，叫母亲动手剪开它胯下的绳套，看小白毫不迟疑地像箭一般射出门去。

小白终于在暮年得到了自由。它不再拥有用柔软织物铺垫的窝，像只野猫一样在院子里晃晃荡荡，累了就随便找个地方栖身安睡。当然它仍旧接受母亲替它煮的鱼拌饭,饭放在晾台上,它随时可以跳上来享用。我曾经仔细观察过它,但从未发现它有回家的希图。也许多年的囚禁生活它不堪回首,它愿意牺牲舒适来换取自由。看着它蜷成一团,在晾台放煤的角落里黑乎乎睡成一堆败絮,我心下便又难过起来。我不知道究竟怎样才对得起它。给它舒适,还是给它自由?抑或养猫原本就是一个错误,无论怎样结果都不会圆满。

曾经有人告诉我,老猫到了垂死之际,会挣扎着离家而去,为的是不让主人伤心。这个未经证实的经验曾深深感动我,并让我担心小白会用这样一种方式表达它最后的情义。每天早上去晾台上看它,总有点提心吊胆。它已经愈渐显出下世的光景。设想有一天,晾台的每一个角落都空着,垂老的小白永远弃家而去,我只能回想所有对它的抚爱和虐待,然后将它的饭盆洗干净。

公猫小花

公猫小花是邻家喂养的。我与它亲近的缘分仅仅是当它小得可用一只手掌托起的时候,将它放在肩头照过一张照片。那会儿,它小小的身子圆滚滚的,浅黄纯白相间的绒毛里嵌着一双黑晶晶的小豆眼儿,完全不像一只猫,倒像只染了色的荷兰猪。如今我一看到这张照片,就会回忆起它的小尖爪子抠得我肩头又痒又痛的感觉,同时想起带它来我家的邻家女儿。她正在大洋彼岸攻读博士学位,说不出已经几年没见面了。听说就在她快要读完学位时,她的丈夫突然逝世于国内,以致她日夜兼程赶回来,也没赶上见一面。最后仍想到小花。我至今不知它之所终,却无端认为它的下场悲惨。于是,人生之飘浮不定,生命之聚散难全,千思万绪全都活生生由一只猫牵引而来,在夜阑人静灯火寥落的时光里。

小花是我所见过的猫中最优秀的一只。虽然它是只地道的土猫,远不似我家中西合璧的小白长得富贵堂皇,但平心而论,它的素质要比小白好得多。夏天的早晨,我不止一次亲眼看见它敏捷地跳上柳树,扑捉喁喁私语的麻雀。它的主人们常常惊呼着从沙发靠枕下边或者被窝里拽出一只只死鸟,这无疑是小花的辉煌战果。小花会看电视,足球赛激烈进行之际,它总在电视机前跟着荧屏上滚动的球来回转动脑袋。球滚出画面,它还跑到电视机后边去找。这一大绝技,曾经被它的主人广为宣传,同小白的漂亮一样,足以构成主人引为荣耀的理由。

大约正是仗着素质的优异,小花具有一种其他猫们不具备的傲慢,它的硕大、矫健、勇猛,使它有本钱傲视同类。小白曾经自恃高贵不知深浅与它激战一场,战绩只能是从此见了它便远远躲开,或惊恐万状地躬起背竖起全身的长毛,嘴里嘶嘶喷气,就像碰到了一只狗。总之,小花爬树上墙无遮无拦,在全院子的猫中天马行空惟我独尊。即使对人类,它似乎也同样轻视无所畏惧。除去它的主人们可以与它亲近,其他一切闲杂人等想要抚摸它都是妄图。它的主人当然也很是娇纵它,大热天的中午,它随随便便大声叫门,打搅主人们的午休是家常便饭,竟然无人责备它。于是当它一天一天长得更大更结实,也就更加傲慢了。比起被幽禁的小白,小花要幸运得多。年年春天,它多少次播种了爱情,没人知道。不过按优生规律,小花无疑是合格的父本。

小花大约三四岁,正值壮年。皮毛油光,用不着主人给它洗澡,却也该黄处黄,该白处白,清清爽爽。本来还可以威风凛凛再过上几年雄壮的日子,却不料一纸调令下达,它的主人全家迁往北京去了。我以为小花将重演小白的角色,吃片安眠药潜入首都定居。可事实是当对面单元搬空之后,小花在从此对它关闭的门外坐守了两天,才知道它已成了一只无家可归的野猫。于是悻悻地走开去,尾巴拖地,往日的威风荡然无存。关于小花被抛弃的原因,一说是主人们嫌麻烦不打算带它,一说是打算带它走它死活不肯出大门。反正不管怎么说,傲慢的小花成了野猫是一个事实。

俗话总爱奚落某人一旦失势,便形同丧家之犬,实际上丧家之猫也同样狼狈和潦倒。苦苦支撑几天之后,小花终于忍不住到我家叫门了。我把门打开一条缝,它便以前所未有的畏葸神态小心翼翼地伸进脑袋,然后蹭着墙根一步步挪动身子。我知道它此来的目的在于乞食,便端去小白吃剩的饭。忽然,蹲在墙根的小花,眼中露出惶恐的光来。再一看,被拴在门柱上的小白,正以无比的英雄气概,直直竖起毛掸子似的黄尾巴,凶狠地盯住这位不速之客,仿佛以往战败的耻辱总算有了昭雪的机会。小花可怜巴巴看我一眼,我明白它大概是希望我将食盆放在离小白远些的地方。我照办了。小花躲躲闪闪吞咽嗟来之食的当儿,小白忽地扑将过去。要不是它被拴住,两只猫再次决一雌雄在所难免。如果那样,小花在气势上已先输了小白一着。

天气渐渐转凉。飘洒的秋雨一场接一场,室内的温暖对猫们愈来愈具有诱惑力。小花天天来乞食,态度似乎比刚开始时洒脱油滑了许多。有一天小花终于在饱餐一顿之后,溜到沙发后边卧下了,看来它希望长久被收留。其时,小白的出逃、狂躁和随处嗞尿的行为，已经给我们带来了无穷烦恼。但人们有时面对弱小无助又不能言语的动物，感情会变得格外脆弱也格外强大，我终于顾不上增加更多烦恼的危险，打算收留小花。不过这个慈善计划最终被小白强烈的排外情绪破坏掉了。看到它俩无论如何不能和平相处，我只好让小花在晾台上栖身。奇怪的是，当小花明白它仍然只能做一只野猫时，便不再来叫门乞食。我们另盛一份食搁在晾台上，它也是有时来吃，有时不来吃。

天更冷了，直至下起雪来。小白紧靠着旺旺的火炉取暖，鼻子都快贴到炉壁上去了。我常一听到风声，就平白无故替小花担心，于是用旧絮在晾台上做了个窝，希望有限度地为它解决御寒的问题。小花欣然接受了我的帮助，每天晚上都来这个窝里睡觉。有时临睡我去晾台上看看，它会旨意不明地冲我叫上一两声，然后任我用顶旧草帽盖在窝上。傲慢的小花到了这般田地，似乎也有点忍气吞声的味儿了。

那夜雪下得正旺，我去晾台替小花盖草帽，却发现窝空着。盆里的食满满的，一点没动过。我的心竟一下子凄凉空洞起来。三天之后，我已全然不抱希望时，小花却意外地出现了。它浑身泥水，一条后腿被打断了，拖在身后，它艰难地爬进窝里，一动不动地趴着，过了一天又一天。我能替它做的事，只是将它的食里多拌点鱼。但它不想吃。

人说猫有九条命，我算是见识了。一个星期之后，小花又开始外出活动了。先是一颠一颠地瘸着腿跑，不久也就完全好利索了。只是不知它是否还能上树捉麻雀。那是冬天里，树上没有鸟。不过，等到夏天来临的时候，我们不再有机会欣赏小花上树捉鸟的表演。大约初春的某天，我又一次发现小花的窝空了下来。这次我似乎不怎么在意，以为它不久就会回来的。可它又一次让我感到意外。一天一月一年，晾台的窝总空着，小花始终没有再出现。

我去北京出差，曾见到小花的旧主人。我对他们说起小花的轶事，大家听了无言。

母猫小花及其后代

母猫小花刚来的时候，我根本不打算收养它。老猫小白的叛逃与冷漠，公猫小花的失踪，都似乎使我受到某种说来可笑却相当深刻的伤害。也许人们保护自己的办法，最终还是尽可能保持生命的单纯，而一切进入人们生命之中并与之联结的其他生命，都将成为这个生命不堪承受的负担。只有单纯的生命是轻松的，我的确有些惧怕另一个新生命进入生活。只碍于送猫的朋友盛情，不便马上把这小猫送人。况且送人也不能乱送，先得弄清楚对方是否会真心善待小动物。

母猫小花那时实在太小了，小得让人见而生怜。它叫起来声音极清秀，像个文静的女孩儿。并且它在小白跟前不曾遭到半点排斥，立刻就被接纳了。由此可知它是只母猫。它的毛很长很长，由黑黄白三色杂成很好的图案。不知怎么一来，它也被唤作小花。那时，公猫小花已经失踪很久了。

比起老于世故显出狡黠的大猫们，母猫小花有一种无拘无束的稚气招人喜爱。它总是欢天喜地并孜孜不倦地运动着，逗得我们哈哈大笑，从而调节了我们疲惫、贫乏乃至百无聊赖的心境。好几天过去，适合于收养小花的人家还毫无线索。又几天过去，家里便没人再提起送走它的话头。最后母亲说，喂一只也是喂，喂两只也是喂。

母猫小花又被收留了。人类似乎永远不能避免的弱点之一就是明知故犯。像我，明知母猫小花一旦定居又将带来新的重负，明知业已备感沉重的生命需要的是减轻而不是增加负荷，仍旧收留了小花，如同眼睁睁地盯住一个陷阱，然后很理智并且很优雅地跳进去。由此可以略知现代人的某些诸如全面淡化人际关系以及淡漠人类情感的人生理论是多么高超。你想保护你自己吗？那就请你不要总是悲天悯人好了。

假如你抬脚就想踩死一群忙着搬家的蚂蚁，开车就想碾杀一条在路边歇晌的狗，也许已经具备了做现代人的资格。将这种气质发扬光大，你便可以闯荡世界了。你可以冷落父母，可以嫉恨手足，可以投靠昔日的对头，可以抛弃久恋的情人，可以编个圈套陷害义重如山的朋友——只要利益需要。现代人活得自在活得潇洒的秘诀，似乎就在于薄情寡义。

我还没有学会做一个现代人，也许曾经想学会做又还没有学到家，因此还残存着某种令现代人唾弃的慈悲。一想到这么小的一只猫可能流落街头，总是有些不忍。但坦白地说，我仅只是收留了母猫小花而已，我再也不会投入像对老猫小白甚至对公猫小花那么多精力了。所以关于母猫小花的成长，我已回想不起多少细节，也许我当时就有意识不去太多关注它，很懂得节约感情了。世事的风雨时时磨淡人们的感情，让它粗糙、坚硬、迟钝和浅薄。就算你还不具备做现代人的资格，也要识相些才是，不然跟不上时代步伐，到头来吃亏的还是你自己。我正变得世故起来。

我只是笼统地知道母猫小花很快长大了，出落成一只仪态万方的长毛大花猫，很被过了多年禁欲生活的老猫小白宠爱。于是,等到小花当真到了待字闺中的年岁,我们家的晾台上几乎每晚都要成为公猫们英勇厮杀的战场。老猫小白力战四面八方前来的情敌捍卫小花的贞操,表现出不屈不挠的气节。而小花则终因天生丽质,被追求者们追得无处安身以至于遍体鳞伤皮毛不整。后来小花的肚子大了,是不是小白的后代,不得而知。那时候,我已经脱离了专业作家的悠闲生活,为一家后来很著名的杂志当差。很多事要做很多问题要想,猫儿们的分量自然轻了许多。对于小花以及它的后代,常常无暇顾及。只是到了忙得太过火时,才将疲乏的眼睛从稿子上移开片刻,看看安卧巢中哺育三个幼仔的小花,同时对给小白抓跳蚤的清闲做一番回顾,向往安宁的心思油然而生。

小猫长大了,两白一黑一共三只。其中一只白的也是黄色尾巴,长得跟老猫小白一模一样。可黑的那只不知何处的种儿,地道土猫。给小猫找人家,又成了一件大事。到了这里我才明白,母猫小花带给我们的灾难远不止限于它自己。黑耳朵的小白猫总算找到了好主儿,送出去享福了。黑色小土猫因为丑陋根本无人问津。后来发生了老猫小白突然死亡的事件,使我对明显保留了它的印记的那只黄尾巴小白猫又一次动了感情。因为小白临死前的晚上,曾惊魂不定地跑回家来告辞,而我已经上了床不曾与它照面。第二天早上天没大亮,邻居就发现了死在路边的小白。丈夫挖了坑把它埋在窗前的花圃里。小白入土之前,我踌躇再三,终于走出去最后看了它一眼。突然对它抱有说不出的歉意,它胯下残留着捆绑而致的疤痕,此时变得特别刺眼。对小白所作补偿的体现,就是留下它的遗孤。于是我们家喂的猫,变成了三只。

我有时常常会不满上天赐给我们如此经久不衰的感情,

让它时时编织温暖诱人的网等着我们去投奔。一旦你不小心走入了感情之网,你会变得脆弱不堪全无主见而且智慧锐减,对人如此,对猫也是如此。就因为养了小白一场,我们家便永远无法与猫类绝缘了。居然在我们千里迢迢搬迁海南岛时,还千方百计将小白二世以及未曾送出去的黑猫带了来。这本身就是种不明智的举动。但有关感情的事情,很难用理智作出判断,什么时候你能够将感情看得一钱不值,纯粹用理智行事了,你也就成为地道的现代人了,也就不再为其他生命所累,彻底轻松了。

如今,我们一家三口人两只猫,与世无争地生活在海南岛某个清静也清白的去处,两只小公猫又成年了,很快又会出现当年小白的令人烦恼的问题。更深人静的夜晚,一听到楼下有其他猫们的动静,就难免又要费思忖。到底是将它们关在楼上施加保护,还是放它们下楼去寻求幸福,我又面临选择。听说海南素有吃猫的风俗,而这两只猫又的确很肥。

剩余的话

关于猫,我大体只能说这些了,关于人,似乎言犹未尽。人总是这么奇奇怪怪,一边喋喋不休抱怨做人的苦处,一边迢迢遥遥祈求下世轮回,害怕此生不久。就好比喂猫,喂着它嫌烦,送了它难舍。只好与它们磕磕绊绊纠纠缠缠一路走下去,不知到哪儿算一站。生为人类,是一种幸运也是一种不幸。事情就是这样。

(1998 年 3 月)

刘家猫园

◎席慕蓉

我们刘家猫园和暹罗猫结缘甚早。

最早的那一只在十几二十年前，名字叫做“爷爷猫”。当然，它一开始的名字只是“猫咪”而已，变成了“爷爷猫”是后来的事。

那时候家住在石门乡间，孩子们还很小很小，猫狗绝对不能进到屋子里面来，丈夫还是有办法在车房或者墙头收留一些流浪猫。有的很惹人怜爱，可是，有的实在是奇形怪状又品行不良，让我心里逐渐累积出一种对“纯种”与“优雅”的渴望来。

于是，去台北的时候，就有事没事都会故意经过信义路新生南路口那几间店面，看看有没有“绅士”或者“淑女”刚好在减价期间，因为，我一时也说不清楚，只能说，我们家教很严，太贵的猫是不能进入刘家猫园的。

有一天，我正在一间拥挤的店里对着一只灰蓝色的波斯猫发呆，忽然觉得有人从后面轻拍了几下我右边的肩膀，转过头来，发现和我打招呼的竟然不是人，而是一只暹罗猫。

它从堆叠在高处的笼子里伸出前爪来拍我，等我一转身，它的脚还伸在笼外，人(猫)就迫不及待地向我咪咪咪地欢叫了起来，我不能不明白它的意思：

“嗨！看看我罢！带我回你家好不好?”

当然好！

用这样热烈又积极的态度来向我要求的猫，我是第一次见到！真是受宠若惊。而且，它的价钱比波斯猫低了很多很多，刚好又符合我们刘家猫园的原则，于是，我们欢欢喜喜地领养了它。

到了石门之后，它老兄也不怕生，几乎可以说是“如鱼得水”。(写到这里，不禁会觉得中国文人从前爱猫的一定不多，怎么找不出什么文词可以形容。没有“如猫得鱼得鸟得蚱蜢……”之类的，或者“如猫爬树跳远贴地而卧……”的来形容它们的饱足之情呢?)

孩子小，再优雅的猫也不能进房间。它也安心地睡在车房里，一日三餐供应无缺之外，还可以偶尔在墙头在树下捕些野味，困了就躺在夏天阴凉、冬天温暖的地点睡大觉。

有一天，从比利时来了两位好友，他们看见这只大猫就在门前落叶堆积的阴沟里袒腹高卧，呼呼大睡，不禁说了我们几句：

“我妹妹家的暹罗猫像公主一样，一定要在沙发椅的丝绒垫子上才能睡得好，你们这只怎么这么可怜！睡在水沟里。”

可怜吗？我倒不以为然。说真的，我还有点羡慕它呢。正是秋高气爽，躺在堆得满满的干燥的落叶上晒着太阳，又有保障又有自由，退可守进可攻的，有什么不好?

这样的生活过久了，隐隐练出一种不同的风范来，又豪侠又有点江湖，因此而颇有人缘与猫缘。还曾经到台北去和心岱的美女猫结了一次婚，住了几天。后来发现这位大侠又有跳蚤又有寄生虫之后，就匆匆忙忙还给我们，幸好任务已经完成，也就就此告辞了。

有位兽医朋友告诉我们，暹罗猫是最爱跟人玩的，比较不怕生，因为它以为它自己是狗。

问题就出在这里，因为它太近人了，因此，每天站在车房门口迎送小朋友上下学的时候，就有过两次被人抱走的记录。第一次是在失踪了几天之后，自己逃跑回来，脖子上还绑着红色的塑胶绳子；第二次是刚好被我看见，一出声呼叫，那个孩子赶快从怀中松手，红着脸跑了。

第三次被抱走之后，就再也没回来过。

孩子们非常伤心，放学以后就联合同学到后山山坡上，往每一家的门缝和墙头上望进去，一边还咪咪咪地叫着，希望能把它找回来，不过，这次是再也没那么好的运气了。

眼看着孩子那么伤心，我只好想点办法，打电话给心岱，她说：

"我们这里有你们那只猫咪的孙子，要不要抱一只回去？"

于是，"孙子猫"进了门之后，原来的大侠"猫咪"只好改名叫"爷爷猫"了。

孙子猫体型比较娇小，和它的爷爷惟一相像的地方就是爱去兜风。

开始的时候是坐在我们脚踏车前座的篮子里，任由我们在大街小巷里穿行，让风把颈部耳后的细毛吹得蓬蓬松松的，它的双眼细眯，嘴角带笑，乐此不疲。

后来也不知道是哪一天，我从新竹回来，乳黄色的福特车刚开进巷口，它就跳了上来，就坐在车子正前方的引擎盖上，好像是要我带它去兜风的样子。我半信半疑地用最低速在我们家附近的巷子里转一转，这位老兄竟然一直保持着相同的姿势跟着我绕了一圈！

从此以后，这就变成了我回家时的仪式。永远不知道它在哪里等着我，但是，只要车子一减速进了巷口，就会有个小飞侠跳到我的车盖上来，有时候看我停住不动，还会回头来瞄我一眼，那意思是说：

"嗨！怎么不开车呢？"

写到这里，我必须要向读者郑重声明，以上所述是句句实言，绝非虚构。到现在还有石门的老邻居遇到我们的时候，还会说起那只爱坐在汽车前盖上兜风的小猫，曾经给过他们多么深刻而又快乐的印象。

可惜的是，它的命运也和它爷爷的命运一样，被人抱走了以后，从此没再回来。

为了安慰孩子，我说抱它走的人一定也会像我们一样爱它，所以，小飞侠应该会很幸福的，我们就不要再惦念它了。

可是，有谁知道我心里有多想念它呢？这只乖巧灵慧的小猫，曾经陪伴我过了多少次美丽的夏夜，我们共乘一辆脚踏车，曾经看过多少次满满的月光，闻过多少户人家庭园里的栀子或者茉莉的花香，我实在是非常非常地想念它啊！

因此，有好长一段时间，我们都不再提养猫的事。等到孩子长大了，搬到台北，大楼公寓里狭隘的空间，更不可能养猫了，刘家猫园于是关门歇业，悄无声息。

一直到有一天，我从新竹下课回家，忽然发现应该早就放学的凯儿并没在他的房间里。走到楼下，却看见背着大书包的他正在街边百无聊赖地看电影广告。我过去问他为什么不回家，小学五年级的孩子是这样回答我的：

"我觉得这个家像旅馆一样，早回去也没什么意思，你们也不在。”

我心里真的是很难过也很害怕,什么时候一个家竟然变成这样无趣了?这实实在在是我们为人父母的疏忽啊!

有什么可爱有趣有生命有回应的东西能够吸引我的小男孩重新回到家里面来呢?

好罢!再去买猫来养罢!

那个暑假慈儿刚考上高中,我就叫她带着弟弟去信义路选猫,我说要买,这次就买两只,最好是一对姊妹或者兄弟,这样没人在家的时候,小猫也不会寂寞,而有人在家的时候,你们姊弟一人抱一只,也免得吵架。

他们欢欢喜喜地抱了两只姊妹回来,又是暹罗猫。刚回家时几乎分不出谁是谁,只好用项圈的颜色来分辨,于是,戴红项圈的那只叫做“红红”,戴黑项圈的那只就叫做“黑黑”。

这两只猫终于睡到沙发上来了,而我的两个孩子就是走在路上也会想念它们。从此,一放学回到家,有人给猫咪换水,有人给猫咪玩球,还有小朋友跟着回来“参观游览”,这两只小姐妹猫也使尽浑身解数,把众人都哄得心里酥酥麻麻的,于是,刘家猫园重新开张,光彩更甚从前,更多的精彩节目不断上演。

欲知详情如何,请听下回分解。请让在下就此打住,我要喂猫去了。

(2001 年 4 月)

我的街猫朋友——最好的时光

◎朱天心

那时候,大部分人们还在汲汲忙碌于衣食饱暖的低限生活,怎的就比较了解其他生灵的也挣扎于生存线的苦处,遂大方慷慨地留一口饭、留一条路给它们,于是乎,家家无论住哪样的房(当然大都是平房),都有生灵来去。

那时候,土地尚未被当商品炒作,有大量的闲置空间,荒草地、空屋废墟、郊区的更就是村旁一座有零星坟墓和菜地的无名丘陵……对小孩来说,够了,太够了,因为那时没太多电视可看,电视台像很多餐馆一样要午休的,直至六点才又营业,并考虑在小孩等饭吃时播半小时的卡通,于是小孩大部分课余时间都游荡在外,戏耍、合作、竞争、战斗……习得与各种人族相处的技能,他们又且没有任何百科全书植物图鉴可查看,但总也就认得了几种切身的植物,能吃、不可吃、什么季节可摘花采种偷果、不开花的野草却更值采撷,因它那辛烈鲜香如此独一无二,终至人生临终的最后那一刻才最迟离开脑皮层。

是故他在树上或草里发现或抓来的一枚虫,可把它看得透透记得牢牢,以便日后终有机会知道它是啥。

那时候也鲜有绒毛玩具,于是便对母亲买来养大要下蛋用的小绒鸡生出深深的情感,自己担起母亲的责任日夜守护,唯恐无血无泪并老说话不算数的大人会翻脸在你上学期间宰杀了它们。

那时离渔猎时代似乎较近，钓鱼捕鸟是极平常的事，你们以简陋的工具当做万物中你们独缺的爪翼，与你们欲狩猎的对象平等竞逐，往往物伤己也伤，你眼睁睁见生灵的搏命挣扎、并清楚知道那生命那一口气离开的意思，是故轻易就远离血腥戏虐，终身不在其中得到乐趣。

因此你们都不虐待恶戏那流浪至村口的小黑狗，你们为它偷偷搭盖小窝，那蓝图是不久前圣诞卡上常出现耶稣降生的马槽。焉知小黑狗才不安分待窝里，总这里那里跟脚，跟你上学，跟你去同学家做功课，最终跟你回家，成了你家第三或四只狗。

那时奇怪并没有流浪动物的名称或概念，是故没有必须处理的问题。每一个村口或巷弄口总有那么一只徘徊不去的狗儿，就有人家把吃剩的饭菜拌拌叫小孩拿出去喂它，小孩看着路灯下那狗大口吃着，便日渐有一种自己于其他族类生灵是有责任有成就之慨。

那时候，谁家老屋顶发现一窝断奶独立但仍四下出来哭啼啼寻母的小仔猫，便同伴好友一家分一只去，大人通常忙于生计冷眼看着不怎么帮忙，奇怪小猫也都轻易养得活，猫兄妹的主人因此也结成人兄妹，常你家我家互相探望猫儿，终至一天决定仿效那电视剧里的情节促成它们兄弟姊妹大团圆的把大猫们皆带去某家，那曾共咂一奶的猫咪们互相并不相认的冷淡好叫你们失望哪，但你们也因此隐隐习得不以人一厢情愿的情感模式去理解其他生灵。

那时候，人族自己都还徘徊在各种绝育或节育的关口，因此不思为猫们绝育，于是春天时，便听那猫们在屋顶月下大唱情歌或与情敌斗殴，人们总习以为常翻身继续睡，因为墙薄，不也常听到隔邻人族做同样的事发同样的声响或婴儿夜啼这些个生生不息之事吗？

那时候，友伴动物的存在尚未有商业游戏的介入，人们不识品种，混种，就如同身边万物万事，是最自然的存在，你喜欢同伴家中的一只猫，便追本溯源寻觅到它妈妈人家，便讨好那家的大人或小孩，必要他们答应你在下一次的生养时留一只仔仔给你。你等待着，几个月，大半年，乃至猫妈妈大肚子时，你日日探望……这样等待一个生命降临的经验，只有你盛年以后等待你儿你女的出生有过，所以怎会不善待它呢？

因此那时候最幸福的事是，家中的那只女孩儿猫怎么就大着肚子回来了，因为屋内屋外猫口不多，你们丝毫不须忧虑生养众多的问题，你们像办一桩家庭成员的喜事一样期待着，每日目睹它身形变化，见它懒洋洋墙头晒太阳，它有点不幼稚了，眯觑眼不回应你与它过往的戏耍小把戏，它腹中藏着小猫和秘密都不告诉你，那是你唯一有怅惘之感的时候。终至它肚子真是不得了的大的那一天，爸爸妈妈为它布置了铺满旧衣服的纸箱在你床底，你守岁似的流连不睡，倒悬着头不愿错过床下的任何动静。

然后，永远让你感到神奇的事发生了。

那猫妈妈收起这一向的懒散，片刻不停的收拾照护一只只未开眼小圆头圆耳的小家伙，妈妈(你的)为它加菜进补得奶帮子果实一样，小猫们两爪边吮边推挤着温暖丰硕的胸怀，是至今你觉得人间至福的画面，你由衷夸奖它："哇，真是个好棒的妈妈！"

然后是小猫们开眼、耳朵见风变尖了，它们通常四只，花色、个性打娘胎就不同，你们以此慎重为它们命名，那名字所代表的一个个生命故事也都自然的镌刻进家族记忆中，好比要回忆小舅舅到底是哪一年去英国念书的，唔，就乐乐生的那年夏天啦！生命长河中于是都有了航标。

因此，你们可以完整目睹并参与一只只猫科幼兽的成长，例如它们终日不歇的以戏耍锻炼狩猎技艺，那认真的气概真叫你惊服。与后半生捡拾的孤儿猫不同，你日日看着猫妈妈聪明冷静尽职的把整个祖祖宗宗们赖以生存的技能一丝不打折的传授给仔猫们，乃至你们偶尔的求情通融（好比它将仔猫们都叼上树桠或墙头要它们练习下地，有那最胆小瘦弱你们最心疼的那只独在原处喵哭不敢下来，你们自惭妇人之仁的搬了椅子解救它下来）完全无效，那妈妈，以豹子的眼睛看你一眼，返身走人。

那时候，人们以为家中有猫狗成员是再自然不过的，就如同地球上有其他的生灵成员的理所当然，因此人族常有机会与猫族狗族平行或互为好友的共处一时空，目睹比自己生命短暂的族裔出生、成长、兴盛、衰颓、消逝……提前经历一场微形的生命历程（那时，天宽、地阔，你们总找得到地方为一只狗狗、猫咪当安歇之处，你们以野花为棺、树枝为碑，几场大雨后，不复辨识，它们既化作尘土、也埋于你记忆的深处，毋须后来的政客们规定你爱这土地，你比谁都早的爱那深深埋藏你宝贝记忆的土地）。

种种，奇怪那时候猫儿狗儿们也没因此数量暴增，是营养没好到让它们可以一年二甚至三胎吗？又或它们在各自的生存角落经历着它们的艰险就如同它们历代的历代祖先们？它们默默的渡不过天灾(寒流、台风)、渡不过天敌(狗、鹰鹫、蛇)、渡不过大自然妈妈、唯独没有(此中我唯一也最在意的)人的横生险阻、人的不许它们生存甚至仅仅出现在眼角。

我要说的是,为什么在一个相对贫穷困乏的时代,我们比较能与无主的友伴动物共存,反倒富裕了、或自以为“文明”“进步”了,大多数人反倒丧失耐心和宽容,觉得必须以祛除祸害脏乱的心态赶尽杀绝?这种“富裕”“进步”有什么意思呢?我们不仅未能从中得到任何解放、让我们自信慷慨,慷慨对他人、慷慨对其他生灵,反而疑神疑鬼对非我族类更悭吝、更凶恶,成了所有生灵的最大天敌而洋洋不自觉。

曾经,我目睹过人的不因物质匮乏而雍容悠游自在自得不计较不小器,我不愿相信这与富裕是不相容的。眼下我能想到的具体例子是京都哲学之道的猫聚落(尤以近“若王子寺”处),那些猫咪多年来始终不超过十只,是有爱动物的居民持续照护的街猫而非偶出来游荡的家猫(观察它们与行人的互动和警觉度可知),它们也观察着过往行人,不随意亲近也不惊恐,周围环境的气氛是友善的,没有樱花可赏的其他季节,哲学之道也没冷清过,整条一公里多的临人工水圳的散步道,愈开愈多以猫为主题的手工艺品小物店和咖啡馆,显然,居民们不仅未把这些街猫视作待清除的垃圾,反而看作观光资源和社区的共同资产。

这其实是台湾目前某些动保团体如“台湾认养地图”在努力的方向,走过默默辛苦重任独挑的猫中途、TNR之后(或该说之外,因这些工作难有完全止歇的一天),欲以影像、文字(如今年内我、朱天文、LEAF、骆以军的系列猫书)、草根的社区沟通(如其实我一直很害怕的里民大会)……营造的猫文化，让喜欢和不喜欢的人都能习惯那出现在你生活眼角的街猫、就与每天所见的太阳、四时的花、季节的鸟一般寻常，或都是大自然最令人心动爱悦或最理所当然的构成。

（早于一九八七年，欧洲议会已通过法案，“人有尊重一切生灵之义务”现为欧盟一二五号条约。）

我不相信我们的努力毫无意义。

我不相信，最好的时光，只能存在于过去和回忆中。

我的街猫邻居·乌鸦鸦

◎朱天文

朱天心带头写了第一本街猫故事,《我的街猫朋友》。我接续写,叫《我的街猫邻居》。从朋友到邻居,既呈现我们各自星座的图像,也符合街猫TNR的发展进程。TNR,苦口婆心再念咒一次,捕捉(Trap)、结扎(Neuter)、放回原居地(Return)。

水系星座加上一片火系的天心,她像"行行且游猎"时代人的写意和远志,朋友遍天下。我不是。我是土系再加两个土加四个水系,三比四的配方,一滩烂泥巴,然后一个风系有时来吹干一下。

既然宅,也有宅的做法跟宏图。

先说个数字。

二〇〇六年KT的"台湾认养地图"开始把街猫TNR引进台湾,台北市政府找寻了两个里作为试办。次年再择五个示范里,我住的兴昌里是其一。又次年,市政府通过此案预算,三十九个里参加而我们都领到了盖有官印的志工证。今年是实施第三年,已有一百零九个里加入,占台北市里数的四分之一。看看,从两个里到一百零九个里!

因此我决定把这本街猫故事,像卫星定位搜寻那样,从巨观一直框缩到微观,锁定目标物后将之放大到最大并予以分割之后把小块再放大。这么做,因为第一,每一小块放大的细节可供观察差异，故而就留下几件独一无二无可取代的个案也未可知。

再来，TNR最难的部分，所有志工都知道，是R，放回原居地以后永续的存在该如何？我们兴昌里做TNR已三年，就算田野调查，也够资格了。当初“台湾认养地图”引进TNR，这会儿又比较往前跑些些，结扎放回的街猫，现在喊出了期许是，街猫好邻居。

从朋友到邻居，这意味着，游猎走过的空旷地，宅人将蹲点下来，一株一株种起了粮草。不厌繁琐，泥于工笔。街猫从朋友演变为邻居，犹如远古人类进入了农耕时代。

乌鸦鸦

是这样的，台北兴昌里，“林荫大道”社区，有一处秘境。

时当立夏，待到天黑要过了六点半，我准备好提袋出门，疾走闪人为甩开必定跟脚的小翼——应该叫大翼，它是大如一只小型狗的橘猫。甩开了小翼，我即穿越马路到对面社区的砖道上。但常常甩不开的时候，马路如虎口千万不能让猫跟，我便一个左转不见人，佯做要出远门赶不上车了沿马路趴哒趴哒跑远去地跑给小翼听，如此它就不跟了而老实留在原地，采取人面狮身的踞坐法打定主意天长地久地等，等我返家从罐头挖一匙鱼给它。佯跑的我，这才穿越马路，砖道上折回，推开社区的铸花铁栅栏门，摔上门锵响再配合脚步声走过茂藤覆盖的柱廊，不待转出，已听见乌鸦鸦嘹亮若一颗陨石划亮长空的对我呼叫。

乌鸦鸦，以其幼时片刻不能离母的大哭大叫而得名。

它的母亲唤“第五只”，与其它四只，呃，基本上都是白毛猫以脊椎为中轴线，背上有小黄块或小黄斑呈互生或对生，或连绵成较大的一片黄，因此一窝两兄弟就有黄多多、白多多之辨名。它们五只原来住在“敦南第一景”社区（见天心写的《兴昌亚种》），经我们摩西率众渡红海的，终于横越过大马路全数迁移到对面“林荫大道”社区外围。迁移不久，石砌围墙上忽然多出一只拳头大小白猫，黏在第五只身后很像惊叹号下面的那一点。它啥事不做，只在第五只跳下围墙跑到砖道边停车底下吃我们放的猫食时，号啕大哭，令第五只二话不说立刻飞奔回去，恢复它们母子俩呈惊叹号状的组合。

当我转出茂藤柱廊，通常，乌鸦鸦已等在第二段台阶上，那是它疆土的边界。我们像滥情电影里互相跑向对方的失散恋人，乌鸦鸦勇敢越过边界跑下来，我两阶并一阶迎上去并哑子哑子（鸦子）应答着它的一声声呼叫。就在我们互相可触及对方时，它永远一扭身跑掉，毕竟，边界之外非它统辖的疆土，充满了无法掌控的变数。然而它对这个不让我触及的失礼的补偿，有时是一溜烟又站回边界上，倒地打起滚来。有时则斜刺钻入一丛丛种着杜鹃、马缨丹、鹅掌木的花坛，若隐若现与我并肩相偕走上阶，一路咕噜噜、咿咿哇地说个不停。

踏进疆土，它好热情迎宾，使我寸步难行频频要摔跤。它一阶一阶的挨蹭，一倚一斜一坦腹，每让我几乎触及它时却一弹而起，袅袅地在前边在侧边，袅袅地上上下下一倾身做路倒状。直到平台羊蹄甲树下，有石座和石墙形成隐蔽一角，那是吃饭的地方，它才静伏于地让人抚拍。我取出压克力盘，从illy咖啡罐倒一撮猫饼干，从猫罐头挖两匙鱼浮在上面，乌鸦鸦贴揉着人的周身和脚间甜蜜游梭让我宛在水中央。它吃食时，我把藏在石座后面的小水罐换了干净水，然后去下一个喂食点，那里是每每相依相偎出现的第五只，和跟它一起渡红海过来的手足六灰灰。

乌鸦鸦两段台阶的迎宾舞，完全可以匹敌我小时候全年级师生走路去戏院看电影《西施》里的响蹀廊之舞。多年后成为舞蹈家的江青饰演西施，她一层层蹁跹直上摘星楼，踩踏出像无数支风铃在风中给吹荡开来的声音，据称是响蹀廊的特殊构造，专为西施起舞摘星而建。但眼前这个高楼电梯公寓社区，楼中楼那种高高低低的阶道，在开放空间和绿地之间曲折。我走完一圈喂食点回来收乌鸦鸦的食盘，老远看见它在两排羊蹄甲拱成隧洞的树下端坐洗脸，真像月中兔，满足地洗完脸，一纵身跃入隧洞黑处不见了。

春末羊蹄甲满树姹紫的花落尽，想必乌鸦鸦在何方晒得暖暖睡过头了没出现。我在树下朝远方黑地喊，果然，似京戏青衣在台幕背后先长长一哦之后才登场，乌鸦鸦悠转醒来的声音好飘渺，我凝神谛听，它穿过它的疆土像夜色一样向我走近。不久它从黑地出现，树灯墙灯和阶灯的荧荧照明中，乌鸦鸦好惺忪，四脚一步地，一怔一怔步下台阶走过来。即便夜色浓郁，也感觉到落满台阶的羊蹄甲花，姹紫如血，紫得惊心动魄。

以上，是乌鸦鸦的栖息地。

此栖息地只对看得见它的人才开放。它像宫崎骏的动画片《龙猫》，只有小孩子清澈无障的眼睛看得见，大人并看不见。

“神隐”的栖息地，神隐在这个标准中产阶级社区里。除非有通关密语，譬如像庙里摇签筒那样摇响猫饼干罐，否则，栖息地是简直不存在的。

我曾经白昼疾行过羊蹄甲树荫，台阶尽头通往一个兼可投篮球的网球场，至对角线那头杂树坡放生一只侥幸完好的麻雀，光天化日下，一切一览无遗，花草树木都在管理监控中，不例外此社区亦四布监视器，可这会儿，半点猫踪也没有。那个每天天黑以后对我启开的秘境，此刻无菌室般空白着。

为了保护这块栖息地永续存在，志工们得尽力做好一切中产阶级在乎的事。我每天给水罐换水，不使生苔生孑孓，尤其登革热病例在媒体上惊耸期间。我使用食盘，因为饼干渣渣聚拢来蚂蚁们在那儿勤奋搬运会引起住户的侧目。我藏好水罐，撕掉艳丽表纸让裸罐的矿灰色溶入环境成为掩护。我隐匿形迹，暑假喂食则调到七点半天黑后亦避开一群汗气奔腾打完球的青少年嬉笑经过。我们做 TNR，剪了左耳耳尖的乌鸦鸦，表示它是一只绝育公猫，植有晶片在档案里有记录因此它是纳入管理的！

唉管理，管理，我们人类管理这个地球也数千年了不是吗。

翻看市政府发的宣导小册子，其实是像手风琴那样折叠成册但拉开只是正反面都印了图字的一幅单张。小册子努力让自己显得可爱又易懂，一只卡通猫似犬似牛，担着流浪的包袱喷出一口漫画里说话时的圆圈说："亲爱的邻居：请您接纳绝育、安静、清洁的猫咪住在你们充满爱心的社区。衷心感谢的街猫留，喵。"

小册子以绿色大地渐层变色成有城市天际线、有月亮和星星的蓝色天空为衬底，宣导图文就印在那上头。我看着一只猫剪影四脚站在城市高楼顶，对着山寨版“Kiki & Lala”那种宝蓝星月的天空喷出一个圆圈说：“我绝育了，我不再制造小猫。”

我的眼泪掉下来。

城市的弃儿

◎陈染

不知不觉天暖了起来。仿佛是柔和晴朗的细风忽然之间把全身的血脉吹拂开来。我是在傍晚的斜阳之下，一低头，猛然间发现胳臂上众多的蓝色的血管，如同一条条欢畅的小河，清晰地凸起，蜿蜒在皮肤上。

夏天的傍晚总是令我惬意，在屋里关闭了一整天的我，每每这个时辰会悠闲地走到布满绿荫的街道上。我一会儿望望涌动的车流，一会儿又望望归家心切的人们在货摊上的讨价还价。我的脚步在夕阳照耀下瞬息万变的光影中漫无目的地移动。

一只猫忽然挡住了我的去路。这是一只骨瘦如柴的流浪猫，它扬起脏脏的小脸用力冲我叫。我站住，环顾四周，发现这里有个小自行车铺，过来往去的人们司空见惯地从它身旁走过，没人驻足。而这只猫似乎从众多的人流里单单抓住了我，冲我乞求地叫个不停。

我觉得它一定是渴了，在要水喝。于是，我在路边的冷饮店给它买了一瓶矿泉水，又颇费周折地寻来一只盒子当容器，给它倒了一盒水。猫咪俯身轻描淡写地喝了几口水，又抬起头冲着我叫。我又想它可能是饿了，就飞快跑到马路对面一家小食品店买来肉肠(那里没有猫粮),用手掰碎放在盒子里,它埋头吃着,吃得如同一只小推土机,风卷残云。我在一旁静静地看着它,直到它吃饱了,我才站起身。然后,对它说了几句告别的话,转身欲离开。可是,它立刻跟上来,依然冲着我叫。

一个遛狗的妇女牵着她家的爱犬绕着猫咪走开了,那只狗狗皮毛光洁闪亮,神态倨傲,胖胖的腰身幸福地扭动。

我再一次俯下身,心疼地看着这只又脏又瘦干柴一般的猫咪。我知道,它对我最后的乞求是:要我带它回家!

可是……

我狠了狠心,转身走开了。它跟了我几步,坚持着表达它的愿望,我只得加快脚步。终于,猫咪失望地看着我的背影,慢慢停止了叫声。直到另一个路人在它身边停下脚步,猫咪又扬起它脏脏的小脸开始了新一轮乞求的叫声。

我走出去很远,回过头来看它,心里说不出的滋味……对不起,猫咪!我无法带你回家!

天色慢慢黯淡下来,远处的楼群已有零星的灯光爬上人家的窗户,更远处的天空居然浮现了多日不见的云朵。晚风依旧和煦舒朗,小路两旁浓郁的绿叶依旧摇荡出平静的刷刷声。可是,这声音在我听来仿佛一声声叹息和啜泣,我出门时的好心情已经荡然无存,湮没在一种莫名的沉重当中。情绪失落、忧心忡忡地走回家。

第二天黄昏时候,我又鬼使神差来到自行车铺一带。

我先是远远地看见车铺外边的几辆自行车车缝间的水泥地上丢着一块脏抹布,待走到近处,才看清那块抹布就是昨天的猫咪，它酣酣地睡在不洁净的洋灰地上，身子蜷成一团，瘪瘪的小肚皮一起一伏的。它身边不远处，有几根干干的带鱼刺在地上丢着。

我心里忽然又是欣慰，又是发堵。想起我家的爱犬三三，经常吃得小肚子溜圆，舒展地睡在干净柔软的垫子上，我不得不经常给它乳酶生吃，帮助它消化。

这个世界别说是人，就是动物也无法公平啊！

我没有叫醒猫咪。厚着脸皮上前与车铺的小老板搭讪，也忘记了应该先夸赞他家的自行车，就直奔主题说起这只猫咪。小老板看上去挺善良，热情地与我搭话。他说，每天都给它剩饭剩菜吃，不然早就饿死了。说这只猫已经在这一带很长时间了。我诚恳地谢了他，并请他每天一定给猫咪一些水喝，我说我会经常送一些猫粮过来。我们互相说了谢谢之后，我便赶快逃开了。

街上依旧车水马龙、人流如梭。猫咪就在路旁鼎沸的噪声中沉沉酣睡，热风吹拂着它身上干枯的灰毛毛，如同一块舞动的脏抹布，又仿佛是一撮灰土，瞬息之间就会随风飘散，无影无踪，被这个城市遗忘得一干二净。

我不想等它醒来，让它再一次看着我无能地丢下它落荒而逃。

流浪猫已经成为众多城市的景观。负责环保的官员们，请求你们在忙碌大事情的间隙，倾听一下从城市的地角夹缝间升起的一缕缕微弱然而凄凉的叫声。

一个诗人

◎徐志摩

我的猫，她是美丽与壮健的化身，今夜坐对着新生的发珠光的炉火，似乎在讶异这温暖的来处的神奇。我想她是倦了的，但她还不舍得就此窝下去闭上眼睡，真可爱是这一旺的红艳。她蹲在她的后腿上，两只前腿静穆地站着，像是古希腊庙楹前的石柱，微昂着头，露出一片纯白的胸膛，像是西比利亚的雪野。她有时也低头去舐她的毛片，她那小红舌灵动得如同一剪火焰。但过了好多时她还是壮直地坐望着火。我不知道她在想些什么，但我想她，这时候至少，决不在想她早上的一碟奶，或是暗房里的耗子，也决不会想到屋顶上去作浪漫的巡游，因为春时已经不在。我敢说，我不迟疑地替她说，她是在全神地看，在欣赏，在惊奇这室内新来的奇妙——火的光在她的眼里闪动，热在她的身上流布，如同一个诗人在静观一个秋林的晚照。我的猫，这一晌至少，是一个诗人，一个纯粹的诗人。

（1930 年 6 月）

父亲的玳瑁

◎鲁彦

在墙脚跟刷然溜过的那黑猫的影,又触动了我对于父亲的玳瑁的怀念。

净洁的白毛的中间,夹杂些淡黄的云霞似的柔毛,恰如透明的妇人的玳瑁首饰的那种猫儿,是被称为“玳瑁猫”的。我们家里的猫儿正是那一类,父亲就给了它“玳瑁”这个名字。

在近来的这一匹玳瑁之前,我们还曾有过另外的一匹。它有着同样的颜色,得到了同样的名字,同是从我姊姊家里带来,一样地为我们所爱。

但那是我不幸的妹妹的玳瑁,它曾经和她盘桓了十二年的岁月。

而现在的这一匹,是属于父亲的。

它什么时候来到我们家里,我不很清楚,据说大约已有三年光景了。父亲给我的信,从来不曾提过它。在他的理智中,仿佛以为玳瑁毕竟是一匹小小的兽,比不上任何的家事,足以通知我似的。

但当我去年回到家里的时候,我看到了父亲和玳瑁的感情了。

每当厨房的碗筷一搬动,父亲在后房餐桌边坐下的时候,玳瑁便在门外“咪咪”地叫了起来。这叫声是只有两三声,从不多叫的。它仿佛在问父亲,可不可以进来似的。

于是父亲就说了,完全像对什么人说话一样:

“玳瑁,这里来!”

我初到的几天,家里突然增多了四个人,在玳瑁似乎感觉到热闹与生疏的恐惧,常不肯即刻进来。

“来吧,玳瑁!”父亲望着门外,不见它进来,又说了。

但是玳瑁只回答了两声“咪咪”仍在门外徘徊着。

“小孩一样,看见生疏的人,就怕进来了。”父亲笑着对我们说。

但是过了一会,玳瑁在大家的不注意中,已经跃上了父亲的膝上。

“哪,在这里了。”父亲说。

我们弯过头去看,它伏在父亲的膝上,睁着略带惧怯的眼望着我们,仿佛预备逃遁似的。

父亲立刻理会它的感觉,用手抚摩着它的颈背,说:“困吧,玳瑁。”一面他又转过来对我们说:“不要多看它,它像姑娘一样的呢。”

我们吃着饭,玳瑁从不跳到桌上来,只是静静地伏在父亲的膝上。有时鱼腥的气息引诱了它,它便偶尔伸出半个头来望了一望,又立刻缩了回去。它的脚不肯触着桌。这是它的规矩,父亲告诉我们说,向来是这样的。

父亲吃完饭,站起来的时候,玳瑁便先走出门外去。它知道父亲要到厨房里去给它预备饭了。那是真的。父亲从来不曾忘记过,他自己一吃完饭,便去添饭给玳瑁的。玳瑁的饭每次都有鱼或鱼汤拌着。父亲自己这几年来对于鱼的滋味据说有点厌,但即使自己不吃,他总是每次上街去,给玳瑁带了一些鱼来，而且给它储存着的。

白天，玳瑁常在储藏东西的楼上，不常到楼下的房子里来。但每当父亲有什么事情将要出去的时候，玳瑁像是在楼上看着的样子，便溜到父亲的身边，绕着父亲的脚转了几下，一直跟父亲到门边。父亲回来的时候，它又像是在什么地方远远望着，静静地倾听着的样子，待父亲一跨进门限，它又在父亲的脚边了。它并不时时刻刻跟着父亲，但父亲的一举一动，父亲的进出，它似乎时刻在那里留心着。

晚上，玳瑁睡在父亲的脚后的被上，陪伴着父亲。

我们回家后，父亲换了一个寝室。他现在睡到弄堂门外一间从来没有人去的房子里了。

玳瑁有两夜没有找到父亲，只在原地方走着，叫着。它第一夜跳到父亲的床上，发现睡着的是我们，便立刻跳了出去。

正是很冷的天气。父亲记念着玳瑁夜里受冷，说它恐怕不会想到他会搬到那样冷落的地方去的。而且晚上弄堂门又关得很早。

但是第三天的夜里，父亲一觉醒来，玳瑁已在床上睡着了，静静的，"咕咕"念着猫经。

半个月后，玳瑁对我也渐渐熟了。它不复躲避我。当它在父亲身边的时候，我伸出手去，轻轻抚摩着它的颈背。它伏着不动。然而它从不自己走近我。我叫它，它仍不来。就是母亲，她是永久和父亲在一起的，它也不肯走近她。父亲呢，只要叫一声"玳瑁"，甚至咳嗽一声，它便不晓得从什么地方溜出来了，而且绕着父亲的脚。

有两次玳瑁到邻居去游走，忘记了吃饭。我们大家叫着"玳瑁玳瑁"，东西寻找着，不见它回来。父亲却猜到它那里去了。他拿着玳瑁的饭碗走出门外，用筷子敲着，只喊了两声“玳瑁”，玳瑁便从很远的邻屋上走来了。

“你的声音像格外不同似的，”母亲对父亲说，“只消叫两声，又不大，它便老远的听见了。”

“是哪，它只听我管的哩。”

对于寂寞地度着残年的老人，玳瑁所给与的是儿子和孙子的安慰，我觉得。

六月四日的早晨，我带着战栗的心重到家里，父亲只躺在床上远远地望了我一下，便疲倦地合上了眼皮。我悲苦地牵着他的手在我的面上抚摩。他的手已经有点生硬，不复像往日柔和地抚摩玳瑁的颈背那么自然。据说在头一天的下午，玳瑁曾经跳上他的身边，悲鸣着，父亲还很自然地抚摩着它亲密地叫着“玳瑁”。而我呢，已经迟了。

从这一天起，玳瑁便不再走进父亲的以及和父亲相连的我们的房子。我们有好几天没有看见玳瑁的影子。我代替了父亲的工作，给玳瑁在厨房里备好鱼拌的饭，敲着碗，叫着“玳瑁”。玳瑁没有回答，也不出来。母亲说，这几天家里人多，闹得很，它该是躲在楼上怕出来的。于是我把饭碗一直送到楼上。然而玳瑁仍没有影子。过了一天，碗里的饭照样地摆在楼上，只饭粒干瘪了一些。

玳瑁正怀着孕，需要好的滋养。一想到这，大家更其焦虑了。

第五天早晨，母亲才发现给玳瑁在厨房预备着的另一只饭碗里的饭略略少了一些。大约它在没有人的夜里走进了厨房。它应该是非常饥饿了。然而仍像吃不下的样子。

一星期后，家里的戚友渐渐少了。玳瑁仍不大肯露面。

无论谁叫它，都不答应，偶然在楼梯上溜过的后影，显得憔悴而且瘦削，连那怀着孕的肚子也好像小了一些似的。

一天一天家里愈加冷静了。满屋里主宰着静默的悲哀。一到晚上，人还没有睡，老鼠便吱吱叫着活动起来，甚至我们房间的楼上也在叫着跑着。玳瑁是最会捕鼠的。当去年我们回家的时候，即使它跟着父亲睡在远一点的地方，我们的房间里从没有听见过老鼠的声音，但现在玳瑁就睡在隔壁的楼上，也不过问了。我们毫不埋怨它。我们知道它所以这样的原因。

可怜的玳瑁。它不能再听到那熟识的亲密的声音，不能再得到那慈爱的抚摩，它是在怎样的悲伤呵！

三星期后，我们全家要离开故乡。大家预先就在商量，怎样把玳瑁带出来。但是离开预定的日子前一星期，玳瑁生了小孩了。我们看见它的肚子松瘪着。

怎样可以把它带出来呢？

然而为了玳瑁，我们还是不能不带它出来。我们家里的门将要全锁上。邻居们不会像我们似的爱它，而且大家全吃着素菜，不会舍得买鱼饲它。单看玳瑁的脾气，连对于母亲也是冷淡淡的，决不会喜欢别的邻居。

我们还是决定带它一道来上海。

它生了几个小孩，什么样子，放在哪里，我们虽然极想知道，却不敢去惊动玳瑁。我们预定在饲玳瑁的时候，先捉到它，然后再寻觅它的小孩。因为这几天来，玳瑁在吃饭的时候，已经不大避人，捉到它应该是容易的。

但是两天后，我们十几岁的外甥遏抑不住他的热情了。不知怎样，玳瑁的孩子们所在的地方先被他很容易地发现了。

它们原来就在楼梯门口，一只半掩着的糠箱里。玳瑁和它的小孩们就住在这里，是谁也想不到的。外甥很喜欢，叫大家去看。玳瑁已经溜得远远的在惧怯地望着。

我们想，既然玳瑁已经知道我们发觉了它的小孩的住所，不如便先把它的小孩看守起来，因为这样，也可以引诱玳瑁的来到，否则它会把小孩衔到更没有人晓得的地方去的。

于是我们便做了一个更安适的窝，给它的小孩们，携进了以前父亲的寝室，而且就在父亲的床边。

那里是四个小孩，白的，黑的，黄的，玳瑁的，都还没有睁开眼睛。贴着压着，钻做一团，肥圆的。捉到它们的时候，偶然发出微弱的老鼠似的吱吱的鸣声。

"生了几只呀？"母亲问道。

"四只。"

"嗨！四只！怪不得！扛了你父亲的棺材，不要再扛我的呢！"母亲叹息着，不快活地说。

大家听着这话，愣住了。

"把它们丢出去！"外甥叫着说，但他同时却又喜悦地抚摩着玳瑁的小孩们，舍不得走开。

玳瑁现在在楼上寻觅了，它大声地叫着。

"玳瑁，这里来，在这里。"我们学着父亲仿佛对人说话似的叫着玳瑁说。

但是玳瑁像只懂得父亲的话，不能了解我们说什么。它在楼上寻觅着，在弄堂里寻觅着，在厨房里寻觅着，可不走进以前父亲天天夜里带着它睡觉的房子。我们有时故意作弄它的小孩们，使它们发出微弱的鸣声。玳瑁仍像没有听见似的。

过了一会，玳瑁给我们女工捉住了。它似乎饿了，走到厨房去吃饭,却不防给她一手捉住了颈背的皮。

“快来！快来！捉住了!”她大声叫着。

我扯了早已预备好的绳圈,跑出去。

玳瑁大声地叫着,用力地挣扎着。待至我伸出手去,还没抱住玳瑁,女工的手一松,玳瑁溜走了。

它再不到厨房里去,只在楼上叫着,寻觅着。

几点钟后,我们只得把玳瑁的小孩们送回楼上。它们显然也和玳瑁似的在忍受着饥饿和痛苦。

玳瑁又静默了,不到十分钟,我们已看不见它的小孩们的影子。现在可不必再费气力,谁也不会知道它们的所在。

有一天一夜,玳瑁没有动过厨房里的饭。以后几天,它也只在夜里,待大家睡了以后到厨房里去。

我们还想设法带玳瑁出来,但是母亲说:

“随它去吧,这样有灵性的猫,哪里会不晓得我们要离开这里。要出去自然不会躲开的。你们看它,父亲过世以后,再也不忍走进那两间房里,并且几天没有吃饭,明明在非常的伤心。现在怕是还想在这里陪伴你们父亲的灵魂呢。它原是你父亲的。”

我们只好随玳瑁自己了。它显然比我们还舍不得父亲,舍不得父亲所住过的房子,走过的路以及手所抚摸过的一切。父亲的声音,父亲的形象,父亲的气息,应该都还很深刻地萦绕在它的脑中。

可怜的玳瑁,它比我们还爱父亲!

然而玳瑁也太凄惨了。以后还有谁再像父亲似的按时给它好的食物,而且慈爱地抚摩着它,像对人说话似的一声声地叫它呢?

离家的那天早晨,母亲曾给它留下了许多给孩子吃的稀饭在厨房里。门虽然锁着,玳瑁应该仍然晓得走进去。邻居们也曾答应代我们给它饲料。然而又怎能和父亲在的时候相比呢?

现在距我们离家的时候又已一月多了。玳瑁应该很健康,它的小孩们也该是很活泼可爱了吧?

我希望能再见到和父亲的灵魂永久同在着的玳瑁。

妙妙及其情史

◎马国亮

六个月之前,时候还在暮春的一个晚上,大概是九点钟左右,我们都早躲在棉被里,门铃忽地里打破了沉寂,佣人走往下面开门,正在我们猜想是哪一位不速之客的时候,佣人已经走了上来,笑嘻嘻地捧着一位嘉宾,使我的妻见了快乐到无字可以形容,这位不速之客,便是现在要说及的妙妙。

是一位同事从江湾一位朋友给我们讨来的。据说它是系出名门,说得清楚点,是来自很好的猫种的。据说同母胎生下来的一共四头,而预先抢着要的却有二十多个人家。我幸运地得到了一头,而且更幸运的是,由于我的同事的交情,他得到了最优美的一头。当晚把它领到之后,依照它的主人的意思,我们在第二天还补去了一个几毛钱的封包。这和嫁女的仪节一样,手续是那么隆重,可见这猫是有着怎样的高贵的身份了。

它来的时候,小得像一个小玩具,身段是短短方方的,有一身金黄色的软毛间着褐色的条纹。模样是十分的可爱。走起路来那种胆小畏怯的姿态,教你不由得不越看越爱。

从此我们家里便成了四个:我,妻,女佣人,和妙妙。

它来了之后,在我们中更添了许多佳趣。我们教它跳栏,教它跳墙,教它走圈子,有时把它放在绒线衫里,要它从袖管里钻出来，那刚刚把半个头露在袖口时的像小老婆一般的滑稽的脸相，给我们许多捧腹狂笑的欢愉时候。它灵慧而又敏捷，你叫一声，它的脸立刻便朝着你瞧，你的手指一动，它马上便跳到你身上来。全没有别的猫的那种傲慢的不大理睬人家的和那种懒洋洋不高兴的坏脾气。静的时候，在床上或沙发上盘腰睡觉，温驯有如婴孩；有时把四条腿缩在一起，在桌上或纸盒上蹲着打盹时，却又严肃得如同老僧入定。动的时候，一根小草可以给它滚来滚去的玩上半天。妻走到厨房，它会跟到厨房，妻走入房里，它也跟入房里，它会嗅着客人的衣衫，会轻轻地咬着你的指头和你玩，那么的矫捷，那么的感觉敏锐，总之，它是一头可爱的猫，同时兼有了狗的长处，却没有狗的粗暴。

起先，它不叫“妙妙”。我们最初是很高兴地要替它弄个名字。我们彼此举出了许多不中不西，又中又西的名字出来，其中包括了许多外国电影明星的名字。我现在不大记得清楚，为什么当时只说了一大堆却没有一点下文，因为结果并没给它取了什么名字。大概当时预想不到它会那么灵慧，一叫便来，以为猫是和狗两样，名字是多余的。这样，用我们习惯叫猫的方法，妙妙，便无异成了它专有名字了。

尽是这样地天天跑跑跳跳，倦了，蹲在我的写字桌前的椅上打盹；醒了，便又忙这个那个。报纸堆中钻来钻去可以钻半天，抓着乒乓球也可以跑半天。晚上，耗子捉完了，抓个蜣螂玩着也可以玩半天。它可以跳起来捉蜣螂，可以捉苍蝇，还可以捉蚊子。

这样跳跳跑跑的，春天跑去了，夏天也跑去了。到了深秋的时候，妙妙虽还是那么的好玩与孩子气，可是姿态身段和以前完全是两样了。那一身的金黄色的毛是比前结实而润滑，褐色的条纹，再来得深显，在身上各部分划出了有力的线条。颔下长着丰满的肉，背胸部和腿部都隆起了健壮的筋肌。那一根结实的尾巴，摇动起来恰如一条满注力量的皮鞭。走起路时那种英雄而稳定的步伐，使人联想着演武厅上武士出场时的雄姿。蹲着的时候，头部和腿部都不偏不倚，四平八稳，威武而严肃，凛若泰山，有万斤不移之力。可是在这一切的英气勃勃中，却仍不流于粗暴，依旧是常常温驯躺在你的身上，闭上了两只神采的眼睛，任由你的抚弄。

这样，在忽忽的六个月当中，妙妙无疑地是从孩子长成到精壮的青年了。

有一个晚上，正当我们逗着它玩的时候，外面秋风吹进了野猫叫的声音，像有所感触似的，它突然跳上了沙发的椅背上，眼巴巴的望着窗外发怔。

两星期之后，妙妙的苦闷的烦躁的心情渐渐的本能地显露出来了。常常听见了别人家的猫声，便跑上露台的石栏上东张西望。也常常跑落楼下躲在后房里，看着人家开门的时候便溜到街外，更常常地在我们的房里发狂似的跳来跳去，从桌子跳到沙发，从这张床跳到那张床，从高柜跳落椅子上，绕着屋子以最高的速度往来的犇奔着，虽然它并不像疯狗似的要咬人，可是这种狂乱的，反常的状态，使人看了也要吃惊的。

中饭的时候，妙妙又是这样奔犇着，我和妻正惊讶于它行动的反常，站在旁身的中年的女佣人却笑着说：妙妙得给它一个母猫了。我听了觉得有点好笑，但却不敢以为她没有相当的理由。

一直到昨天晚上，我刚洗了澡，躺在床上翻着一本书要看的时候，妻从房外进来，像有什么有趣好玩的事情似的，扯着我的手说：来，我带给你看点东西。跟她到露台上，我便瞧见妙妙之外还有另一只猫。用不着等妻的解释，我便知道是女佣给妙妙安排下的好事了。

那新来的一位女宾，看上去便不大令人满意。长育得不平匀的四肢，一身的黑白黄的堆乱的毛更显得她的猥琐，两只没有光彩的小眼睛，和那种迟钝的姿态，比起妙妙来真是相差得太远，使人兴起门户不相当的遗憾。但是阶级的壁垒在妙妙的心中大概是没有的，而人类所定下来的美的标准大概和猫类不会一样，所以妙妙依旧是用它的全副精神去希望赢得她的爱。

我们靠贴在门边，紧紧地看守着这一对像凭媒妁之命所定下来的配偶的发展。这一对无知的小儿女，一个是喜悦，另一个是惊怯，来彼此去联系，或反抗他们的命运。

那女的蹲在晒台当中，男的便在她的身边焦灼地等候机会。起先，他想以绅士式的温和来接近她，但是经几度的尝试之后，他显然知道是失败了，每次当他走近的时候，女的却报他以愤怒的吼声和利爪的张舞。于是妙妙只好再想其他的方法和等候其他的机会。

他等着，等着，在我们以为他已经计穷的时候却在运用他的机智。原来女的见他许久没有动静，便连防卫的紧张也宽弛了。乘着这机会，妙妙用最谨慎的步武，鸦雀无声的悄悄的爬上了木架，从这端走进那靠近女的一端，女的后背正向着他，对于他的行动完全没有发觉。妙妙便在这时稍为迟疑端详了一下之后，便嗖的一声，耸身一跳，仿如神箭的脱弦，在她的后背扑下。

我们屏息地看着,心里估量着以为大战一定会开展在眼前,可是妙妙像太忠于遵守条约,正当他疾扑而下时,女的给这突然的袭击所惊起,一个翻身,怒吼一声,十爪齐张,抓向他的身上。妙妙像并没有积极进展的存心,只是这一个小小的冲突,西线又依旧平静无战事了。

我们倒抽了一口气,对于这大战并没有爆发下去,一半是觉欣慰,但同时也是失望。

跟着的半小时内,妙妙用同样的阵法来袭击,却由于他的缺乏决心,结果仍得不到胜利。

我们有点不耐烦了。我们觉得妙妙的态度过于矜持,他也许不懂得对于应付异性,有时得稍微粗糙一点的,因为这正是女性的所爱悦的态度。于是有一次,当他徘徊在我们的脚底下的时候,我们便把他提起来,掷向那有着几种杂毛的花猫的身上。但是妙妙依旧缺乏勇气,看见了花猫的张牙舞爪的动作,又跳在另一旁了。

又过了一刻钟,结果还是没有,妙妙仅是在花猫的旁边徘徊,绕着她兜圈子。有时候,从木架下面悄悄地把头伸出来窥探了一下,又立即缩了回去。有时候,蹲在花盆旁边轻轻的叫两声。有时候,甚至独自抓着那墙角的木屑,像很无聊的样子,但是这一种无聊显然是很苦闷的,无可奈何的反应,时时总禁不住要偷偷的瞧着那心目中的情侣有何动静。而那花猫呢,独个儿蹲着,并没半点表示。

我们旁观者也觉得太闷气了。一方面觉得那花猫实在太不懂事,放着眼前这样的一个美男子也毫不动心,但另方面也觉得她这种女性的尊严与傲慢,和那种威武不屈的贞坚的态度是可钦敬的。当我们发觉了我们在这里站得太久了的时候,我们便回到房中去了。虽然心里依旧希望它们在静无人处的时候会彼此互诉心情,如果他们也有所谓儿女的羞怯的话。

第二天,我在办事处消磨了一天的时间,回到了家中,这件事差不多完全忘记,倘若不是妻向我提起的话。原来这整天情形和昨夜的没有什么两样。妙妙老是这样的无结果地在花猫的身旁徘徊。她走到厨房,他跟她到厨房,她蹲在楼梯上,他也陪她蹲在相距几级的楼梯上,她走进房里,他跟到房里。而且据妻的报告,他一天不肯吃东西,鱼不肯吃,鸡蛋不肯吃,羊肠也不肯吃,只一刻不离地守在她身边。我看他这么憔悴的失神的样子,心里实在替他难过。我叫他一声,往常是会立刻跑来的,可是现在,他只朝我望望,立刻便转身跟在花猫的后面迟钝的走着。我用尽种种引逗他的方法,只能得到他的勉强的注望,却不能使他走过来。可怜的妙妙,有生以来第一次的在感受着忧愁了。

我五点钟从办公处回家,一直到晚上差不多十时左右,僵局虽然依旧是僵局,可是似乎还有一点转机,因为花猫已经许可妙妙稍微走近她而不以怒吼相胁,虽则十分的接近依旧是不可能的。

其时正在房里,正当我们在继续着昨夜的无聊的看守的时候,妻忽然在袜子上发现了一头虱子,这些在我们的妙妙的身上是绝对找不到的小动物使我十分惊奇,检查一下那花猫,我们立刻觉得这一个出身寒微的贱陋的贫女,实在不足以配偶我们这一位名门贵裔的妙妙,于是在一个毫不犹豫的决心之下,花猫便由女佣人的手送她回到原来的地方,这一段姻缘这样地便完结了。

我们虽觉得这一定会使妙妙难过的，但我们更觉得，他必须配偶一个系出名门的淑女。

（1934 年 12 月）

小麻猫

◎郭沫若

一

我素来是不大喜欢猫的。

原因是在很小的时候,有一天清早醒来,一伸手便抓着枕边的一小堆猫粪。

猫粪的那种怪酸味,已经是难闻的;让我的手抓着了,更使得我恶心。

但我现在,在生涯已经走过了半途的目前,却发生了一个心理转变。

二

重庆这座山城老鼠多而且大,有的朋友说:其大如象。

去年暑间,我们住在金刚坡下面的时候,便买了一只小麻猫。

雾期到了,我们把它带进了城来。

小麻猫虽然稚小,却很矫健。

夜间关在房里,因为进出无路,它爱跳到窗棂上去,穿破纸窗出入。破了又糊,糊了又破,不知道费了多少事。但因它爱干净,捉鼠的本领也不弱,人反而迁就了它,在一个窗格上特别不糊纸,替它设下布帘。然而小麻猫却不喜欢从布帘出入,总爱破纸。

在城里相处了一个月,周围的鼠类已被肃清,而小麻猫突然不见了。

大家都觉得可惜,我也微微有些惜意:因为恨猫究竟没有恨老鼠厉害。

三

小麻猫失掉,隔不一星期光景,老鼠又猖獗了起来,只得又在城里花了十五块钱买了一只白花猫。

这只猫子颇臃肿,背是弓的。说是兔子倒像些,却又非常的濡滞。

这白花猫倒有一种特长,便是喜欢吃馒头,因此我们呼之为“北京人”。

“北京人”对于老鼠,取的是互不侵犯主义。我甚至有点替它担心,怕的是老鼠有一天要不客气起来,竟会侵犯到它的身上去的。

四

就在我开始替“北京人”担心的时候,大约也就是小麻猫失掉后已经有一个月的光景,一天清早我下床后,小麻猫突然在我脚下缠绵起来了。

——啊，小麻猫回来了！它不知道是什么时候回来了的。

家里人很高兴，小麻猫也很高兴，它差不多对于每一个人都要去缠绵一下，对于以前它睡过的地方也要去缠绵一下。

它是瘦了，颈上和背上都拴出了一条绳痕，左侧腹的毛烧黄了一大片。

使小麻猫受了这样委屈的一定是邻近的人家，拴了一月，以为可以解放了，但它一被解放，却又跑回了老家。

五

小麻猫虽然瘦了，威风却还在。它一回到老家来依然觉得自己是主人，把“北京人”看成了侵入者。

“北京人”起初和它也有点敌忾，但没几秒钟就败北了，反而怕起它来。

相处日久之后，小麻猫和“北京人”也和睦了，简直就跟兄弟一样——我说它们是兄弟，因为两只都是雄猫。

它们戏玩的时候，真是天真，相抱，相咬，相追逐，真比一对小人儿还要灵活。

就这样使那濡滞的“北京人”也活跃起来了，渐渐地失掉了它的兔形，即恢复了猫的原状。

跳窗的习惯，小麻猫依然是保存着的。经它这一领导，“北京人”也要跟着来，起先试练了多少次，便失败了多少次，不久公然也跳成功了。

三间居室的纸窗，被这两位选手跳进跳出，跳得大框小洞；冬风也和它们在比赛，实在有些应接不暇。

人是更会让步的，索性在各间居屋的门脚下剜了一个方洞，以便于猫们进出。这事情我起初很不高兴，因为既不雅观，又不免依然替冷风开了路，不过我的抗议是在洞已剜成之后，自然是枉然的。

六

小麻猫回来之后，又相处了有一个月的光景，然而又失掉了。

但也奇怪，这一次大家似乎没有前一次那样地觉得可惜。

大约是因为它的回来是一种意外的收获，失掉也就只好听其自然了吧。

更好在“北京人”已被训练成为了真正的猫，而不再是兔子了。

老鼠已经不再跋扈，这更减少了人们对于小麻猫的思慕。

小麻猫大概已被人带到很远很远的地方去了吧，它是怎么也不会回来的了。——人们也偶尔淡淡地这样追忆，或谈说着。

七

可真是出人意外，小麻猫的再度失去已经六七十天了，山城一遇着晴天便已感觉着炎暑的五月，而它突然又回来了。

这次的回来是在晚上，因为相离得太久，对人已经略略有点胆怯。

但人们喜欢过望，特别的爱抚它。我呢？我是把几十年来对猫厌恶的心理，完全克服了。

我感觉着,我深切的感觉着:我接触着了自然的最美的一面。

我实在是受了感动。

回来时我们正在吃晚饭,我拈了一些肉皮来喂它,这假充鱼肚的肉皮,小麻猫也很欢喜吃。我把它的背脊抚摩了好些次。

我却发现了它的两只前腿的胁下都受了伤。前腿被人用麻绳之类的东西套着,把双方胁部的皮都套破了,伤口有两寸来长,深到使皮下的肉猩红地露出。

我真禁不住要对残忍无耻的两脚兽提出抗议,盗取别人的猫已经是罪恶,对于无抵抗的小动物加以这样无情的虐待,更是使人愤恨。

八

盗猫的断然是我们的邻居:因为小麻猫失去了两次都能够回来,就在这第二次的回来之后都不安定,接连有两晚上不见踪影,很可能是它把两处都当成了它的家。

今天是第二次回来的第四天了,此刻我看见它很平安地睡在我常坐的一个有坐褥的藤椅上。我不忍惊动它。

昨天晚上我看见它也是在家里的,大约它总不会再回到那虐待它的盗窟里去了吧。

九

我实在感触着了自然的最美的一面,我实在消除了我几十年来的厌猫的心理。

我也知道，食物的好坏一定有很大的关系，盗猫的人家一定吃得不大好，而我们吃的要比较好一些——至少时而有些假充鱼肚骗骗肠胃。

待遇的自由与否自然也有关系。

但我仍然感觉着，这里有令人感动的超乎物质的美存在。

猫子失了本不容易回来，小麻猫失了两次都回来了，而它那前次的依依，后次的惧怯都是那么的通乎人性。而且——似乎更人性。

我现在很关心它，只希望它的伤早好，更希望它不要再被人捉去。

连“北京人”我也感觉着一样的可爱了。

我要平等的爱护它们，多多让它们吃些假充鱼肚。

一九四二年五月六日

阿咪

◎丰子恺

阿咪者，小白猫也。十五年前我曾为大白猫“白象”写文。白象死后又曾养一黄猫，并未为它写文。最近来了这阿咪，似觉非写不可了。盖在黄猫时代我早有所感，想再度替猫写照。但念此种文章，无益于世道人心，不写也罢。黄猫短命而死之后，写文之念遂消。直至最近，友人送了我这阿咪，此念复萌，不可遏止。率尔命笔，也顾不得世道人心了。

阿咪之父是中国猫，之母是外国猫。故阿咪毛甚长，有似兔子。想是秉承母教之故，态度异常活泼，除睡觉外，竟无片刻静止。地上倘有一物，便是它的游戏伴侣，百玩不厌。人倘理睬它一下，它就用姿态动作代替言语，和你大打交道。此时你即使有要事在身，也只得暂时撇开，与它应酬一下；即使有懊恼在心，也自会忘怀一切，笑逐颜开。哭的孩子看见了阿咪，会破涕为笑呢。

我家平日只有四个大人和半个小孩。半个小孩者，便是我女儿的干女儿，住在隔壁，每星期三天宿在家里，四天宿在这里，但白天总是上学。因此，我家白昼往往岑寂，写作的埋头写作，做家务的专心家务，肃静无声，有时竟像修道院。自从来了阿咪，家中忽然热闹了。厨房里常有保姆的话声或骂声，其对象便是阿咪。室中常有陌生的笑谈声，是送信人或邮递员在欣赏阿咪。来客之中,送信人及邮递员最是枯燥,往往交了信件就走,绝少开口谈话。自从家里有了阿咪,这些客人亲昵得多了。常常因猫而问长问短,有说有笑,送出了信件还是留连不忍遽去。

访客之中,有的也很枯燥无味。他们是为公事或私事或礼貌而来的,谈话有的规矩严肃,有的啰苏疙瘩,有的虚空无聊,谈完了天气之后只得默守冷场。然而自从来了阿咪,我们的谈话有了插曲,有了调节,主客都舒畅了。有一个为正经而来的客人,正在侃侃而谈之时,看见阿咪姗姗而来,注意力便被吸引,不能再谈下去,甚至我问他也不回答了。又有一个客人向我叙述一件颇伤脑筋之事,谈话冗长曲折,连听者也很吃力。谈至中途,阿咪蹦跳而来,无端地仰卧在我面前了。这客人正在愤慨之际,忽然转怒为喜,停止发言,赞道:"这猫很有趣!"便欣赏它,抚弄它,获得了片时的休息与调节。有一个客人带了个孩子来。我们谈话,孩子不感兴味,在旁枯坐。我家此时没有小主人可陪小客人,我正抱歉,忽然阿咪从沙发下钻出,抱住了我的脚。于是大小客人共同欣赏阿咪,三人就团结一气了。后来我应酬大客人,阿咪替我招待小客人,我这主人就放心了。原来小朋友最爱猫,和它厮伴半天,也不厌倦;甚至被它抓出了血也情愿。因为他们有一共通性:活泼好动。女孩子更喜欢猫,逗它玩它,抱它喂它,劳而不怨。因为她们也有个共通性:娇痴亲昵。

写到这里,我回想起已故的黄猫来了。这猫名叫"猫伯伯"。在我们故乡,伯伯不一定是尊称。我们称鬼为"鬼伯伯",称贼为"贼伯伯"。故猫也不妨称为"猫伯伯"。大约对于特殊而引人注目的人物，都可讥讽地称之为伯伯。这猫的确是特殊而引人注目的。我的女儿最喜欢它。有时她正在写稿，忽然猫伯伯跳上书桌来，面对着她，端端正正地坐在稿纸上了。她不忍驱逐，就放下了笔，和它玩耍一会。有时它竟盘拢身体，就在稿纸上睡觉了，身体仿佛一堆牛粪，正好装满了一张稿纸。有一天，来了一位难得光临的贵客。我正襟危坐，专心应对。"久仰久仰"，"岂敢岂敢"，有似演剧。忽然猫伯伯跳上矮桌来，嗅嗅贵客的衣袖。我觉得太唐突，想赶走它。贵客却抚它的背，极口称赞："这猫真好！"话头转向了猫，紧张的演剧就变成了和乐的闲谈。后来我把猫伯伯抱开，放在地上，希望它去了，好让我们演完这一幕。岂知过得不久，忽然猫伯伯跳到沙发背后，迅速地爬上贵客的背脊，端端正正地坐在他的后颈上了！这贵客身体魁梧奇伟，背脊颇有些驼，坐着喝茶时，猫伯伯看来是个小山坡，爬上去很不吃力。此时我但见贵客的天官赐福的面孔上方，露出一个威风凛凛的猫头，画出来真好看呢！我以主人口气呵斥猫伯伯的无礼，一面起身捉猫。但贵客摇手阻止，把头低下，使山坡平坦些，让猫伯伯坐得舒服。如此甚好，我也何必做煞风景的主人呢？于是主客关系亲密起来，交情深入了一步。

可知猫是男女老幼一切人民大家喜爱的动物。猫的可爱，可说是群众意见。而实际上，如上所述，猫的确能化岑寂为热闹，变枯燥为生趣，转懊恼为欢笑；能助人亲善，教人团结。即使不捕老鼠，也有功于人生。那么我今为猫写照，恐是未可厚非之事吧？猫伯伯行年四岁，短命而死。这阿咪青春尚只三个月。希望它长寿健康，像我老家的老猫一样，活到十八岁。这老猫是我的父亲的爱物。父亲晚酌时，它总是端坐在酒壶边。父亲常常摘些豆腐干喂它。六十年前之事，今犹历历在目呢。

壬寅年仲夏于上海作

白猫王子

◎梁实秋

有一天菁清在香港买东西，抱着夹着拎着大包小笼的在街上走着，突然啪的一声有物自上面坠下，正好打在她的肩膀上。低头一看，毛茸茸的一个东西，还直动弹，原来是一只黄鸟，不知是从什么地方落下来的，黄口小雏，振翅乏力，显然是刚学起飞而力有未胜。菁清勉强腾出手来，把它放在掌上，它身体微微颤动，睁着眼睛痴痴地望。她不知所措，丢下它于心不忍。颜氏家训有云："穷鸟入怀，仁人所悯。"仓卒间亦不知何处可以买到鸟笼。因为她正要到银行去有事，就捧着它进了银行，把它放在柜台上面，行员看了奇怪，攀谈起来，得知银行总经理是一位爱鸟的人，他家里用整间的房屋做鸟笼。当即把总经理请了出来，他欣然承诺把鸟接了过去。路边孤雏总算有了最佳归宿，不知如今羽毛丰满了未？

有一天夜晚在台北，菁清在一家豆浆店消夜后步行归家，瞥见一条很小的跛脚的野狗，一瘸一拐地在她身后亦步亦趋。跟了好几条街。看它瘦骨嶙峋的样子大概是久矣不知肉味，她买了两个包子喂它，狼吞虎咽如风卷残云，索性又喂了它两个。从此它就跟定了她，一直跟到家门口。她打开街门进来，狗在门外用爪子挠门，大声哭叫，它也想进来。我们家在七层楼上，相当逼仄，不宜养犬。但是过了一小时再去探望，它仍守在门口不去。无可奈何托一位朋友把它抱走，以后下落就不明了。

以上两桩小事只是前奏，真正和我们结了善缘的是我们的白猫王子。

普通人家养猫养狗都要起个名字，叫起来方便，而且豢养的不止一只，没有名字也不便识别。我们的这只猫没有名字，我们就叫它猫咪或咪咪。白猫王子是菁清给它的封号，凡是封号都不该轻易使用，没有人把谁的封号整天价挂在嘴边乱嚷乱叫的。

白猫王子到我们家里来是很偶然的。

一九七八年三月三十日，我的日记本上有这样的一句："菁清抱来一只小猫，家中将从此多事矣。"缘当日夜晚，风狂雨骤，菁清自外归来，发现一只很小很小的小猫局局缩缩地蹲在门外屋檐下，身上湿漉漉的，叫的声音细如游丝，她问左邻右舍这是谁家的猫，都说不知道。于是因缘凑合，这只小猫就成了我们家中的一员。

惭愧家中无供给，那一晚只能飨以一碟牛奶，像外国的小精灵扑克似的，它把牛奶舐得一干二净，舐饱了之后它用爪子洗洗脸，伸胳膊拉腿地倒头便睡，真是粗豪之至。我这才有机会端详它的小模样。它浑身雪白，(否则怎能赐以白猫王子之嘉名?)两个耳朵是黄的，脑顶上是黄的中间分头路，尾巴是黄的。它的尾巴可有一点怪，短短的而且是弯曲的，里面的骨头是弯的，永远不能伸直。起初我们觉得这是畸形，也许是受了什么伤害所致，后来听兽医告诉我们这叫做麒麟尾，一万只猫也难得遇到一只有麒麟尾。麒麟是什么样子，谁也没见过，不过图画中的麒麟确是卷尾巴，而且至少卷一两圈。没有麒麟尾，它还称得上是白猫王子么？

在外国，猫狗也有美容院。我在街上隔着窗子望进去，设备堂皇，清洁而雅致，服务项目包括梳毛、洗澡、剪指甲以及马杀鸡之类。开发中的国家当然不至荒唐若是。第一桩事需要给我的小猫做的便是洗个澡。菁清问我怎个洗法，我也不知道。我只知道猫怕水，扔在水里会淹死，所以必须干洗。记得从前家里洗羊毛袄的皮筒子，是用黄豆粉羼樟脑，在毛皮上干搓，然后梳刷。想来对猫亦可如法炮制。黄豆粉不可得，改用面粉，效果不错。只是猫不知道我们对它要下什么毒手，拼命抗拒，在一人按捺一人搓洗之下勉强竣事，我对镜一看我自己几乎像是"打面缸"里的大老爷！后来我们发现洗猫有专用的洗粉，不但洗得干净，而且香喷喷的。猫也习惯，察知我们没有恶意，服服帖帖地让菁清给它洗，不需要我在一边打下手了。

国人大部分不爱喝牛奶，我国的猫亦如是。小时候"有奶便是娘"，稍大一些便不是奶所能满足。打开冰箱煮一条鱼给它吃，这一开端便成了例。小鱼不吃，要吃大鱼；陈鱼不吃，要吃鲜鱼；隔夜冰冷的剩鱼不吃，要现煮的温热的才吃……起先是什么鱼都吃，后来有挑有拣，现在则专吃新鲜的沙丁鱼。兽医说，喂鱼要先除刺，否则鲠在喉里要开刀，扎在胃里要出血。记得从前在北平也养过猫，一天买几个铜板的薰鱼担子上的猪肝，切成细末拌入饭中，猫吃得痛痛快快。大概现在时代不同了，好多人只吃菜不吃饭，猫也拒食碳水化合物了。可是飨以外国的猫食罐头以及开胃的猫零食，它又觉得不对味口，别的可以洋化，吃则仍主本位文化。偶然给了它一个茶叶蛋的蛋黄，它颇为欣赏，不过掰碎了它不吃，它要整个的蛋黄，用舌头舐得团团转,直到舐得无可再舐而后止。夜晚一点钟街上卖茶叶蛋的老人沙哑的一声“五香茶叶蛋”,它便悚然以惊,竖起耳朵喵喵叫。铁石心肠也只好披衣下楼买来给它消夜。此外我们在外宴会总是不会忘记带回一包烤鸭或炸鸡之类作为它的打牙祭。

吃只是问题的一半,吃下去的东西会消化,消化之后剩余的渣滓要排出体外,这问题就大了。白猫王子有四套卫生设备,楼上三套,楼下一套。猫比小孩子强得多,无需教就会使用它的卫生设备。街上稍微偏僻一点的地方常见有人“脚向墙头八字开”,红砖道上星棋罗布的狗屎更是无人不知的。我们的猫没有这种违警行为,它知道在什么地方做什么事。只是它的洁癖相当烦人,四个卫生设备用过一次便需清理现场,换沙土,否则它会呜呜的叫。不过这比起许多人用过马桶而不冲水的那种作风似又不可同日而语。为了保持清洁,我们在设备上里里外外喷射猫狗特用的除臭剂,它表示满意。

猫长得很快,食多事少,焉得不胖?运动器材如橡皮鼠、不倒翁、小布人,都玩过了。它最感兴趣的是乒乓球,在地毯上追逐翻滚身手矫健。但是它渐渐发福了,先从腹部胖起,然后有了双下巴颏,脑勺子后面起了一道肉轮。把乒乓球抛给它,它只在球近身时用爪子拨一下,像打高尔夫的大老爷之需要一个球童。它不到一岁,已经重到九公斤,抱着它上下楼,像是抱着一个大西瓜。它吃了睡,睡了吃,不做任何事——可是猫能做什么呢?家里没有老鼠,所以它无用武之地,好像它不安于饱食终日无所用心的境界,于是偶尔抓蟑螂、抓蚰蜒、抓苍蝇、抓蚊蚋。此外便是舐爪子抹脸了。

胖还不要紧,要紧的是春将来到,屋里怕关不住它。划出阳台一部分，宽五尺长三十尺，围以铁栏杆，可以容纳几十只猫，晴朗之日它在里面可以晒太阳、可以观街景。听见远处猫叫，它就心惊。万一我们照顾不到，它冲出门外，它是没有法子能再回来的。我们失掉一只猫，这打击也许尚可承受，猫失掉了我们，便后果堪虞了。菁清和我商量了好几次，拿不定主意。不是任其自然，便是动阉割手术。凡是有过任何动手术的经验的人都该知道，非不得已谁也不愿轻试。给猫行这种手术据说只要十五分钟就行了。我们还是不放心，打电话问几家兽医院，都说是小手术，麻药针都不必打，闻之骇然。最后问到"国际犬猫专医院"辜泰堂兽医师，他说当然要麻药针，否则岂不痛死？我们这才下了决心，带猫到医院去。

猫装进小笼，提着进入计程车，它便开始惨叫，大概以为是绑赴刑场。放在手术台上便开始哀鸣，大概以为是要行刑。其实是刑，是腐刑，动员四个人，才得完成手术，我躲在室外，但闻室内住院的几只猫狗齐鸣。事后抱回家里，休养了约一星期，医师出诊两次给它拆线敷药。此后猫就长得更快、更胖、更懒。关于这件事我至今觉得歉然，也许长痛不如短痛，可是我事前没有征求它的同意。旋思世上许多事情都未经过同意——人来到世上，离开世上，可又征求过同意？

有朋友看见我养猫就忠告我说，最好不要养猫。猫的寿命大概十五六年，它也有生老病死。它也会给人带来悲欢离合的感触。一切苦恼皆由爱生。所以最好是养鱼，鱼在水里，人在水外，几曾听说过人爱鱼，爱到摩它、抚它、抱它、亲它的地步？养鱼只消喂它，侍候它，隔着鱼缸欣赏它，看它悠然而游，人非鱼亦知鱼之乐。一旦鱼肚翻白，也不会有太多的伤痛。这番话是对的，可惜来得太晚了。白猫王子已成为家里的一分子，只是没有报户口。

白猫王子的姿势很多，平伸前腿昂首前视，有如埃及人面狮身像谜一样的庄严神秘。侧身卧下，弓腰拳腿，活像是一颗大虾米。缩颈眯眼，藏起两只前爪，又像是老僧入定。睡时常四脚朝天，露出大肚子做坦腹东床状，睡醒伸懒腰，将背拱起，像骆驼。有时候它枕着我的腿而眠，压得我腿发麻。有时候躲在门边墙角，露出半个脸，斜目而视，好像是逗人和它捉迷藏。有时候又突然出人不意跳过来抱我的腿咬——假咬。有时候体罚不能全免，菁清说不可以没有管教，在毛厚肉多的地方打几巴掌，立见奇效，可是它会一两天不吃饭，以背向人，菁清说是伤了它的自尊。

据我所知，英国文人中最爱猫的是十八世纪的斯玛特(Smart)，是诗人也是疯子。他的一首无韵诗《大卫之歌》第十九节第五十行起及整个的第二十节，都是描述他的猫乔佛莱。有几部分写得极好，例如：

> 上帝的光在东方刚刚出现，他即以他的方式去礼拜。
> 其方式是弓身七次，优美而迅速。
> 然后他跳起捉麝球，这是他求上帝赐给他的恩物。
> 他连翻带滚地闹着玩。
> 作完礼拜受了恩宠之后他开始照顾他自己。
> 他分为十个步骤去做。
> 首先看看前爪是否干净。
> 第二是向后踢几下以腾出空间。
> 第三是伸前爪欠身做体操。
> 第四是在木头上磨他的爪。
> 第五是洗浴。

第六是浴罢翻滚。

第七是为自己除蚤，以免巡游时受窘。

第八是靠一根柱子摩擦身体。

第九是抬头听取指示。

第十是前去觅食。

……

他是属于虎的一族。

虎是天使，猫是小天使。

他有蛇的狡狯与嘘嘘声，但他禀性善良能克制自己。

如吃得饱，他不做破坏的事，若未被犯他亦不唾。

上帝夸他乖，他做呜呜声表示感谢。

他是为儿童学习仁慈的一个工具。

没有猫，每个家庭不完备，幸福有缺憾。

我们的白猫王子和英国的乔佛莱又有什么两样？

一九七九年三月三十日是猫来我家一周岁的纪念日，不可不饮宴，以为庆祝。菁清一年的辛劳换来不少温馨与乐趣，而兽医师辜泰堂先生维护它的健康，大德尤不可忘，乃肃之上座，酌以醴浆。我并且写了一个小条幅送给他，文曰：

是乃仁心仁术

泽及小狗小猫

（1980年1月）

我家孟子

◎柏杨

五年前的一天，妻从学校打电话回家，兴奋地说，她要告诉我一个好消息，还教我猜是什么好消息？隔着电话，我似乎仍能看到她手舞足蹈、笑逐颜开的模样。但我怎么能猜出来呢，不要说我猜不出来，大多数被妻子要求“猜”好消息的丈夫，都猜不出来。只会有一种不祥的预感，如不是说她看上了一件新外套，定是说某个百货公司正在大减价。做丈夫的胆敢承认这是坏消息的话，那可就真是坏消息了，妻子的脸色就是证明。

不过，这次妻的好消息，我虽猜不出来，但当她迫不及待告诉我时，也确实是好消息。她说她在她桌子上发现一只全白的小猫。“真是全白的，一点杂毛都没有，要有的话，我就认罚，罚三个月不买一件衣裳都行。”她又说小猫真乖：“你看，它跑到墙角撒了泡尿，嗨，它真聪明，连大小便都不乱拉，有固定地方呢。”还有一点，更可贵的是，她说：“它舔我哩，从手掌舔到手背，热情如火，我保证它是一只好猫。”当我怀疑它来路时，妻说：“是它自己跑到我桌上，卧着不动的，雍容华贵，举世无双。我要带它回家，你一定会喜欢它的，是吗？”我想当然是，不过我有点困惑。妻一向怕猫，至少是不喜欢猫。从前，我几次提议养一只猫，都被她用最堂皇的理由反对掉。我就问她这个问题，她一点也不难为情，愉快地说："它跟我有缘，三生有缘。"这就是女人，主意变得真快。

一个小时后，妻像捧着皇冠似的捧着小猫进门。

我们叫它"孟子"。说实在的，不知道什么原因给它起这个名字，大概是我对孟轲死搅蛮缠的雄辩，印象十分深刻吧。其实这并不是真正的理由，真正的理由可能是一种满足感。一生庸庸碌碌，不能出人头地，总希望找件事拔尖才好，所以，我要成为中国历史上用神圣不可侵犯的圣人名字，作为动物名字的第一人。如果在从前，这样做恐怕要满门处斩了。即令在今天，有些朋友听说我们小猫的名字是"孟子"，脸上仍会露出一种诡异的表情，使我心惊。

孟子果然漂亮，全身雪白。可是妻说它连一根杂毛都没有，并不正确。脊背上有一条黑色毛带，两个耳尖和前额也是黑色的。但陪衬得如此的对称和均匀，比纯白还要可爱。我像抓住小辫子似的问妻："你当初没有看清楚嘛。"她说："当然看清楚了，我就是冲着它黑毛配得好才抱它回家的。"把只要有一根杂毛她就认罚的重誓忘了精光。而且特地到地摊上买了一件皮夹克，来表示欢迎孟子成为我们家庭的一员。

然而，真正的灾难还在于被妻称赞为"不乱拉"的大小便，我真羡慕有些人家养的猫狗会在指定的地方拉，每听人报告他们的小猫："一定拉到盆子里。"我都自叹命薄。孟子果然十分聪明，聪明到不愿接受我们摆到墙角塑胶盆的约束。虽然不断给它换报纸，报纸上再放沙，它也只偶尔在那里应应景。大部分时间它都自己寻找它认为更美好的地方。有时在沙发底下，有时在花盆里，有时索性就在塑胶盆外面——坚决得硬是不肯跨前一步。我惟一的办法来自养猫人家的传授，把它捉到它乱拉的地方，照屁股上打两巴掌。据说，它就会知道那个地方不可以。可是，两巴掌下去，它挣脱就逃掉了，以后照旧。后来增为三巴掌，等到增为四巴掌时，妻就指控说我面善心恶，专门虐待不会说话的可怜小动物，有本领去找大人物发威呀。其实打四巴掌也没有用，它仍我行我素，根本不理。最后，我拒绝再为它服务，对妻说："你不是保证它很聪明，会在固定地方拉吗？"妻只好天天为它抓屎抓尿。猫的大小便有一种怪味，不久我们家就被这种怪味充满。来访的朋友，一进屋门，第一个反响，就是耸耸鼻子，问说："你们家有点什么味呀？"我都否认说："什么味都没有。"一直到前年冬天，我们搬家，新房主抱怨书房墙角的地毯全烂了，那就是孟子经年累月尿烂的。

妻除了忙着给孟子抓屎抓尿外，还忙着为它捉跳蚤。真不知道它是从什么地方冒出来的，一身都是跳蚤。幸而它是白毛的缘故，跳蚤很难遁形。妻每天从学校回来，往沙发上一坐，就开始工作。这时是孟子最乖的时候了，它四脚朝天躺在妻怀里，享受被人服侍的皇家福分。妻最初还不敢捉，好容易敢捉了，又动作笨拙，总是捉不到；久而久之，熟能生巧，发明了妙法，一旦一看到跳蚤，立刻把毛按紧，然后再在紧毛下追寻，十拿十稳。只半个月工夫，她已成了捉蚤专家。有几次还扬言要以专家身份挂出招牌，专门代人的猫捉拿跳蚤呢。这样一个月下来，跳蚤终于被捉拿得绝了种。不过，每隔一些日子，妻总要把孟子抱到沙发上，从头搜查到尾，然后失望地说："怎么一个跳蚤也没有呢？"

孟子最大的特点还是舔人，这一点，妻所作的保证，倒是兑现。它确实异于常猫，每当抱到怀里，它就伸出小舌头，不断地在你手上、脸上，舔也舔的，舔个不停。每逢它舔的时候，妻就不由自主地嘻嘻笑着，一面叫说："快来看呀，快来看呀。"朋友们大概嫉妒我们这只妙猫的超凡表现，往往泼冷水说："其实也没有什么稀奇，人皮肤上有盐分咸味，猫科动物都喜欢舔的。听说，老虎就喜欢舔，有时候人都被舔出血来呢。"妻最听不得这种有损孟子美德的话，就回问说："你们家的猫也会这样舔不停的呀。"他们总是支吾其词，我们就非常高兴，连它乱拉的糗事也都忘了。

孟子刚抱来的时候，大概只有半岁左右，妻把纸箱放到桌子上，打开盖子，它不慌不忙地走出来，前爪按地，长长地伸了个懒腰，打了一个大大的呵欠，就跳到地上。恰好有个乒乓球在那里，立刻玩了起来，追逐翻腾，直追得球滚到柜子下面，它钻不进去，就坐在那里，侧着脸守候。一点也不陌生，好像它知道这早就是它的家。妻爱它爱得发紧，总是抱在怀里跟它说话，它就报以不理不睬。同时，对了，忘了说一点，它似乎非常不喜欢被抱。有时我抱它，它挣扎不肯，我就照它身上打一巴掌，它乖了一阵，可是心里却在反抗，待机而动，等到它知道你已不防的时候，抽冷子一跳就逃得无影无踪。它不但对妻的情话绵绵不理不睬，更讨厌抱在她怀里，因为妻总是捉弄它，亲它、捏它、晃它、摇它，它可能只喜欢淡淡的爱。

几个月后，它就更活泼了，我们想不到的奇怪地方，像妻梳妆台壁灯上面，和冷气机上面，它都爬得上去，蹲在上面"喵喵"地叫，害得我搬椅捧它下来。它特别高兴爬到电视机上，把头伸下来看电视。赶下来，爬上去，再赶下来，再爬上去，直累得我们不再赶它，恁它在上面。大概电视机上有热度，它喜欢温暖的地方吧。终于有一天，那是一个星期天上午，妻还在睡懒觉。我已忘记是不是我叫孟子，或是它遇到了惊吓，那时它正卧在梳妆台壁灯的横架上，猛地往下一跳，前爪扑向妻的脸部；妻大概被它带下来的阵风逼醒，刚一眨眼，一只爪尖正好抓到妻的眼珠。这真是可怕的一刹那，妻尖叫着，眼睛刺痛，大量流出泪水，不能睁开。我几乎吓瘫了，急忙扶她起床，就近送到耕莘医院急诊，耕莘没有眼科，又投奔三军总医院民众服务处。医生向妻道贺说，还好，只一线之差，没有伤到黑眼珠，也同样只一线之差，没有把水晶体戳破，否则妻一只眼睛就瞎了。我气得火冒三丈，决心把孟子赶出去，或送给别人。看病完毕，回到家门口的时候，仍在思考行动步骤，妻说应该先拨电话问问朋友有没有要的。我看妻摸着墙走路的姿态，忽然更加大怒，简直无法忍受，发誓立即把它赶出大门。

可是，我们一进屋子，孟子已喵喵地跑到脚下迎接。妻抱到怀里，它还不知道大祸临头，仍亲切地舔妻的手，又舔她的脸，舔她在医院敷药纱布外的保护片。我接过来，就要往外丢它的时候，映入眼帘的却是一双无辜的大眼睛，和一副憨憨的面孔。《圣经》里的一句话涌上心头：它所做的，它不知道。妻早已心碎了，急忙再抢到怀里，吻它，安慰它说："这次原谅你，下次可不要再爬高了，爸爸是个坏东西，他要扔掉你呢，一路上妈妈为你求了好多情。小可爱呀，孟子子，你最乖不过。好了，去向爸爸道歉，说声对不起。"我像泄了底的输家，把孟子抢过来，对着它耳朵说："妈妈才没有为你求过情呢，你抓了妈妈，又没抓爸爸，爸爸怎么会发脾气呢。以后抓妈妈，尽管抓，她枕头下面有个珠珠皮包，是她最心爱的。去，去把它抓烂，爸爸给你做主。"它两眼骨碌碌转着，似懂非懂，跳到沙发上，盘成一个圆圈,睡了。

猫本来不是热情的动物,它们总是那么淡淡的,除了肚饿时,像链条一样缠着你的双腿团团转,一不小心能被绊个斤斗外;普通时间,它对人一直保持着若即若离态度,不像狗那样的激情,所以我比较喜欢狗。妻本来什么都不喜欢的,自从遇上孟子,一见钟情,意乱情迷,喜欢它竟喜欢得不得了。虽然有几乎丧明的惨痛经历,仍是心连着心。孟子有点不安于室的倾向——啊,忘了告诉你,它是一位姑娘呢。我敢肯定,所有见到过它的小子猫,都会着迷。它最爱出门逛了。跑马路它可不敢,有次妻带它去兽医那里看病,它吓得要死,躲在纸匣里,不吭一声。但它爱出门,房门偶尔不关,它就不见了,我们就楼上楼下找,最后终于发现它每次都躲在五楼梯角一个沙发底下。

因为它好逃出家门,使我们总是担心它会失踪。三年前,妻出远门,每次打电话回来,都特别嘱咐:“小心啊,不要让孟子走掉了,一天要喂它三次,别忘了。”我没好气说:“我会照顾它的。你可知道电话费一分钟多少钱?”有一次,妻忽然紧张起来,在电话中说,她做了一个梦,梦见孟子不见了,一定是我又打它的屁股,打跑了。我发誓没打它,它也没有跑,就在书桌上呼呼噜噜睡哩。她说:“那么,教它叫声‘喵’我听听。”偏偏它不肯叫,把它嘴巴按到话筒上它也不叫,我急了,照屁股上狠狠一巴掌,它喵的一声大叫着蹿走,妻才满意。

前年,妻和我一块出远门,临走时,千叮咛,万叮咛,拜托在我们家寄住的一位婆罗乃女孩子照顾孟子,小心门户。我说:“孟子可是我们的命根,别的东西丢了没关系,特别要小心它。”那女孩保证会把它看得牢牢的,我怕她用绳子拴它:“那会把它困死。”女孩说：“我怎么会拴它呢？只要不开屋门就行了。”我们安心地出发。一路忙碌，但仍把孟子挂在嘴上，不时互相问说：“不知道孟子现在干什么？”然后满意地再互相一笑，觉得能挂念一个人好幸福。可是，有一天，半夜里，妻惊醒说：“我做了一个梦的，梦见孟子不见了，被人捉住，关到一个笼里，一直在叫妈妈。”我说：“你从前也做过同样梦，不是平安无事吗？”但她坚持要打长途电话问问，我说：“它如果已经走失了，电话有什么用呢！如果没有走失，这通电话费可不少啊。”妻说：“不管。”电话接通后，女孩吞吞吐吐保证，孟子一切安好，妻才如释重负。放下耳机时，自己也忍不住嘲笑说：“真是神经病！”我本来想说：“可怜天下父母心！”可是，妻对孩子们简直还没有对小猫好呢。至于我这个做丈夫的，只能排第三位。

出远门回来，一进台北，直到新店我们家的路上，一直都在谈论孟子。妻给它买了一个花花绿绿的蝴蝶结，一会拿出来瞧瞧，一会忽然间傻笑起来，一种初做母亲时对婴儿的蚀骨的满足，不时浮到眉梢。我们等待着相会的高潮，妻说：“孟子有灵性得很呢。”提醒我：“记不记得，你每天下班回来，它都听出你的脚步声，会忽然像发现了什么似的，猛地跳起来，跑到屋门口，歪脖坐着，大眼睛直瞪着门。一会工夫，果然你按门铃。你知道不知道，那么多人，它怎么分辨出是你呢？”我说：“说不定别人的脚步停下来，它也会那样。”妻说：“从来没有过，它只等你。两年来，它都是这样，你怎的这么难以沟通呢。”接着又呻吟说：“这次不知道它会不会到门口迎接我们？它嗅觉好，说不定我们按门铃时，它会嗅出气味来。你说，是不是？”接着兴奋地说：“一进门，我马上就给它戴上蝴蝶结。”

然而,回到了家,孟子并没有到门口迎接我们,妻迫不及待地到处呼唤,没有回声,一种阴冷的气氛扑面而来,那婆罗乃女孩面色苍白地说:“孟子不见了。”她发现它不见时,四出寻找,已找不到。妻盘问她,推算日期,妻做梦的那天,正是孟子失踪的那天,妻质问她:“你为什么不在电话上告诉我?”女孩委屈说:“我不敢啊,怕你在外心烦,而且我相信可以找到它。”计算日子,已一个半月了。妻手上的蝴蝶结,无声无息地掉下来,像一片被摧折了的永远离枝的嫩叶。

妻跑来跑去搜寻,包括它常躲藏的五楼梯口那张沙发底下,每一处女孩都说找过了,但妻仍要找。第二天起,一大早,妻就到附近巷子里,一面走一面喊:“孟子,孟子!”我有时也跟在后面喊。记得小女儿三岁的时候,早上下女抱她出去,天黑了还不回来,那时住在通化街,我跟妻就曾这么沿街叫着:“佳佳! 佳佳!”现在往事重现,人们都以为我们疯了。附近大街小巷都叫遍了,也没有回声。其实,猫的习性是不用声音回答人们呼唤的。几天下来,我有点疲惫,而且有些好奇人士的询问:“你们找什么人呀?”等到发现原是找一只小猫时,他们呈现出来的表情,也实在难看。我就放弃了。可是,妻不死心。大概是第五天下午,她兴冲冲回来,一面擦汗一面说:“有希望了,孟子准在那一家。”原来妻真的像疯子一样,逐家逐户地按门铃:“对不起,你看见孟子——一只雪白的小猫没有?”没有一家看见,直到那天下午,她按一家门铃时,一个男子的声音回答说:“什么,白小猫,等我看看。”过了一会说:“我们是同学们合租的宿舍,得等他们都回来才行。”妻对我说:“晚上我再去,准是他们收养了。”

可是,晚上妻却垂头丧气回来,那些男学生根本不准她进门,只一味说没有见到。妻说:“我想硬闯进去寻找,又打不过他们,你去试试。”我说:“用不着试,我也打不过他们呀。”妻说:“能不能报官呢?”我想为了一只猫,报官也没有用。而且,我们只是推理,并不能肯定孟子就在他们宿舍呀。

妻嗒然若丧。但直到去年搬家之前,她仍在到处寻找,然而,孟子却从此远远而去,再也不回来了。妻不断地想起她的那个梦,有时自言自语说:“它会不会受虐待呢？会不会想念我们呢?”这回轮到我保证了,我保证,就凭它那副憨憨的一脸无辜模样,就不会有人亏待它。可是,妻每看到一只白猫,总要端详半天,轻轻地唤:“孟子,孟子。”希望总有一天找回来团聚。而今,又是两年过去了,我知道再没有希望。

上星期,报上报道说,我们家孟子是台北三位名猫之一,看了之后,又触起妻的伤感。我们现在又养了一只猫,名“咪咪”,我本来为它取名“曾子”的,妻说用圣人命名可能留不住,就改为“咪咪”,但呼叫它时,有时候却会脱口而出地叫它孟子。

我一直盼望忘记它,妻越来越有点怪它不懂事,怎么不知道自己跑回来呢？可是我们已搬了家,它往哪里找呢？时间又隔这么久,它可能已不认识我们了。人生这般无常,它在我们生命中蓦地出现,又像闪电般的逝去,留给我们的是一份使我们不断怀念的凝伫!

(1983 年 6 月)

玳瑁猫与郁金香

◎丘秀芷

我养过很多猫，漂亮的、难看的；聪明的、愚笨的都有。现在养这只咪咪，不算最漂亮，也不算最聪明，但是它有许多特点。

那一身毛色就很抢人眼，有一位朋友告诉我：这是“玳瑁猫”，花彩就像玳瑁（海龟）花纹，给人一种“华贵”的感觉。其实它原先是只野猫，常跑到我弟弟家吃猫饭。我弟弟爱猫，原就养三只猫，多这一只吃饭也不嫌，就让它住下来。

三年前，我家性格的老咪因为被男主人骂了一句重话，“离家出走”，从此下落不明。不久老鼠常来我家作怪，于是我到弟弟家要猫，他随我挑，我就挑这只玳瑁猫。

玳瑁猫来我家，跟定了我，我上厨房，它跟到厨房；我到院子里，它也跟到院子，我出门，它送到巷口。甚至我上浴室，它就坐在浴室门口等。

我睡午觉，它就在床头柜上打呼，不过，男主人在家，它就不敢进卧室，因为男主人凶，会骂它。

每天早上，五点半到六点之间，它就会在窗口叫我起来。这倒不错，因为我的孩子早上要上学，我要是起晚了，小孩子也会迟到了，所以，我为玳瑁猫起一个外号，叫“闹钟猫”。但是，这也有一个缺点，星期天它也照旧“司晨”不误，我想多睡一会儿都不行，它每回非叫我起床它才会罢休。

我平常都在客厅插瓶花，或摆一盆花，如果有香味的花，玳瑁猫常会不时的去嗅一嗅。我不清楚它到底是不是真闻得出花香？还是因为看我常闻花香，它也学一学样。

它最会抓老鼠，它来我家后，最高纪录，一早上抓四只老鼠，不只我家老鼠绝了迹，连邻近人家的老鼠也被它逮光抓尽了。它真是应了一句俗话：“好猫管百家。”

有回我儿子的壁橱坏了，请一位木匠来修理，木匠进门时玳瑁猫不在家，后来它回来了，看到有陌生人在房间里，于是全身毛竖起，高声怒叫，我在厨房听了赶快跑去看，只见猫儿正张牙舞爪要扑向那木匠，我赶紧喝止它。那木匠吓得满头大汗，直说：

“你家这只猫，简直跟狗一样会看家！”

它到外头，别家孩子要捉它，准会被它用爪抓一把，在脸上留下“五线谱”。我家猫儿不会轻易让人家捉去的，不过客人来我家，猫儿要是看我们跟客人和气寒暄，它对客人也很好，很爱跳到客人膝盖上，有时还会舔洗客人的手呢！

它是一只母猫，以前怀过几次小猫流产，因此把狗儿生的小狗当自己的孩子。不过，最近一次，终于生下三只小猫，两只花色跟它一样，另一只是白底草黑色。

三只小猫被母猫叼来叼去，不知怎的，丢了一只。剩下的两只，愈大愈顽皮，有一只跟着母猫爬上屋顶，不小心摔了下来，大概摔坏了哪根神经，因此走起路来，像中风的老人，头歪的、脚步颠仆的，连吃饭、喝水都不方便。

猫妈妈常怜惜的舔着那只“残障”的小猫，小猫两三个月大了，还常吃奶。对了，玳瑁猫升为猫妈妈以后，再也不像以前那样一天到晚跟着我，它大概也知道自己“身为猫母”，不适合再撒娇腻人磨人了吧？

（1983年7月10日）

花花儿

◎杨绛

我大概不能算是爱猫的，因为我只爱个别的一只两只，而且只因为它不像一般的猫而似乎超出了猫类。

我从前苏州的家里养许多猫，我喜欢一只名叫大白的。它大概是波斯种，个儿比一般的猫大，浑身白毛，圆脸，一对蓝眼睛非常妩媚灵秀，性情又很温和。我常胡想，童话里美女变的猫，或者能变美女的猫，大概就像大白。大白如在户外玩够了想进屋来，就跳上我父亲书桌横侧的窗台，一只爪子软软地扶着玻璃，轻轻叫唤一声，看见父亲抬头看见它了，就跳下地，跑到门外蹲着静静等候。饭桌上尽管摆着它爱吃的鱼肉，它决不擅自取食，只是忙忙地跳上桌上又跳下地，仰头等着。跳上桌子是说："我也要吃。"跳下地是说："我在这儿等着呢。"

默存和我住在清华的时候养一只猫，皮毛不如大白，智力远在大白之上。那是我亲戚从城里抱来的一只小郎猫，才满月，刚断奶。它妈妈是白色长毛的纯波斯种，这儿子却是黑白杂色：背上三个黑圆，一条黑尾巴，四只黑爪子，脸上有匀匀的两个黑半圆，像时髦人戴的大黑眼镜，大得遮去半个脸，不过它连耳朵也是黑的。它是圆脸，灰蓝眼珠，眼神之美不输大白。它忽被人抱出城来，一声声直叫唤。我不忍，把小猫抱在怀里一整天，所以它和我最亲。

我们的老李妈爱猫。她说："带气儿的我都爱。"小猫来了我只会抱着，喂小猫的是她，"花花儿"也是她起的名字。那天傍晚她对我说："我已经给它把了一泡屎，我再把它一泡溺，教会了它，以后就不脏屋子了。"我不知道李妈是怎么"把"、怎么教的，花花儿从来没有弄脏过屋子，一次也没有。

我们让花花儿睡在客堂沙发上一个白布垫子上，那个垫子就算是它的领域。一次我把垫子双折着忘了打开，花花儿就把自己的身体约束成一长条，趴在上面，一点也不越出垫子的范围。一次它聚精会神地蹲在一叠箱子旁边，忽然伸出爪子一捞，就逮了一只耗子。那时候它还很小呢。李妈得意说："这猫儿就是灵。"它很早就懂得不准上饭桌，只伏在我的座后等候。李妈常说："这猫儿可仁义。"

花花儿早上见了李妈就要她抱。它把一只前脚勾着李妈的脖子，像小孩儿那样直着身子坐在李妈臂上。李妈笑说："瞧它！这猫儿敢情是小孩子变的，我就没见过这种样儿。"它早上第一次见我，总把冷鼻子在我脸上碰碰。清华的温德先生最爱猫，家里总养着好几只。他曾对我说："猫儿有时候会闻闻你，可它不是吻你，只是要闻闻你吃了什么东西。"我拿定花花儿不是要闻我吃了什么东西，因为我什么都没吃呢。即使我刚吃了鱼，它也并不再闻我。花花儿只是对我行个"早安"礼。我们有一罐结成团的陈奶粉，那是花花儿的零食，一次默存要花花儿也闻闻他，就拿些奶粉做贿赂。花花很懂事，也很无耻。我们夫妇分站在书桌的两头，猫儿站在书桌当中。它对我们俩这边看看，那边看看，要往我这边走，一转念，决然走到拿奶粉罐的默存那边去，闻了他一下脸，我们都大笑说："花花儿真无耻，有奶便是娘。"可是这充分说明，温德先生的话并不对。

一次我们早起不见花花儿。李妈指指茶几底下说："给我拍了一下，躲在那儿委屈呢。我忙着要扫地，它直绕着我要我抱，绕得我眼睛都花了。我拍了它一下，瞧它！赌气了！"花花儿缩在茶几底下，一只前爪遮着脑门子，满脸气苦，我们叫它也不出来。还是李妈把它抱了出来，抚慰了一下，它又照常抱着李妈的脖子，挨在她怀里。我们还没看见过猫儿会委屈，那副气苦的神情不是我们唯心想象的。它第一次上了树不会下来，默存设法救了它下来，它把爪子软软地在默存臂上搭两下，表示感激，这也不是我们主观唯心的想象。

花花儿清早常从户外到我们卧房窗前来窥望。我睡在离窗最近的一边。它也和大白一样，前爪软软地扶着玻璃，只是一声不响，目不转睛地守着。假如我不回脸，它决不叫唤；要等看见我已经看见它了，才叫唤两声，然后也像大白那样跑到门口去蹲着，仰头等候。我开了门它就进来，跳上桌子闻闻我，并不要求我抱。它偶然也闻闻默存和圆圆，不过不是经常。

它渐渐不服管教，晚上要跟进卧房。我们把它按在沙发上，可是一松手它就蹿进卧房；捉出来，又蹿进去，两只眼睛只顾看着我们，表情是恳求。我们三个都心软了，就让它进屋，看它进来了怎么样。我们的卧房是一长间，南北各有大窗，中间放个大衣橱，把屋子隔成前后两间，圆圆睡后间。大衣橱的左侧上方是个小橱，花花儿白天常进卧房，大约看中了那个小橱。它仰头对着小橱叫。我开了小橱的门，它一蹿就蹿进去，蜷伏在内，不肯出来。我们都笑它找到了好一个安适的窝儿，就开着小橱的门，让它睡在里面。可是它又不安分，一会儿又跳到床上，要钻被窝。它好像知道默存最依顺它，就往他被窝里钻，可是一会儿又嫌闷，又要出门去。我们给它折腾了一顿，只好狠狠心把它赶走。经过两三次严厉的管教，它也就听话了。

一次我们吃禾花雀，它吃了些脖子爪子之类，快活得发疯似的从椅子上跳到桌上，又跳回地上，欢腾跳跃，逗得我们大笑不止。它爱吃的东西很特别，如老玉米，水果糖，花生米，好像别的猫不爱吃这些。转眼由春天到了冬天。有时大雪，我怕李妈滑倒（她年已六十），就自己买菜。我买菜，总为李妈买一包香烟，一包花生米。下午没事，李妈坐在自己床上，抱着花花儿，喂它吃花生。花花儿站在她怀里，前脚搭在她肩上，那副模样煞是滑稽。

花花儿周岁的时候李妈病了；病得很重，只好回家。她回家后花花儿早晚在她的卧房门外绕着叫，叫了好几天才罢。换来一个郭妈又凶又狠，把花花儿当冤家看待。一天我坐在书桌前工作，花花儿跳在我的座后，用爪子在我背上一拍，等我回头，它就跳下地，一爪招手似的招，走几步又回头叫我。我就跟它走。它把我直招到厨房里，然后它用后脚站起，伸前爪去抓菜橱下层的橱门——里面有猫鱼。原来花花儿是问我要饭吃。我一看它的饭碗肮脏不堪，半碗剩饭都干硬了。我用热水把硬饭泡洗一下，加上猫鱼拌好，花花儿就乖乖地吃饭。可是我一离开，它就不吃了，追出来把我叫回厨房。我守着，它就吃，走开就不吃。后来我把它的饭碗搬到吃饭间里，它就安安顿顿吃饭。我心想：这猫儿又作怪，它得在饭厅里吃饭呢！不久我发现郭妈作弄它。她双脚夹住花花儿的脑袋，不让它凑近饭碗，嘴里却说："吃啊！吃啊！怎不吃呀？"我过去看看,郭妈忙一松腿,花花儿就跑了。我才懂得花花儿为什么不肯在厨房吃饭。

花花儿到我家一二年后,默存调往城里工作,圆圆也在城里上学,寄宿在校。他们都要周末才回家,平时只我一人吃饭。每年初夏我总"疰夏",饭菜不过是西红柿汤,凉拌紫菜头之类。花花儿又作怪,它的饭碗在我座后,它不肯在我背后吃。我把它的饭碗挪在饭桌旁边,它才肯吃;吃几口就仰头看着我,等我给它滴上半匙西红柿汤,它才继续吃。我假装不看见也罢,如果它看见我看见它了,就非给它几滴清汤。我觉得这猫儿太唯心了,难道它也爱喝清汤!

猫儿一岁左右还不闹猫,不过外面猫儿叫闹的时候总爱出去看热闹。它一般总找最依顺它的默存,要他开门,把两只前爪抱着他的手腕子轻轻咬一口,然后叼着他的衣服往门口跑,前脚扒门,抬头看着门上的把手,两只眼睛里全是恳求。它这一出去就彻夜不归。好月亮的时候也通宵在外玩儿。两岁以后,它开始闹猫了。我们都看见它争风打架的英雄气概,花花儿成了我们那一区的霸。

有一次我午后上课,半路上看见它"嗷、嗷"怪声叫着过去。它忽然看见了我,立即回复平时的娇声细气,"啊,啊,啊"向我走来。我怕它跟我上课堂,直赶它走。可是它紧跟不离,直跟到洋灰大道边才止步不前,站定了看我走。那条大道是它活动区的边界,它不越出自定的范围。三反运动期间,我每晚开会到半夜三更,花花儿总在它的活动范围内迎候,伴随我回家。

花花儿善解人意,我为它的聪明惊喜,常胡说:"这猫儿简直有几分'人气'。"猫的"人气",当然微弱得似有若无,好比

"人为万物之灵",人的那点灵光,也微弱得只够我们惶惑地照见自己多么愚暗。人的智慧自有打不破的局限,好比猫儿的聪明有它打不破的局限。

花花儿毕竟只是一只猫。三反运动后"院系调整",我们并入北大,迁居中关园。花花儿依恋旧屋,由我们捉住装入布袋,搬入新居,拴了三天才渐渐习惯些,可是我偶一开门,它一道电光似的向邻近树木繁密的果园蹿去,跑得无影无踪,一去不返。我们费尽心力也找不到它了。我们伤心得从此不再养猫。默存说:"有句老话:'狗认人,猫认屋。'看来花花儿没有'超出猫类'。"他的《容安馆休沐杂咏》还有一首提到它:"音书人事本萧条,广论何心续孝标,应是有情无处着,春风蛱蝶忆儿猫。"

一九八八年九月

养猫

◎冰心

林斤澜同志来信叫我谈养猫,但我并没有养猫。

咪咪是我的小女儿吴青养的。不过在选猫时我参加了意见。

当三只小猫都抱过来放在我的书桌上时,我一眼就看上了它！它一身雪白,只有一条黑尾巴和背上的两块黑点。

我说:这猫的毛色有名堂,叫做“鞭打绣球”。我女儿高兴地笑了说:那就要它吧。一面把它的姐妹送走了。

后来夏衍同志给我看一本关于猫的书,上面说白猫有一条黑尾巴,身上有黑点的,叫做“挂印拖枪”。这说法似乎更堂皇一些。

我自己行动不便,咪咪的喂养和调理,都由我的小女儿吴青和她的爱人陈恕来做。他们亲昵地称它为“我们的小儿子”。特别是吴青,一下班回来,进门就问:我的小儿子呢?

他们天天给它买鱼拌饭吃,有时还加上胡萝卜丝之类的蔬菜。天天早上还带它下楼去吃一点青草。还常常给它洗澡。咪咪的毛很长,洗完用大毛巾擦完,还得用吹风机吹干,洗一次澡总得用半天工夫。

咪咪当然对它的爸爸妈妈更亲热一些,当他们备课时,它就蜷伏在他们的怀里或书桌上,但当它爸爸妈妈上班的时候,它也会跑到我的屋里，在我床尾叠起的被子上，闻来闻去，然后就躺在上面睡觉，有时会跳上我的照满阳光的书桌上，滚来滚去，还仰卧着用前爪来逗我。

只有在晚上大家看电视时，只要吴青把它往我怀里一推，它就会乖乖地蜷成一团，一声不响地睡着，直到它妈妈来把它抱走。

咪咪还有点“人来疯”，它特别喜欢客人，客人来了，它总在桌上的茶杯和点心之间走来走去。客人要和我合影时，陈恕也总爱把它摆在我们中间。因此咪咪的相片，比我们家第三代的孩子都多！

咪咪现在四岁多了。听说猫的寿命一般可以活到十五六岁。我想它会比我活得长久。

一九八八年十月二十八日阳光满室之晨

老猫

◎季羡林

老猫虎子蜷曲在玻璃窗外窗台上一个角落里，缩着脖子，眯着眼睛，浑身一片寂寞、凄清、孤独、无助的神情。

外面正下着小雨，雨丝一缕一缕地向下飘落，像是珍珠帘子。时令虽已是初秋，但是隔着雨帘，还能看到紧靠窗子的小土山上丛草依然碧绿，毫无要变黄的样子。在万绿丛中赫然露出一朵鲜艳的红花。古诗“万绿丛中一点红”，大概就是这般光景吧。这一朵小花如火似燃，照亮了浑茫的雨天。

我从小就喜爱小动物。同小动物在一起，别有一番滋味。它们天真无邪，率性而行；有吃抢吃，有喝抢喝；不会说谎，不会推诿；受到惩罚，忍痛挨打；一转眼间，照偷不误。同它们在一起，我心里感到怡然，坦然，安然，欣然。不像同人在一起那样，应对进退，谨小慎微；斟酌词句，保持距离，感到异常地别扭。

十四年前，我养的第一只猫，就是这个虎子。刚到我家来的时候，比老鼠大不了多少。蜷曲在窄狭的窗内窗台上，活动的空间好像富富有余。它并没有什么特点，仅只是一只最平常的狸猫，身上有虎皮斑纹，颜色不黑不黄，并不美观。但是异于常猫的地方也有，它有两只炯炯有神的眼睛，两眼一睁，还真虎虎有虎气，因此起名叫虎子。它脾气也确实暴烈如虎。

它从来不怕任何人。谁要想打它，不管是用鸡毛掸子，还是用竹竿，它从不回避，而是向前进攻，声色俱厉。得罪过它的人，它永世不忘。我的外孙打过一次，从此结仇。只要他到我家来，隔着玻璃窗子，一见人影，它就做好准备，向前进攻，爪牙并举，吼声震耳。他没有办法，在家中走动，都要手持竹竿，以防万一，否则寸步难行。有一次，一位老同志来看我，他显然是非常喜欢猫的。一见虎子，嘴里连声说着："我身上有猫味，猫不会咬我的。"他伸手想去抚摩它，可万没有想到，我们虎子不懂什么猫味，回头就是一口。这位老同志大惊失色。总之，到了后来，虎子无人不咬，只有我们家三个主人除外。它的"咬声"颇能耸人听闻了。

但是，要说这就是虎子的全面，那也是不正确的。除了暴烈咬人以外，它还有另外一面，这就是温柔敦厚的一面。我举一个小例子。虎子来我们家以后的第三年，我又要了一只小猫。这是一只混种的波斯猫，浑身雪白，毛很长，但在额头上有一小片黑黄相间的花纹。我们家人管这只猫叫洋猫，起名咪咪；虎子则被尊为土猫。这只猫的脾气同虎子完全相反：胆小、怕人，从来没有咬过人，只有在外面跑的时候，才露出一点野性。它只要有机会溜出大门，但见它长毛尾巴一摆，像一溜烟似的立即窜入小山的树丛中，半天不回家。这两只猫并没有血缘关系，但是，不知道是由于什么原因，一进门，虎子就把咪咪看作是自己的亲生女儿。它自己本来没有什么奶，却坚决要给咪咪喂奶，把咪咪搂在怀里，让它咂自己的干奶头，它眯着眼睛，仿佛在享着天福。我在吃饭的时候，有时丢点鸡骨头、鱼刺，这等于猫们的燕窝、鱼翅。但是，虎子却只蹲在旁边，瞅着咪咪一只猫吃，从来不同它争食。有时还"咪噢"上两声，好像是在说："吃吧，孩子！安安静静地吃吧！"有时候，不管是春夏还是秋冬，虎子会从西边的小山上逮一些小动物，麻雀、蚱蜢、蝉、蛐蛐之类，用嘴叼着，蹲在家门口，嘴里发出一种怪声。这是猫语，屋里的咪咪，不管是睡还是醒，耸耳一听，立即跑到门后，馋涎欲滴，等着吃母亲带来的佳肴，大快朵颐。我们家人看到这样母子亲爱的情景，都由衷地感动，一致把虎子称作"义猫"。有一年，小咪咪生了两个小猫。大概是初做母亲，没有经验，正如我们圣人所说的那样："未有学养子而后嫁者也。"人们能很快学会，而猫们则不行。咪咪丢下小猫不管，虎子却大忙特忙起来，觉不睡，饭不吃，日日夜夜把小猫搂在怀里。但小猫是要吃奶的，而奶正是虎子所缺的。于是小猫暴躁不安，虎子眉头一皱，计上心来，叼起小猫，到处追着咪咪，要它给小猫喂奶。还真像一个姥姥样子，但是小咪咪并不领情，依旧不给小猫喂奶。有几天的时间，虎子不吃不喝，瞪着两只闪闪发光的眼睛，嘴里叼着小猫，从这屋赶到那屋；一转眼又赶了回来。小猫大概真是受不了啦，便辞别了这个世界。

我看了这一出猫家庭里的悲剧又是喜剧，实在是爱莫能助，惋惜了很久。

我同虎子和咪咪都有深厚的感情。每天晚上，它们俩抢着到我床上去睡觉。在冬天，我在棉被上面特别铺上了一块布，供它们躺卧。我有时候半夜里醒来，神志一清醒，觉得有什么东西重重地压在我身上，一股暖气仿佛透过了两层棉被，扑到我的双腿上。我知道，小猫睡得正香，即使我的双腿由于僵卧时间过久，又酸又痛，但我总是强忍着，决不动一动双腿，免得惊了小猫的轻梦。它此时也许正梦着捉住了一只耗子。

只要我的腿一动，它这耗子就吃不成了，岂非大煞风景吗？

这样过了几年，小咪咪大概有八九岁了。虎子比它大三岁，十一二岁的光景。依然威风凛凛，脾气暴烈如故，见人就咬，大有死不改悔的神气。而小咪咪则出我意料地露出了下世的光景。常常到处小便，桌子上，椅子上，沙发上，无处不便。如果到医院里去检查的话，大夫在列举的病情中一定会有一条的：小便失禁。最让我心烦的是，它偏偏看上了我桌子上的稿纸。我正写着什么文章，然而它却根本不管这一套，跳上去，屁股往下一蹲，一泡猫尿流在上面，还闪着微弱的光。说我不急，那不是真的。我心里真急，但是，我谨遵我的一条戒律：决不打小猫一掌，在任何情况之下，也不打它。此时，我赶快把稿纸拿起来，抖掉了上面的猫尿，等它自己干。心里又好气，又好笑，真是哭笑不得。家人对我的嘲笑，我置若罔闻，“全等秋风过耳边”。

我不信任何宗教，也不皈依任何神灵。但是，此时我却有点想迷信一下。我期望会有奇迹出现，让咪咪的病情好转。可世界上是没有什么奇迹的，咪咪的病一天一天地严重起来。它不想回家，喜欢在房外荷塘边上石头缝里呆着，或者藏在小山的树木丛里。它再也不在夜里睡在我的被子上了。每当我半夜里醒来，觉得棉被上轻飘飘的，我惘然若有所失，甚至有点悲伤了。我每天凌晨起来，第一件事情就是拿着手电到房外塘边山上去找咪咪。它浑身雪白，是很容易找到的。在薄暗中，我眼前白白地一闪，我就知道是咪咪。见了我，“咪噢”一声，起身向我走来。我把它抱回家，给它东西吃，它似乎根本没有口味。我看了直想流泪。有一次，我拖着疲惫的身子，走几里路，到海淀的肉店里去买猪肝和牛肉。拿回来，喂给咪咪,它一闻,似乎有点想吃的样子;但肉一沾唇,它立即又把头缩回去,闭上眼睛,不闻不问了。

有一天傍晚,我看咪咪神情很不妙,我预感要发生什么事情。我唤它,它不肯进屋。我把它抱到篱笆以内,窗台下面。我端来两只碗,一只盛吃的,一只盛水。我拍了拍它的脑袋,它偎依着我,“咪噢”叫了两声,便闭上了眼睛。我放心进屋睡觉。第二天凌晨,我一睁眼,三步并作一步,手里拿着手电,到外面去看。哎呀不好!两碗全在,猫影顿杳。我心里非常难过,说不出是什么滋味。我手持手电找遍了塘边,山上,树后,草丛,深沟,石缝。有时候,眼前白光一闪。“是咪咪!”我狂喜。走近一看,是一张白纸。我嗒然若丧,心头仿佛被挖掉了点什么。“屋前屋后搜之遍,几处茫茫皆不见。”从此我就失掉了咪咪,它从我的生命中消逝了,永远永远地消逝了。我简直像是失掉了一个好友,一个亲人。至今回想起来,我内心里还颤抖不止。

在我心情最沉重的时候,有一些通达世事的好心人告诉我,猫们有一种特殊的本领,能知道自己什么时候寿终。到了此时此刻,它们决不呆在主人家里,让主人看到死猫,感到心烦,或感到悲伤。它们总是逃了出去,到一个最僻静、最难找的角落里,地沟里,山洞里,树丛里,等候最后时刻的到来。因此,养猫的人大都在家里看不见死猫的尸体。只要自己的猫老了,病了,出去几天不回来,他们就知道,它已经离开了人世,不让举行遗体告别的仪式,永远永远不再回来了。

我听了以后,憬然若有所悟。我不是哲学家,也不是宗教家,但却读过不少哲学家和宗教家谈论生死大事的文章。这些文章多半有非常精辟的见解,闪耀着智慧的光芒,我也想努力从中学习一些有关生死的真理，结果却是毫无所得。那些文章中，除了说教以外，几乎没有什么有用的东西，大半都是老生常谈，不能解决什么实际问题，没能给我留下深刻的印象。现在看来，倒是猫们临终时的所作所为，即使仅仅是出于本能吧，却给了我很大的启发。人们难道就不应该向猫们学习这一点经验吗？有生必有死，这是自然规律，谁都逃不过。中国历史上的赫赫有名的人物，秦皇、汉武，还有唐宗，想方设法，千方百计，想求得长生不老，到头来仍然是竹篮子打水一场空，只落得黄土一抔，“西风残照汉家陵阙”。我辈平民百姓又何必煞费苦心呢？一个人早死几个小时，或者晚死几个小时，甚至几天，实在是无所谓的小事，决影响不了地球的转动，社会的前进。再退一步想，现在有些思想开明的人士，不想长生不死，不想在大地上再留黄土一抔；甚至开明到不要遗体告别，不要开追悼会，但是仍会给后人留下一些麻烦：登报，发讣告，还要打电话四处通知，总得忙上一阵。何不学一学猫们呢？它们这样处理生死大事，干得何等干净利索呀！一点痕迹也不留，走了，走了，永远地走了，让这花花世界的人们不见猫尸，用不着落泪，照旧做着花花世界的梦。

我忽然联想到我多次看过的敦煌壁画上的西方净土变。所谓“净土”，指的就是我们常说的天堂、乐园，是许多宗教信徒烧香念佛，查经祷告，甚至实行苦行，折磨自己，梦寐以求想到达的地方。据说在那里可以享受天福，得到人世间万万得不到的快乐。我看了壁画上画的房子、街道、树木、花草，以及大人、小孩，林林总总，觉得十分热闹。可我觉得没有什么出奇之处。只有一件事给我留下了永不磨灭的印象，那就是，那里的人们都是笑口常开，没有一个人愁眉苦脸，他们的日子大概过得都很惬意,不像在我们人间有这样许多不如意的事情,有时候办点事,还要找后门,钻空子。在他们的商店里——净土里面还实行市场经济吗?他们还用得着商店吗?——售货员大概都很和气,不给人白眼,不训斥"上帝",不扎堆闲侃,不给人钉子碰。这样的天堂乐园,我也真是心向往之的。但是给我印象最深,使我最为吃惊或者羡慕的还是他们对待要死的人的态度。那里的人,大概同人世间的猫们差不多,能预先知道自己寿终的时刻。到了此时,要死的老嬷嬷或者老头,健步如飞地走在前面,身后簇拥着自己的子子孙孙、至亲好友,个个喜笑颜开,全无悲戚的神态,仿佛是去参加什么喜事一般,一直把老人送进坟墓。后事如何,壁画不是电影,是不能动的,然而画到这个程度,以后的事尽在不言中。如果一定要画上填土封坟,反而似乎是多此一举了。我觉得,净土中的人们给我们人类争了光。他们这一手比猫们又漂亮多了。知道必死,而又兴高采烈,多么豁达!多么聪明!猫们能做得到吗?这证明,净土里的人们真正参透了人生奥秘,真正参透了自然规律。人为万物之灵,他们为我们人类在同猫们对比之下真正增了光!真不愧是净土!

上面我胡思乱想得太远了,还是回到我们人世间来吧。我坦白承认,我对人生的奥秘参透得还不够,我对自然规律参透得也还不够。我仍然十分怀念我的咪咪。我心里仿佛有一个空白,非填起来不行。我一定要找一只同咪咪一模一样的白色波斯猫。后来果然朋友又送来了一只,浑身长毛,洁白如雪,两只眼睛全是绿的,亮晶晶像两块绿宝石。为了纪念死去的咪咪,我仍然为它命名"咪咪",见了它,就像见到老咪咪一样。过了大约又有一年的光景,友人又送了我一只据说是纯种的波斯猫，两只眼睛颜色不同，一黄一蓝。在太阳光下，黄的特别黄，蓝的特别蓝，像两颗黄蓝宝石，闪闪发光，竞妍争艳。这只猫特别调皮，简直是胆大无边，然而也因此就更特别可爱。这一下子又忙坏了虎子，它认为这两只小猫都是自己的亲生女儿，硬逼着它们吮吸自己那干瘪的奶头。只要它走出去，不知在什么地方弄到了小鸟、蚱蜢之类，就带回家来，给两只小猫吃。好久没有听到的"咪噢"唤小猫的声音，现在又听到了。我心里漾起了一丝丝甜意。这大大地减轻了我对老咪咪的怀念。

可是岁月不饶人，也不会饶猫的。这一只"土猫"虎子已经活到十四岁。据通达世情的人们说，猫的十四岁，就等于人的八九十岁。这样一来，我自己不是成了虎子的同龄"人"了吗？这个虎子却也真怪，有时候，颇现出一些老相，两只炯炯有神的眼睛里忽然被一层薄膜蒙了起来，嘴里流出了哈喇子，胡子上都沾得亮晶晶的，不大想往屋里来，日日夜夜趴在阳台上蜂窝煤堆上，不吃，不喝。我有了老咪咪的经验，知道它快不行了。我也跑到海淀，去买来牛肉和猪肝，想让它不要饿着肚子离开这个世界。我随时准备着：第二天早晨一睁眼，虎子不见了。结果虎子并没有这样干。我天天凌晨第一件事就是来看虎子，隔着窗子，依然黑糊糊的一团，卧在那里。我心里感到安慰。有时候，它也起来走动了。我在本文开头时写的就是去年深秋一个下雨天我隔窗看到的虎子的情况。

到了今天，半年又过去了。虎子不但没有走，而且顽健胜昔，仍然是天天出去。有时候在晚上，窗外的布帘子的一角蓦地被掀了起来，一个丑角似的三花脸一闪，我便知道，这是虎子回来了，连忙开门，放它进来。大概同某一些老年人一样——不是所有的老年人——到了暮年就改恶向善，虎子的脾气大大地改变了，几乎再也不咬人了。我早晨摸黑起床，写作看书累了，常常到门外湖边山下去走一走。此时，我冷不防脚下忽然踢着了一团软乎乎的东西，这是虎子。它在夜里不知道在什么地方呆了一夜，现在看到了我，一下子蹿了出来，用身子蹭我的腿，在我身前和身后转悠。它跟着我，亦步亦趋，我走到哪里，它就跟到哪里，寸步不离。我有时故意爬上小山，以为它不会跟来了，然而一回头，虎子正跟在身后。猫是从来不跟人散步的，只有狗才这样干。有时候碰到过路的人，他们见了这情景，都大为吃惊。"你看猫跟着主人散步哩！"他们说，露出满脸惊奇的神色。最近一个时期，虎子似乎更精力旺盛了，它返老还童了。有时候竟带一个它重孙辈的小公猫到我们家阳台上来，"今夜我们相识"。虎子用不着介绍就相识了。看样子，虎子一去不复返的日子遥遥无期了。我成了拥有三只猫的家庭的主人。

我养了十几年猫，前后共有四只。猫们向人们学习什么，我不通猫语，无法询问。我作为一个人却确实向猫学习了一些有用的东西。上面讲过的对处理死亡的办法，就是一个例子。我自己毕竟已经年纪很大了，常常想到死的问题。鲁迅五十多岁就想到了，我真是瞠乎后矣。人生必有死，这是无法抗御的，而且我还认为死也是好事情。如果世界上的人都不死，连我们的轩辕老祖和孔老夫子今天依然峨冠博带，坐着奔驰车，到天安门上去遛弯，你想人类世界会成一个什么样子！人是百代的过客，总是要走过去的，这决不会影响地球的转动和人类社会的进步。每一代人都只是一场没有终点的长途接力赛的一环。前不见古人，后不见来者，是宇宙常规。人老了要死，像在净土里那样，应该算是一件喜事。老人跑完了自己的一棒，把棒交给后人，自己要休息了，这是正常的。不管快慢，他们总算跑完了一棒，总算对人类的进步做出了贡献，总算尽上了自己的天职。年老了要退休，这是身体精神状况所决定的，不是哪个人能改变的。老人们会不会感到寂寞呢？我认为，会的。但是我却觉得，这寂寞是顺乎自然的，从伦理的高度来看，甚至是应该的。我始终主张，老年人应该为青年人活着，而不是相反。青年人有接力棒在手，世界是他们的，未来是他们的，希望是他们的。吾辈老年人的天职是尽上自己仅存的精力，帮助他们前进，必要时要躺在地上，让他们踏着自己的躯体前进，前进。如果由于害怕寂寞而学习《红楼梦》里的贾母，让一家人都围着自己转，这不但是办不到的，而且从人类前途利益来看是犯罪的行为。我说这些话，也许有人怀疑，我是不是碰到了什么不如意的事，才说出这样令某些人骇怪的话来。不，不，决不。我现在身体顽健，家庭和睦，在社会上广有朋友，每天照样读书、写作、会客、开会不辍。我没有不如意的事情，也没有感到寂寞。不过自己毕竟已逾耄耋之年，面前的路有限了，不免有时候胡思乱想。而且，我同猫们相处久了，觉得它们有些东西确实值得我们学习，我们这些万物之灵应该屈尊一下，学习学习。即使只学到猫们处理死亡大事这一手，我们社会上会减少多少麻烦呀！

“那么，你是不是准备学习呢？”我仿佛听到有人这样质问了。是的，我心里是想学习的。不过也还有些困难。我没有猫的本能，我不知道自己的大限何时来到。而且我还有点担心。如果我真正学习了猫，有一天忽然偷偷地溜出了家门，到一个旮旯里、树丛里、山洞里、河沟里，一头钻进去藏了起来，这样一来，我们人类社会可不像猫社会那样平静，有些人必然认为这是特大新闻，指手画脚，嘁嘁喳喳。如果是在旧社会里或者在今天的香港等地的话，这必将成为头版头条的爆炸性新闻，不亚于当年的杨乃武和小白菜。我的亲属和朋友也必将派人出去寻找，派的人也许比寻找彭加木的人还要多。这是多么可怕的事呀！因此我就迟疑起来。至于最后究竟何去何从？我正在考虑、推敲、研究。

（1992 年）

猫冢

◎宗璞

十月份到南方转了一圈，成功地逃避了气管炎和哮喘——那在去年是发作得极剧烈的。月初回到家里，满眼已是初冬的景色。小径上的落叶厚厚一层，树上倒是光秃秃的了。风庐屋舍依旧，房中父母遗像依旧，我觉得一切似乎平安，和我们离开时差不多。

见过了家人以后，觉得还少了什么。少的是家中另外两个成员——两只猫。“媚儿和小花呢？”我和仲同时发问。

回答说，他们出去玩了，吃饭时会回来。午饭之后是晚饭，猫儿还不露面。晚饭后全家在电视机前小坐，照例是少不了两只猫的。媚儿常坐在沙发扶手上，小花则常蹲在地上，若有所思地望着我，我总是和它说话，问它要什么，一天过得好不好。它以打呵欠来回答。有时就试图坐到膝上来，有时则看看门外，那就得给它开门。

可这一天它们不出现。

“小花，小花，快回家！”我开了门灯，站在院中大声召唤。因为有个院子，屋里屋外，猫们来去自由，平常晚上我也常常这样叫它。叫过几分钟后，一个白白圆圆的影子便会从黑暗里浮出来，有时快步跳上台阶，有时走两步停一停，似乎是闹着玩。有时我大开着门它却不进来，忽然跳着抓小飞虫去了，那我就不等它，自己关门。一会儿再去看时，它坐在台阶上，一脸期待的表情，等着开门。

小花被家人认为是我的猫。叫它回家是我的差事，别人叫，它是不理的，仲因为给它洗澡，和它隔阂最深。一次仲叫它回家，越叫它越往外走，走到院子的栅栏门了，忽然回头见我出来站在屋门前，它立刻转身飞箭也似跑到我身旁。没有衡量，没有考虑，只有天大的信任。

对这样的信任我有些歉然，因为有时我也不得不哄骗它，骗它在家等着，等到的是洗澡。可它似乎认定了什么，永不变心，总是坐在我的脚边，或睡在我的椅子上。再叫它，还是高兴地回家。

可是现在，无论怎么叫，只有风从树枝间吹过，好不凄冷。

七十年代初，一只雪白的、蓝眼睛的狮子猫来到我家，我们叫它狮子，它活了五岁，在人来讲，约三十多岁，正在壮年。它是被人用鸟枪打死的。当时正生过一窝小猫，好的送人了，只剩一只长毛三色猫，我们便留下了它，叫它花花，花花五岁时生了媚儿，因为好看，没有舍得送人。花花活了十岁左右，也还有一只小猫没有送出。也是深秋时分，它病了，不肯在家，曾回来有气无力地叫了几声，用它那妩媚温顺的眼光看着人，那是它的告别了。后来忽然就不见了。猫不肯死在自己家里，怕给人添麻烦。

孤儿小猫就是小花，它是一只非常敏感，有些神经质的猫，非常注意人的脸色，非常怕生人。它基本上是白猫，头顶、脊背各有一块乌亮的黑，还有尾巴是黑的。尾巴常蓬松地竖起，如一面旗帜，招展很有表情。它的眼睛略呈绿色，目光中常有一种若有所思的神情。我常常抚摸它,对它说话,觉得它不知什么时候就会回答。若是它忽然开口讲话,我一点不会奇怪。

小花有些狡猾,心眼儿多,还会使坏。一次我不在家,它要仲给它开门,仲不理它,只管自己坐着看书。它忽然纵身跳到仲膝上,极为利落地撒了一泡尿,仲连忙站起时,它已方便完毕,躲到一个角落去了。"连猫都斗不过!"成了一个话柄。

小花也是很勇敢的,有时和邻家的猫小白或小胖打架,背上的毛竖起,发出和小身躯全不相称的吼声。"小花又在保家卫国了。"我们说。它不准邻家的猫践踏草地。猫们的界限是很分明的,邻家的猫儿也不欢迎客人。但是小花和媚儿极为友好地相处,从未有过纠纷。

媚儿比小花大四岁,今年已快九岁,有些老态龙钟了。它浑身雪白,毛极细软柔密,两只耳朵和尾巴是一种娇嫩的黄色。小时可爱极了,所以得一媚儿之名。它不像小花那样敏感,看去有点儿傻乎乎。它曾两次重病,都是仲以极大的耐心带它去小动物门诊,给它打针服药,终得痊愈。两只猫洗澡时都要放声怪叫。媚儿叫时,小花东藏西躲,想逃之夭夭。小花叫时,媚儿不但不逃,反而跑过来,想助一臂之力,其憨厚如此。它们从来都用一个盘子吃饭。小花小时,媚儿常让它先吃。小花长大,就常让媚儿先吃。有时一起吃,也都注意谦让。我不免自夸几句:"不要说郑康成婢能诵毛诗,看看咱们家的猫!"

可它们不见了!两只漂亮的、各具性格的、懂事的猫,你们怎样了?

据说我们离家后几天中，小花在屋里大声叫，所有的柜子都要打开看过。给它开门，又不出去。以后就常在外面，回来的时间少。以后就不见了，带着爱睡觉的媚儿一起不见了。

“到底是哪天不见的?”我们追问。

都说不清，反正好几天没有回来了。我们心里沉沉的，找回的希望很小了。

“小花，小花，快回家!”我的召唤在冷风中，向四面八方散去。

没有回音。

猫其实不仅是供人玩赏的宠物，它对人是有帮助的。我从来没有住过新造成的房子，旧房就总有鼠患。在城内乃兹府居住时，老鼠大如半岁的猫，满屋乱蹿，实在令人厌恶，抱回一只小猫，就平静多了。风庐中鼠洞很多，鼠们出没自由。如有几个月无猫，它们就会偷粮食，啃书本，坏事做尽。若有猫在，不用费力去捉老鼠，只要坐着，甚至睡着喵呜几声，鼠们就会望风而逃。一次父亲和我还据此讨论了半天“天敌”两字。猫是鼠的天敌，它就有灭鼠的威风！驱逐了鼠的骚扰，面对猫的温柔娇媚，感到平静安详，赏心悦目，这多么好！猫实在是人的可爱而有力的朋友。

小花和媚儿的毛都很长，很光亮。看惯了，偶然见到紧毛猫，总觉得它没穿衣服。但长毛也有麻烦处，它们好像一年四季都在掉毛，又不肯在指定的地点活动，以致家里到处是猫毛。有朋友来，小坐片刻，走时一身都是毛，主人不免尴尬。

一周过去了，没有踪影。也许有人看上了它们那身毛皮——亲爱的小花和媚儿，你们究竟遇到了什么！

我们曾将狮子葬在院门内枫树下，大概早溶在春来绿如翠、秋至红如丹的树叶中了。狮子的儿孙们也一代又一代地去了,它们虽没有葬在冢内,也各自到了生命的尽头。“前不见古人,后不见来者”,生命只有这么有限的一段,多么短促。我亲眼看见猫儿三代的逝去,是否在冥冥中,也有什么力量在看着我们一代又一代在消逝呢。

一九九二年十一月上旬

告别伊咪

◎铁凝

一

这家的父亲从熟人家回来,对这家的母亲说,熟人家有一只白猫,一只他从来没见过的好看的白猫。只是他们养猫的方法有些特别:用根破草绳将猫拴在厨房门口,猫浑身沾满灰尘。猫眼前是一个糊满嘎巴的空饭碗,叫人觉得这猫若有手,手里再有一根打狗棍,猫的处境就更不一般了。母亲说父亲想象力丰富,居然能把猫想做一个乞讨的人。女儿说,也许是猫的美丽和它那粗陋的生活方式对比之鲜明,才给父亲留下了深刻的印象。全家感叹一阵,就转了话题。

数日后的一个晚上,熟人来到这家,手提一只不大不小的纸箱,对父亲说:“上次您去我家,不是夸过这猫好看吗,我给您送来了。”说着也不看这家人的眼色,就把纸箱打开将猫放了出来。

熟人的言行令父亲和母亲有些尴尬,因为父亲虽然夸奖过这猫的好看,却并没有养猫的打算。这家人从未养过猫,再说他们住楼房,女儿也极爱干净。一家人望着那猫,猫蹲在熟人脚边,蓬头垢面,眼神躲闪,宛若逃学之后斗殴归来的一名顽童。

一时无人对猫的去留发言。

熟人有些沉不住气，便竭力向这家人证明眼前的猫原不是这猫的本色。为使猫显出本色，他请求母亲立刻备盆备水，他要当场将猫洗净。

用温水清洗过的猫果然焕然一新，当它那通身雪白的长毛变得光润、蓬松之后，它也自觉无愧于这世界了。它并紧健壮的双腿，闪烁着一双圆而大的眼睛好奇地打量起生人。它那淡蓝色眼睛配以淡粉色鬓角，显得格外娇媚。熟人观察着父亲和母亲，那眼光像在说："你们不会为难了吧！世上难道还有不喜欢这猫的人吗？"

接着，熟人又趁热打铁地诉说了他将这猫送来的原因：父亲去世了，他要结婚了，于是便要给猫找一家最好的新主人。

熟人讲的净是实情，新主人便决定收下这猫。难道还能再让这只干净猫钻进纸箱，让熟人拎着去找主儿吗？那就仿佛是他们全家一道抛弃了这猫。

这是四年前的事。

二

女儿给猫起了个名字叫做伊咪。邻居们都称赞伊咪的出众，却又提醒说，这猫大了点，养猫可是要自小养。

这时全家人才发现自己并没有大猫小猫的概念。记得熟人送伊咪来时说他六个月，而明眼人却告诉母亲说，这猫肯定有一岁多。如此说，熟人送猫时，显然是瞒了岁数的。

无论伊咪是否被瞒了岁数，无论他是否已一岁有余，于这家人已不是最重要的，重要的是他们看重了伊咪的品格。这是一只仁义且憨厚的猫，他不肯轻易向人邀宠，也不随便感谢人对他的好意。来这家之后，他很花了些时间观察、体味和思索周围。他常常与家人拉开些距离，独自凝视着一个地方，似乎不愿太快地忘记从前那“破草绳、打狗棍”的生活，虽然现在的日子比从前要优越得多。首先新主人不再拴他，他尽可自由出入每个房间，并在晚上，走进父母房里，跳上床在母亲的脚边睡觉。他的饮食也从此规律起来，每日两餐，饭盆和水碗被女儿洗刷得干干净净。在逐渐地有了安全感和舒适感之后，他还为自己找到了鐾爪的地方：饭桌的桌腿。他常在一觉醒来之后走近饭桌，双“手”抱住桌腿开始他的鐾爪运动。有人说猫的鐾爪，大约是对爪的磨砺吧。他后腿着地，前爪紧抱起桌腿，咯咯挠着，那爪子“刮”下的木屑落在地上，地上常有一小片淡黄色的木屑。日久天长，桌腿显出坑洼，那坑洼的桌腿就好比枯瘦老人的那站不直的腿。

在伊咪的鐾爪过程中你才能窥见家猫血液里那一点原始的野性：总要有备无患吧，总要为着意外的自卫而磨砺自己吧。这使得主人一直没有为他剪去指甲——像有些养猫人家常做的那样。既然强大的人类都有自卫的权利，猫的一副指甲又有什么不可容忍的呢。他们也没有为他去势，女儿听一位养猫行家说，去了势的猫虽然温和顺随，但只要与他的同类相遇，便要受到奚落和羞辱。他（她）们会一拥而上地嘲弄他并任意厮打他，因为他已不属于他（她）们中任何性别的一员。主人愿意让伊咪自然地活着。

当伊咪经过了慎重的观察与思考，认定这确是一家真心待他的好人，便尽心尽意地与家人配合，决心为自己树立些更优良的品格。首先，他无师自通地学会了小便时上马桶，他很为自己能学得这一本领感到自豪，常在有客人来访时一次又一次跑进厕所，跳上马桶摆正自己，微微梗着脖子，神色庄严地开始撒尿。每当清晨和晚上，卫生间利用率最高的时刻，伊咪便也不失时机地表现他的紧迫和慌张。如果家中哪一位要进卫生间，他必定在你脚下一路磕绊着跑在前边，抢先冲进去，虽然那一刻他并没有什么好排泄的。如果碰巧他被关在了卫生间之外，他便煞有介事地或在门口来回踱步，或扬起巴掌拍门，示意他的等待是有限的，他的迫切感早已胜过了里面的人。

伊咪希望全家和睦相处，反对各行其是。比如全家的看电视，永远使伊咪激动。他激动着自己卧在全家人前，眯起双眼从始至终，那电视内容对他却无关紧要。他为难的是家人有时对电视节目的分歧：父亲津津有味地把住客厅的电视看足球赛，母亲和女儿到另一房间看电视剧。这时的伊咪先是遗憾地在两个房间奔跑一阵，最后便坐在两房之间的过厅里，以此来联络全家的感情。

幸亏明天又是个团聚的时刻，那时伊咪会无限欣慰地选择自己的位置，他常用一种极其虔诚的办法卧在全家面前。那是一种自己把自己摔倒在地，胸膛里还会发出一个“啾”的声音。他摔得忠实，摔得无所顾忌。他故意用自己的憨态，引来全家的高兴。

女儿说，也许伊咪的母亲没有来得及教会他怎样卧倒吧。

父亲说，这正是他要提起全家的注意——有我在难道你们还各行其是吗？

三

伊咪的祖父是纯种波斯猫。到了伊咪这一代,只余几分波斯成分了。但他的性格里,却几乎包含了波斯猫的全部特征:聪明、胆小、敏感。

当他确认了自己是这家庭当之无愧的一员后,对家中的新鲜事物总是表现出极大的好奇和兴奋。从新添置的家具到篮子里应时的蔬菜,他从不放过对它们热烈的鉴赏。当母亲坐在厨房择芹菜时,伊咪会凑上前去,伸出小巴掌拍打着菜叶,就像在说,芹菜吗,我对这味道可不讨厌。女儿在一本关于养猫的书上确实看到,猫对芹菜味儿有特殊喜好,就也给他在饭里加些芹菜吃。伊咪吃着,品着。有时他也斗胆去闻葱头,立刻被呛得打起喷嚏——原来葱头不是芹菜。伊咪躲开了。

这家的钢琴是母亲的。每当母亲弹奏时,伊咪必定凝神屏气地坐在远处倾听。当他第一次听见钢琴发出的声音,居然兴奋地在沙发上奔跑了好几个来回。他感到疑惑不解,又为这奇特的音响不能自制。那么,我能使它发出声响吗?从此,他创造了一个新节目,便是趁人不备时一遍又一遍从钢琴上跑过。他那踩在琴盖上的步子细碎、匆忙却非常坚定,好像在模仿人的手指,琴也会发出轻微的共鸣。但母亲是严禁他上琴的,为此她严厉地批评着他。他们面对面坐着,开始伊咪不动声色地听,当母亲的絮叨没完没了时,他便闭起双眼,微颦着眉头,下巴向里紧收着,那神情分明在示意母亲:除了我之外,谁还能忍受你如此的絮叨呢。在以后的日子里,这姿势成了伊咪准备忍受强大不耐烦时的代表性神情。

这家的父亲是画家，有一次从山里归来，带回一只野山羊头骨的标本。这是一只矫健的公羊，两只深棕色的犄角向两边翻卷着，显得十分威武。父亲将羊头挂在客厅的墙壁上，伊咪立刻就发现了客厅的气氛不同寻常。

像所有的波斯猫一样，伊咪也是短腿，弹跳能力之差，使他没有向高处攀登的兴趣，但他能很快发现高处的一切。现在墙壁上出现了一个长犄角的家伙。他坐下来，仰起脸，端详着那于他来说十分古怪和陌生的东西，目光里有一点愕然，有一点敬畏。莫非这是家中一个新成员？我今后该如何与他相处？伊咪的仰望持续了很久，那静默的时间几乎超出了猫力所及的程度，像等待那家伙跌下墙来，但羊头始终在墙上静穆着。之后他便将脸猛然转向父亲，在父亲和羊头之间又做了三番五次的审视研究后，才向父亲发问般地歪起脑袋：现在我知道了，这东西是你带回来的，看上去神气活现，其实呢，死的！

一架吸尘器却给伊咪带来了恐惧。无论它的外形和它的声音，都使伊咪有种世界末日来临之感。只要家人一搬出那家伙，伊咪便望风而逃。这时他选择的安全去处是前阳台，他常常跌撞着一路狂奔，奋力拽开阳台纱门将自己藏好。有一次昏头昏脑竟被纱门边缘一块破损的铁纱挂破了嘴角，致使他自造的这恐怖景象更加具有了真实感。但吸尘器到底没有敌过伊咪对它的研究，当他慢慢发现它那隆隆的声音、它那红白相间的身子、它那长长的“大鼻子”以及它那沉着缓慢的移动都是为了一个目的时，伊咪不再躲藏。吸尘器在前面吼着，他便迫不及待地在它旁边打起滚来，而他选择的地方，正是吸尘器经过之后的一块“净土”。

然而一些最细小的动物,却永远使他不知所措。伊咪常常独自蹲在门厅的桂树花盆跟前,显出一脸的紧张。他盯住花盆忽而蹑手蹑脚地向前逼进,忽而又一步一步地向后退却。后来有人发现,令他退却的是从花盆里爬出来的蚂蚁。

他能面对公山羊头骨的威武,能面对吸尘器的轰鸣,却对付不了一只蚂蚁的蠕动。

四

每一年的雨季到来之前,油漆工都要来家里油漆门窗。

这天上午,两位油漆女工来了,提着淡绿色和乳黄色油漆桶。这本是伊咪睡觉的时间,但油漆工的到来使他一下提高了警惕,他一定觉得此时看守住这家,比睡觉更重要。谁知她们是干什么的?她们那斑斑点点的衣着,手里那颜色刺目的油漆桶,以及桶内那放射性的气味,都超出了一般客人的轨迹。于是当来人开始了她们的涂抹时,伊咪也就开始了对这家的监护。一个房间被涂抹完了,他便紧随她们走向另一个房间。他选准合适的位置坐定,一丝不苟地注视着来人的行为,这使得主人反倒不好意思起来,好像伊咪的出现是应了主人的派遣。女工们却很开心,因了一只猫对她们的陪伴,并如此关心她们手中这枯燥的劳作。她们笑着,笑伊咪对眼前事情的专注,笑他强撑着一双困倦的眼皮却不肯离去。直到近中午女工终于告辞,伊咪才松懈了全身迈上床去,倒头大睡起来。

对待电话,伊咪一向持积极态度。每逢电话铃响。他总是第一个朝铃声奔去，然后再焦急地去找主人。他一路蹭着主人的脚，朝主人高高仰起头，像是对你说："为什么不能快一点，电话可是响了半天的。"有一次来了个修电话的师傅，那师傅因试验电话的打铃系统，使铃声响了好久。这下可急坏了伊咪，他在电话桌前团团转着，疑惑万分：为什么谁都不来接电话？这么说，非我不可了。于是他勇猛地跳上桌面，向话筒伸出了手。修电话的师傅很为伊咪的壮举所打动，对父亲说："这猫可挺忙，就差拿起话筒开口了：'喂，请问您找谁呀？'"

女儿的妹妹在几年前去了国外。临走前她和伊咪之间发生了一点不愉快：就在她离家的那天早晨，伊咪不知为什么毫不客气地冲着妹妹的后腰撒了一泡尿，那一刻妹妹正穿着行前的新衣服。而头天晚上，妹妹和姐姐还不辞辛劳地从附近一个工地上，为伊咪抬回一麻袋沙子——那是伊咪的便盆中所不可少的铺垫。伊咪辜负了妹妹的一片心意，致使妹妹每次从国外来电话，总不免诅咒一阵伊咪。但伊咪对那电话却听得津津有味，好像妹妹的电话是专为了想念伊咪才打来的，每次他必定从头听到尾。即使那电话在深夜打来，伊咪也会睡眼惺忪地爬起来，和家人一起聆听这大洋彼岸的声音。

这家的女儿是作家，那年在写作一部长篇小说。夜深人静，才是她思维敏捷的时刻。在温存的灯光下，女儿手里的笔在纸上轻轻划动着，那细微的声音明晰可辨。她常在这样的时刻生出感恩的情怀，感激上苍拉开这道帷幕，放她走进这样一种生活。她常想，在纸与笔之间从来就没有什么孤单和寂寞。纸与笔的结合产生了许多的故事，有些故事使她欣喜，有些故事也会把她弄得悲痛。这时她就放下笔，让笔歇息，让自己尽情欣喜或悲痛。

一次，伊咪走了进来，适逢女儿在流泪。他先站在她背后沉思片刻。然后轻轻跃上她的书桌，在她眼前的稿纸正中坐定。他探询地端详她，往日那淡蓝色眼睛在这深夜的灯下变成灿烂的金红，而他那通身的长毛逆着台灯的光亮，分外夺目。他望着女儿，似乎在说："既然这是一件让你如此伤心的事，那么就不要再做了。"女儿受了伊咪的感动，抱起他离开了桌子。

第二天女儿的钢笔不见了。全家人齐心协力搜遍了犄角旮旯，最后母亲突然想起了伊咪，说该不是伊咪的事吧？女儿叫来伊咪，对他说了很多话，央求他不要开这种玩笑。起初伊咪不以为然地在女儿房间踱步，企图用这不以为然来表白自己与此事无关。女儿十分沮丧，便呆坐在椅子上不知如何是好。而踱步的伊咪这时却忐忑不安起来，他万没料到，他的一番好意会给主人带来这么大麻烦，他记起了昨天晚上的事。他想，钢笔的事情是我干的，可是假如没有这枝能写字的笔，你又怎么会掉泪呢？谁知笔没了，你却沉闷起来。人类终归是捉摸不定的，也许她们情愿握住一枝笔去掉泪吧，掉泪总比就这么沉闷下去好吧。那么，还是还给她为好。于是伊咪就在女儿和一个衣柜之间跑了几个来回。这几个来回终于引起了女儿的注意，她向衣柜底下望去：嗬，钢笔。

钢笔正安静地躺在衣柜下边的暗处。

女儿是多么感激伊咪，她坚信动物和人的相通并非玄虚。她感激着伊咪，把他抱起来，而伊咪却急急地挣脱了她，慌慌张张地躲到一个不为人知的地方去了。若真是朋友，感谢便是多余。

五

这家的院墙以外是一片农民的菜地。夏日的黄昏时分，站在后阳台向外望去，空气里满是泥土的馨香。如今城市一天天吞食着乡村，这菜地的四周已围满新起的居民楼，但菜地仍然固执地坚守着自己，任你高楼的俯视。暮色苍茫中，你仍能看见菜农们忙碌的身影。一些半大男孩正坐在空中楼阁般的小窝棚内玩耍嬉戏，快乐的欢笑声不时从那里飘来。也有结伴的男孩，跃出窝棚穿过菜地，爬上这城市居民的院墙，在墙头上一字排开，倾诉他们内心的秘密。也许这倾诉不再是对这片土地的眷恋，而是对一种全新生活的憧憬。

伊咪喜欢在这样的时刻跃上后阳台，静静地凝望院墙上那一排男孩。他坐得沉稳，望得专注，听得仔细。当夜色渐渐模糊了那些孩子，只剩下风儿送来的一些稚嫩声音，声音仍能唤起伊咪对他们的留恋。仿佛他们的秘密也就是伊咪的秘密，正因了这共同的秘密，他们就要来邀请他了。但他们谁也没有注意他的存在，看来他就是再望上他们一百年，他们也不会注意到他吧，伊咪对外界的过分关注，倒使得家人把伊咪想成是在“作风”上的不安分了。

家人决定为伊咪请请女伴。女伴来了，母亲总是挑剔一阵，说这个像小市民，那一个则是“二百五”。而伊咪向来是以他那温和的习性对待她们，有时温和得近似窝囊。有一次，一只女猫在与伊咪过了一夜之后，不仅独吞了他的全部饭食，临走还扬手给了他一个耳光。伊咪默默地看着她，像是说：“这没什么，我知道你经常吃不饱，我看见一星期你的主人也不过用张脏报纸给你托回两个干鱼头。我盆里有梭鱼,有猪肝,有白米饭。至于你为什么要扬手给我一个耳光,那是你自己的事。猫吗,也是百猫百性百脾气。再说既然咱俩过了一夜,我就没个差错?"后来听说那女猫跳楼自杀了,从五楼上跳下来,还怀着伊咪的孩子。她的主人说这猫嫉妒心极强,嫉妒一切比她条件优越的猫。

伊咪始终不知道这件事。他也没必要知道吧,对那女伴,他已做到了仁至义尽。当她抢夺他的饭时,他是那么主动地闪在一旁,甚至还把饭盆给她向前推推。

六

伊咪健康而酷爱清洁,如同得了洁癖。假如卫生间的地板上被家人不慎洒了水,而伊咪正巧要从这地方经过,那么他便开始夸张他的为难。他皱起眉头,犹豫地抬起一只前爪试探,又谨慎地将爪子收回。他用这姿态给主人难堪:这真是一块无从下脚的地方啊,看来我只有踮着脚尖绕过去。他踮着脚尖绕过有水的地方,便拼命抖着沾在脚上的水珠,再把自己很是整理一番:舔手舔脚,舔他那未曾沾过水的全身,直到他认为过得去为止。

只有一次他在家人面前出了丑。一个下雨的晚上,或许他在阳台上着了凉,肠胃有了异常感,便慌张着跑回来找他的便盆。不幸的是他没能按照以往的排泄习惯如愿,他有生以来第一次把大便拉在了便盆之外。那确是一个狼狈的时刻,当女儿最先闻见气味不对时,伊咪正企图从盆里掏出些沙子埋住他那份难堪。猫有掩盖自己排泄物的天性,有教养的猫就更在意。

也许在伊咪的一生中，他把这件事看作最使他丢脸的事吧，因为那一刻在他的脸上是家人从未见过的惊恐和羞愧。他的神情里有某种凄然的绝望，他决心向主人解释清楚这一切，于是便开始了他那绝无仅有的一次诉说。他的眼睛盯住全家人，一连串的“啊呜”声从喉咙里发出来，时而低沉，时而急促。那长达几分钟的诉说使家人终于明白了他的内心，那实在是一份震慑人心的明白，一份掺杂着恐怖的明白。全家人蹲下来温和地小声叫着伊咪，告诉他，他决不会因此受到惩罚和歧视，因为他们相信这是一件谁都无法料到的事。终于，伊咪安静下来，在休息了一夜之后，他的肠胃恢复了正常。早晨，他又特意表演了通常那排泄和掩埋的技术。

据说动物的语言系统是一套复杂而又完备的系统，从昆虫的鸣叫到野狼的长嚎，这其中永远有着人类所不可知的秘密。当一只猫突然决定用语言与人交流时，好像是动物给了人走进生命中一个新领域的机会。

一位著名电影摄影师告诉这家的女儿，若干年前，知识分子正实行“三同”的时候，他和他的同事在乡下住过几年。一天深夜，他们路过村口一座荒芜的破庙，听见院子里有一种奇怪的声音。他们胆怯着推开虚掩的庙门，原来在洒满月光的院子里，是猫们在开会。在一大片席地而坐的猫们前面，一只苍老的狸猫正发表演说，他声音苍凉而喑哑，还配以果断的手势，令那场面极为肃穆、神秘，好像是一次非同小可的动员会或者誓师会。是人的到来打断了这会议，老狸猫一声短促的吼叫，猫群四散开去，只剩下一院子月光。这位摄影师说，猫的会议使他终生难忘，他还常常为无意中搅散了猫的会议而内疚。

人类的确在无意中就伤害了动物,虽然人类正逐渐地努力,以自己对动物愈加周到的爱心来不断印证人的文明。女儿因为观察那晚伊咪的异常,读了一本名叫《猫的饲养与猫病的防治》的小书。这书的前半部讲的净是如何养猫爱猫,甚至连给猫洗澡时勿忘在猫耳里塞上棉球都特意提醒了读者。待到书的后半部,作者却将笔锋一转,大谈起人应该怎样杀猫和怎样剥猫皮。

这便是人类对动物永远的随意吧。有时人好像是某种动物的奴仆,那终归是一种假象。

七

假如人能够公正、客观地看待与他们相处的动物,就不会有意隐藏这动物的缺点。

实际上,当年熟人把伊咪送来不久,全家人就发现了伊咪的缺点。伊咪是那样在意自己的大小便,但有时却会突然失去控制地随便撒尿。还是那本怎样养猫和怎样杀猫的书上讲,从猫的生理特征分析,男猫一向比女猫对自己的生存环境有更强烈的占有欲,为了确认这种占有,他们常爱将尿撒在他们的所到之处,好比古代边塞盛行的"跑马占地"。当那些地方充满了他们自己的气味,他们才会安然地生活其间。这说法或许十分在行,然而伊咪那令人头疼的"跑马占地"却是无穷无尽地发展起来:墙根、桌腿、报纸、纱窗、冰箱、洗衣机……毫不在乎。只待尿出之后,伊咪才恍然大悟地再跑进卫生间,跃上马桶重作第二次排泄,就像有意告知人们:随地便溺,我可不是故意的啊，那不过是一时糊涂，你们看我这不是到厕所来了吗？他的这套行为逻辑叫人觉得他特别糊涂又特别清楚，叫人哭笑不得。可尿毕竟是充满着尿味儿的，主人要跟在他身后迅速清除这“劣迹”。

于是在日常的采买中便多了一项内容：购买除臭剂。为买除臭剂，女儿曾经多次领受过售货员的白眼。当她站在柜台跟前指名叫售货员拿给她除臭剂时，售货员多半会用鄙夷的神色反问：“什么？”她要听的是女儿的重复，以这重复使女儿无地自容：你这么衣冠楚楚，可为什么要买这种东西？好像这专治不洁的东西倒成为真正的不洁了。你说着这不洁，便是你的不洁。人大凡有一点市场经验，就会有这种体验：所有的产品原都是为着出售而制造，可你在购买那产品时，却又被出售产品的人百般鄙视。也许这不能算作售货者的“以貌取人”，而是“以货取人”吧。女儿终于习惯了这“以货取人”的遭遇，再进商店，她会有意大声地告诉售货员：“喂，我买除臭剂！”一种迫不得已的锻炼吧。

可是伊咪却不顾女儿的忘情忘我精神，竟发展到在女儿的小说稿上撒尿了。这是女儿所不能容忍的。为此她真痛打过他，并假意要把他扔掉。那时伊咪在她怀里和她撕扯着嚎叫，结果还是被她抛至墙头。墙下许多人都关心起伊咪的命运，在众说纷纭中，伊咪决心当众作一次忏悔。他匍匐在墙头，拿眼的余光扫着众人，喉咙里发着咕咕的声音。有人说那是他在哭。于是为他讲好话的人越来越多。

听着众人的劝解，女儿终于向伊咪张开了两臂。家人把这次的事称做“墙头事件”。

但“墙头事件”之后，伊咪并没有痛改前非，那难以控制的排泄习惯却愈演愈烈。原来猫尿对金属是有着一种不可忽视的腐蚀力的，这家的许多金属器具大都不同程度地遭到了伊咪的摧残。洗衣机的半侧已锈斑累累，一条腿即将断裂；冰箱一侧也濒临斑驳；台历座、闹钟已出现坑洼；母亲花镜的金属框架上，隐约可见绿锈斑点……

一个本无风浪的家庭，因此便出现了不平静，伊咪的去留开始成为这家每日的争论内容。父亲坚持要扔掉伊咪，母亲和女儿则永远站在一边，替伊咪说着好话，举出伊咪的种种优点企图说服父亲。

父亲说可事实上他已经妨碍了人的正常生活。人又怎么样？人犯了罪还要送走劳教劳改呢。

女儿说伊咪又不是罪犯，他不过是一个难以控制自己的病人。

父亲说正因为他得了不治之症，才没有必要再养。

女儿说正因为他得了不治之症，才不能将他推出家门。

气氛日趋紧张，伊咪对这气氛非常敏感。那时他多半会坐在一个黑影里发愣，悲观得要命。有一回母亲在无理可辩时，竟责怪起父亲，说，一切的一切，都是因为起初父亲发现了伊咪的好看。父亲说好吧好吧，既然我是罪魁，那么一切就由我处理好了。说着他就开始寻找伊咪。

也许伊咪明白了这“处理”意味着什么，他不见了。

所有的房间，所有的阳台，所有的旮旯，都没有伊咪。全家人找完家里又找院里、楼道内、小花园、每一丛灌木、每一个黑影，都没有伊咪。连父亲也着慌了。

午夜时分。他们疲惫不堪地回到家里，只有坐在客厅发愣。

就在这时，客厅那厚厚的窗帘背后，发出了一个轻轻的声音："喵——"女儿跑过去掀开窗帘一角，伊咪就端坐在窗台角落里。

伊咪是在对这一家人进行考验吧？为了进行一次真正的考验，他必得进行一次真正的模拟失踪。

八

伊咪的模拟失踪，竟然使父亲做出了暂时的让步，从此不再有人提起伊咪的离家。全家人同心协力，配合默契，顽强地开始了对伊咪的教育。

曾经有兽医告诉母亲，伊咪的毛病属神经性的失控，可能与幼年的生活有关。照理说这样的猫的确不能再养，可是这一家人更相信"诚则灵"，更相信奇迹能在伊咪身上发生。

不计其数的说教，不计其数的痛打，不计其数的好转，不计其数的反复。伊咪每次那甘心情愿全身伏在地上挨打的神情，也证明着他本人的决心。

想必是上苍有眼，奇迹终于发生了：经过一年多的努力，伊咪走出了深渊，他拯救了自己，或许付出了比人类更为艰难的控制力。从此他可以无所顾忌地面对世界了，他的崭新形象，是对主人最好的报答。

一切一切都证明了，伊咪的小便失控，确系幼年时受过惊吓所致。原来在伊咪还未满月时，因为他不知到哪里去尿曾把尿撒在被子上，为此遭到过熟人的痛打。而后这熟人却不懂得给伊咪设便盆。于是在撒尿的问题上，人使猫不知所措了。

九

最终决定把伊咪送人是四年以后的事。这一年,女儿要出远门,父亲和母亲因为工作的缘故,也常不在家。于是全家开始平心静气地商量应该如何面对现实。他们仔细为伊咪选择着新的环境,最后决定还是让他回到从前的熟人那里,回到那个他曾经生活过的地方。

看来别无选择了,因为养猫的人都知道,一只将近六岁的猫是难以更换主人的。而那位熟人,毕竟和伊咪有过最初的感情。母亲去找熟人商量,熟人说,送回来吧,从前我是对他缺乏耐心,可我知道,那可真是只好猫,仁义,不刁。我就喜欢他那股憨实劲儿。

初夏的一个傍晚,伊咪走了。带着他的饭锅饭盆和水碗,带着他的褥子和枕头。父亲承担了送走伊咪的任务,仿佛他还记得从前母亲对他的"埋怨",说是他最初引来了伊咪。那么,这迎来和送往当由他一人完成吧。父亲为伊咪准备了一只旅行袋,母亲和女儿不由想起有一次把伊咪装进旅行袋的事。

那年暑期,全家外出度假,把伊咪暂时寄养在母亲的同事家。当母亲企图把伊咪装进旅行袋送走时,伊咪宁死不屈地撒起泼来,并踢翻了他的饭盆以示抗议。数天之后,家人度假归来,母亲接回了伊咪。那位同事告诉母亲,伊咪在她家一连几天不吃不喝,而且拒绝同前来找他的女猫们亲近。他的到来,几乎招来了同事家附近所有的女猫,然而他孤傲地望着她们,就像在说:"你们以为我的不吃不喝仅仅是缺少了你们吗?

你们这些女人啊，怎么可能理解一个真正男子汉的心呢。”

此刻，一只旅行袋又摆在了伊咪眼前，母亲和女儿已做好他大闹一场的准备。出人意料的是，伊咪一声不吭地走进了那袋子。他的神情是沉静的，他的步态也很坚定，他就仿佛用这沉静和坚定来告慰家人他已成年，他能够以成年的样子来分担家人的心事，他能够承受在他生命旅途中一个全然陌生的内容。

泪水模糊了女儿的眼睛，她多么希望他哭出来，如同人们常常劝慰那些被哀伤惊呆了的人：你哭一哭吧，哭一哭就好了。

父亲回来说，伊咪安静了一路。

十

母亲和女儿伺机寻找去熟人家看望伊咪的理由。第一次她们想起伊咪没有带走他的便盆，于是她们就带着伊咪的便盆来到熟人家。

伊咪又过起了幼年时的生活，他被熟人绑在沙发角落的暖气管上，几乎动弹不得。当熟人因这家母女的到来把他松开让他们亲近时，伊咪狂奔过来，蹭着她们的腿，不停地在地板中间打滚儿。他的娇态使熟人的妻子大为惊讶，她原是不爱猫的，当初熟人送走伊咪就是因了她的出现。现在连她也说没想到这猫是这么好玩。她怀中一个一岁的孩子也咯咯笑着看伊咪的表演。

那时女儿多么感激这尚不会讲话的孩子，她暗想着，就因了这孩子喜欢伊咪，熟人夫妻定会好好地待伊咪吧。难道她们不该为孩子买一件漂亮的小衣服带去吗？于是母女俩便有了第二次看望伊咪的理由。

她们带着一件小衣服和一饭盒煮梭鱼又一次来到熟人家。伊咪已被移至屋外了。他脖子上拴着一段粗电线，正蹲在刚刚下过雨的脏墙角。他满身黑灰，连身子底下的褥子也变成了一个泥饼。女儿叫着他的名字，他却漠然地看着她。女儿给他解着绳子，试想着绳子松开后，他一定又会跑来同女儿亲热相处。谁知绳子解开了，伊咪仍是原地不动。他不屑地扫视了一下女儿，索性紧闭起双眼。女儿发现他面前那只空饭碗，才想起把带来的煮鱼拿出来。

当女儿刚刚把煮鱼倒进饭盆，伊咪睁开了眼睛——显然他那灵敏的嗅觉又苏醒了。他一个箭步蹿到饭盆跟前，拱开女儿的手，把嘴扎进饭盆，刹那间鱼被吃了个精光，然后他又溜之大吉了。当女儿试图再唤他回来时，他早已躲进一个黑夹道，只露出两只金红的眼。

民以食为天。女儿想起了这句话。猫更如此吧。但当人和猫只为着眼前的食才活着时，还能讲什么恩怨吗？昨天，昨天在哪里？昨天你曾为我煮鱼、切猪肝，有时还在饭里为我加芹菜和味精；女猫们吃我的饭，我还来个温良恭俭让。难道真有过这等事吗？反正现在我眼前只是这个四壁如洗的空饭碗。

女儿试图劝熟人按时喂伊咪吃饭。熟人的妻子说："谁有工夫呀。"女儿又劝熟人不如把伊咪放了生，让他到自由的天地里去自觅生路。熟人说："丢了怎么办，这么憨的猫。"

于是女儿发现，人和人之间原本是最难展开一个共同话题的。那话题越是细小、琐碎，那展开就越是艰难，就像你本无法去劝那位写“猫书”的人不要把养猫和杀猫写在一本书里。在动物面前,人是多么看重自身的权利。在动物面前,人也确有无限的权利。

母亲和女儿从熟人家出来,共同想起了中国一句俗话:事不过三。她们决定永远不再看望伊咪。再去看望就变成了对人的说三道四,说三道四,不就是无故干涉别人家内政吗?

然而这家人却永远记住了和伊咪的相处,永远记住了他们之间的一切欢悦和烦恼。他们的相处使人类那愈来愈粗糙的灵魂变得细腻了。动物有时的确比人更像人。

岁月或许使伊咪真的已经忘记爱过他的人们,但这并不重要,重要的是人们曾经爱过他。一首歌不是唱过“爱是无私的奉献”吗?

没有告别,怎会有永远的纪念?

没有纪念?人类的情感便空旷了大半。

(1995年1月)

敬　启

因为某些技术上的原因，致使本书的个别作者尚未能联络上。敬请见书后，即与责任编辑联系，以便我们及时奉上样书与薄酬，并敬请见谅。